KB233513

문호준 장편소설

군도의 아침

문호준 장편소설

군도의 아침

지우출판

작가의 말

　이 소설은 지난 20여 년 전, 처음 소록도의 역사를 접하면서 내 생애 반드시 우리의 아픈 역사를 기록해야 한다고 굳게 약속했다. 전라남도 고흥군에 소재한 "소록도"란 작은 섬에 갇혀 소중한 목숨을 일제의 압제 속에 저당 잡힌 원혼들의 한을 조금이나마 풀어주고 싶었기 때문이다.

　이 글은 하찮게 치부하는 우리의 잃어버린 역사에 대한 경고의 메시지를 담고 있다고 생각하기에 붓에 힘을 주어 또박 또박 눌러서 썼다. 우리의 역사가 가슴에 박혀 아픈 통증이 되어 내게로 왔다.

　이 책은 많은 이들의 살아 있는 역사의식과 인간 승리의 결과물이라 할 수 있다. 사람들의 증언 하나, 기록 하나, 역사 속에 묻힌 안타까움의 통절한 아픔이 씨앗이 되어 이렇게 결실을 맺게 되었다. 이 책을 세상에 공개하면서 스스로 되묻고 싶은 것이 있다. 나는 무엇 때문에 이런 힘든 길을 걸어 왔는가? 라고 묻는다면 대답은 간단하다. 그것은 "우리 한민족의 핏줄이기 때문에, 그 핏줄이 부끄럽지 않은 길을 걸어야 하기 때문이다"라고 대답을 한다.

이 책 속에서처럼 말없이 시들어가던 우리의 선조들을 보면서 민족적인 힘을 기르는 일이 얼마나 중요한 일인가 다시 한 번 생각하게 된다. 국가적인 위기에 처해 있는 지금이 때, 무엇보다 지나간 역사를 바로 세우는 일이 중요하고 잊혀진 역사를 정립하는 일이 중요하다는 생각에는 이견이 없을 것이라고 믿는다. 비록 부족함이 있더라도 이해해 주실 것을 믿고 등을 떠밀 듯이 독자들 속으로 우리의 숨은 역사를 들이 밀어본다. 함께 공감하는 시간을 책을 통해 갖기를 바라면서……,

이천십칠년 사월 십구일에
우리의 역사를 생각하면서 문호준 올림

차 례

군도의 아침

제1장 외출(外出)

　강둑을 걸을 때 물결이 파랗게 일어나 눈이 부셨다. 고요한 강의 수면 위를 한 떨기 바람이 사르륵 사르륵 밟고 지나갔다. 한 길 높이에서 수평을 잡듯 묘기를 부리는 종달새가 봄을 재촉하고 있었다.

　“삐르르 삐르르…….”

　아버지의 손을 잡고 설레는 바람처럼 걷는 춘상의 가슴도 종달새보다 더 설렜다. 아버지와 같이 타지를 향해 걷고 있는 순간이 믿어지지 않았지만, 낯선 세상을 밟아보는 순간은 태어나 맛보는 최고의 감동이었다.

　“삐르르 삐르르…….”

　하며 종달새가 수면을 향해 하강하여 부리로 물의 비늘을 한 번 쪼아댄 다음 상승하며 노래를 불렀다.

　“아버지, 종달이가 물을 먹나 보지예.”

　“물을 먹는 게 아이라. 저도 살라 저러는 기라…….”

　“예?”

　아버지의 말이 얼른 이해되지 않아 춘상은 멀뚱히 아

버지를 올려다보았다. 아버지의 이마에는 구슬땀이 매달려 있었다.

아버지가 강둑이 끝나는 데서 잠시 손을 놓고 풀섶에 앉았다.

"저기 보리밭 너멀 보거래이……."

"어디예?"

샛강 언덕 너머 앞쪽으로 넓게 개활지가 펼쳐지고 있었다. 아버지의 시선을 따라가 보니 앞이 뻥 뚫려 있었고, 보리밭들이 줄을 지어 도열해 있는 신작로를 따라 파란 하늘이 쾌청하게 걸려 있었다.

"저 사람들 안 보이나~."

"예, 보입니대이. 저 보리밭에서 지금 일을 합니꺼?"

"기다려 보면 마 알 끼라."

"예……."

보리밭 사이로 펼쳐진 둑길을 따라 서너 명의 사람들 모습이 보였다. 난생 처음 보는 낯선 세계에 설레 가슴이 뛰었다. 종달새 몇 마리가 여전히 강의 수면 위에서 날개 짓을 하고 있었다.

"종달이가 어째 물 위에 저래 떠 있습니꺼?"

“저 종달이들은 지혜가 뛰어난 놈들이라…….”

“지혜가 뛰어나다니예?”

“마, 기다려보마 너도 세상 물리라는 걸 깨닫게 될 기라.”

아버지의 말이 끝나기가 무섭게 탕, 하는 총소리가 들렸다. 총소리와 동시에 종달새들이 수면 위를 어지럽게 선회하고 있었다.

“밥 먹구 허구지게 할 일 없는 놈들이지….”

“아버지, 저거 사냥꾼들 아입니꺼?”

“맞다. 사냥을 하려면 쪽발이 사냥을 하든지……. 조선 들판에 저래 총소리 터뜨리는 놈들은 제대루 사상 박힌 놈들이 아니란 말이지…….”

보리밭에서 총을 쏘던 사냥꾼들이 강둑 끝으로 다가왔다. 서너 명의 건장한 사내들을 아버지는 은밀히 경계하는 모양이었다. 시선을 비끼며 자리에서 일어서는데 사내들 중 턱수염 기른 사내가 시비를 걸었다.

“도망치던 노루를 보았을 텐데…….”

“노루커녕 쥐새끼 한 마리 못 보았습니대이…….”

아버지의 대꾸가 있기 전에 춘상이 먼저 입을 열었

다. 사내의 모습이 불결해 보였고 아버지를 대하는 태도 또한 불량해 보였기 때문이다.

"나이 어린놈에 새끼가 어데서 어른들 말하는데 끼들고 있노."

"어리지 않습니더. 키도 아버지 턱밑을 넘었는데……."

"임마. 키만 크면 다 어른인 줄 아나? 너 몇 살 묵었나?"

"열네 살 묵었스예. 하마 내년 이맘 땐 수염도 날 거라예"

"카, 요 마빡에 피도 안 마른 새끼 말하는 뽄새 보라. 보소, 거 애빈 모양인데 자식 교육을 어찌 시켰노?"

"죄송합니더, 제 아덜이 철이 없어가 이렇습니대이. 한데 노루는 정말 보지 못했소."

"마 됐시다. 저 어린놈에 새끼 땜에 오늘 사냥 글렀다 카이……."

"춘상아, 어른들 말씀하시는데 끼 들지 말그라. 보아하니 대가면 양 부잣집 하인들 같은데……."

아버지의 말에 춘상은 입을 뾰루퉁히 말아 올렸다. 하인들이 공연히 거드름을 피우고 있다는 생각에 이르자 피식, 웃음이 삐져나왔다. 춘상은 공연히 돌멩이를 발로 힘껏 걷어찼다. 돌멩이가 날아올라 강의 수면으로 곤두박질치며 흰 포말을 만들고 있었다. 춘상은 다시 한 번 발부리로 돌멩이를 힘껏 걷어찼다. 춘상의 이런 태도가 못마땅했든지 아버지한테 시비를 붙던 사내가 갑자기 강의 수면 위로 총질을 했다.

"탕!"

하는 총소리가 고압적으로 주위를 압도했다. 바로 곁에서 울려 퍼지는 총소리에 아버지는 파르르 몸을 떨었다. 춘상 역시 총소리에 압도 되어 가슴이 콩닥콩닥 뛰고 있었다.

"거 박 포순 말이라, 총알도 없는데 헛총질 그만 좀 하소. 저 종달이 한테 속지 말란 말이다.

"종달이 한테 속았단 말예요? 이 아자씨가… 하하하, 종달이한테 어떻게 속는단 말입니꺼?"

춘상이 저도 모르게 끼어들면서 비웃음마저 뿌리자 사내의 곱지 않은 시선이 다시 춘상에게 꽂혔다.

"박 포수, 종달이가 약 올리는데 흥분하지 말라켓제? 저… 저… 종달이 절마 강물에 떨어진다 저……."

"날개에 구멍이 뚫려 죽어도 고깃살 내어주지 않겠다는 종달이 지조 아입니꺼? 가자, 춘상아, 여게서 해찰할 짬이 지금 어데 있노? 퍼뜩 가자…."

아버지한테 손회목을 잡혀 끌려가듯 하며 춘상은 뒤를 돌아다보았다. 종달새의 지혜라는 것이 무엇인지 순간 머릿속을 스치고 지나갔다. 총에 맞아 죽어도 포수의 손에 자기 몸을 내주지 않겠다는 깊은 뜻에 열네 살 먹은 춘상의 가슴이 먹먹할 정도였다. 보리밭을 저만치 젖혀두고 강의 수면 위에서 최후의 날개 짓을 하던 종달새의 처절한 몸부림이 마치 자기 일처럼 가슴에 꽂혀 들었다. 사냥꾼들이 나타나면서 종달새는 보리밭 위를 떠나 강의 수면을 향해 비상했을 것이다. 죽어서도 몸뚱일 빼앗기지 않으려는 기지를 어린 춘상의 마음에도 또렷이 심어주었다.

들판 길을 부지런히 가로질렀다. 아버지는 입을 다문 채로 묵묵히 걷고 있었다. 발바닥이 아프고 검정고무신이 헐렁해 자꾸 미끄러졌다. 그럴 때마다 아버지는 말없이 춘상의 손을 움켜쥐고 걸음을 재촉할 뿐이었다. 보리밭이 파랗게 펼쳐진 데다 햇빛이 고와서 눈이 시릴 정도였다.

"아버지, 소캉 말캉 싸우면 누가 이기지예?"

"난데없이 마소 싸움이라니… 아버지가 보니까네 소가 세드라."

"글치예, 말은 내뛸지만 알지 들이받는 거는 황소가 제일 아입니꺼. 내사 다시 태어난다면 황소처럼 센 놈으루 태어나고 싶습니대이."

"오나침에 뭐 잘못 먹었드노? 앞길이 구만리 같은 놈이 우째 다시 태어난단 말을 한단 말이고……."

"히히, 괜히 아까 사냥꾼을 만나이까네 힘 센 소가 부럽더란 말이라예…."

"참 싱거운 놈을 다 볼따."

아버지의 손이 춘상의 손을 더욱 세게 잡고 있었다. 춘상은 사냥꾼들을 보고나서 공연히 힘에 대해 생각해 보았다. 단번에 질리게 만드는 총소리가 가슴을 옥죄었지만 힘만 세면 총도 무섭지 않다는 생각이 들었기 때문이다.

들판을 반나절도 넘게 걸어 거리를 좁혀들자 야트막한 야산이 눈앞에 펼쳐졌다. 드넓은 보리밭에서 흙냄새가 눅자하게 콧구멍을 간지럽히고 흙 묻은 신발을 툭, 툭 털 때 여태 머리맡에 따라오며 삐리삐리 울던 종달새들이 작별인사를 했다.

"삐리리 삐리리……."

"이놈들아, 너그들까지 그래 울면은 어짜노?"

아버지는 산길의 초입까지 따라온 종달새를 향해 혼잣말을 하며 궐련 하나를 피워 물었다.

"종달이는 울면 안 됩니꺼?

"니한테 말했제? 일본넘들한테 산천을 빼앗깄다고 정신까지 저당 잡힌 것은 아니라꼬……."

"예……."

하고 대답은 했지만 춘상은 아버지의 말이 무슨 의미인지 얼른 이해할 수 없었다. 다만 일본에 조선을 빼앗겼다는 말이 무슨 뜻인지는 알 수 있었다.

"아버지, 여기서 조금 쉽시더."

"우지마라, 느그 엄마 불러 주꾸마이……."

아버지가 잔디밭에 엉덩이를 부리며 종달새를 향해 혼잣소리로 말했다. 알아듣기라도 하듯, 종달새가 머리 맡에서 삐리리 삐리리 선회하더니 저쪽으로 모습을 감춰버렸다.

아버지는 흡, 흡 소리가 나게 담배를 빨아들였다. 입술을 빠져나온 담배 연기에 춘상은 머리를 어지럽게 흔들어댔다. 코로 스미는 담배 연기가 춘상에게는 기분 나쁘게 싫었다.

"우째 담배 연기가 싫나?"

춘상은 대답 대신에 아버지를 물끄러미 올려다보았다. 집에서도 혼자 먼산바라기를 하며 손끝에 항상 담배를 매달고 있어서 감히 아버지의 말에 대꾸하지 못했다.

"니 나이 열네 살이믄 이제 장가도 들것꾸마."

"나는 그런 거 모르늬더."

"외양간 소가 웃게꾸마. 뒷집 영희네 담뿌락이 반질반질 길이 났더마는……."

"아버지예, 영희 그 누부 쳐다보지도 않습니더. 수염도 날라면 아직 멀었고예."

"칼 칼 칼, 어찌 터진 입으루 두 말을 하노? 사냥꾼들 앞에서 수염도 날 끼라고 아주 기세가 당당 하더이만……."

"치잇, 그야 아버지가 있으니까네 뻔한 거드름 한 번 피워본 거지예, 퍼뜩 일어나 가입시더. 이러다가 당도하기도 전에 해떨어지게 안 생겼능교?"

춘상은 아버지의 의중을 살피기도 전에 불쑥 일어나 앞장섰다. 얼굴이 붉어지며 양쪽 뺨에 벌레가 기어가듯 간지러웠다. 아버지에게 가슴 깊이 숨겨놓은 영희에 대한 마음을 들켜버린 느낌이었다. 춘상은 요새 저도 모르게 영희를 마주치면 가슴이 콩닥거렸다. 세 살이나 많은 영희의 젖가슴이 하루가 다르게 부풀어 오르는 것을 춘상은 담 벽을 사이에 두고 은근히 지켜보고 있었다. 며칠 전에는 우물가에서 영희를 마주쳤는데 까딱했으면 영희의 젖가슴을 손으로 만질 뻔 했다. 마치 뭐에 홀리듯이 영희에게 다가가던 춘상의 손길을 마을어른이 멈추게 만들었다.

- 춘상아, 느 아베(아버지) 뭐 하시드노?

- 아재, 뭐, 뭐라 캤능교?

- 어허, 귓구멍은 전당포에 잽혀 묵었나. 느 아베 뭐 하시드노?

- 아부지, 들게(들에) 나갓심더.

- 보리농사 지을 논배미 아직 남아 있다드노?

춘상이 고개를 돌려보니 영희는 저만치 궁둥이를 씰룩이며 걸어가고 있었다. 영희의 볼록한 가슴에 정신이 박혀 마을 어른의 말이 귀에 들어올 리 없었다.

춘상이 영희의 생각으로 시간을 뒤로 돌리던 순간 아버지는 그를 앞장서 걸었다. 자박 자박 자박자박 삐뚤삐뚤한 산길을 숨을 헐떡이며 쉼 없이 걸었다.

작은 재를 하나 넘어 굽어보니 저만치 높은 언덕에 난생 처음 보는 기와집들이 무리지어 있는 모습이 보였다. 조금씩 기와집들에 가까워질수록 춘상은 건물의 웅장함에 입이 쩍 벌어졌다. 웅장한 대문을 넘어 들어가자 흰 두루마기에 검은 갓을 쓰고 어른들이 한데 모여 책을 펼쳐놓고 글공부를 하고 있었다. 개구리 떼들이 어지럽게 울어대는 모양새가 아니라 절도 있게 리듬을 타듯 책 읽는 소리가 일산분란하게 여겨지는 것이었다.

"아버지, 여게가 뭐하는 데입니꺼?"

"향교라 카는 데다. 내가 널 데리고 여게 왜 왔는지 아는교?"

"모르겠십니더."

"이리 따라 온나……."

춘상은 아버지의 재촉하는 듯한 말보다 이곳의 분위기에 압도되어 이미 한 풀은 기가 꺾여버렸다. 어딘지 모르게 엄숙하고 절도 있으며 걸어 다니는 사람들마저도 주눅이 들어 땅바닥에 코를 박고 있을 분위기였다.

아버지를 따라 명륜당을 지나 대성전을 우측에 끼고 걸었다. 대성전 중앙을 지날 때 대청 마루에서 글 읽는 소리가 절도 있게 들리고 있었다. 명륜당의 중앙마루로 고무신 벗고 올라갈 때 흰 두루마기를 입고 갓을 쓴 어른들이 아버지를 보며 반갑게 인사하고 있었다. 춘상은 어른들이 귀엽다고 쓰다듬어주는 손바닥 세례를 받으며 아버지를 따라 끝 방 창호지 문을 열고 들어갔다.

"어서 오시게, 이수봉 선생."

"선생님, 안녕하시니꺼? 춘상아, 인사 올리거라."

"안녕하십니꺼……."

춘상은 바짝 긴장하며 경황없이 허리를 숙였다. 수염

이 반듯하게 자라 기름기 머금은 듯 윤기가 돌던 어른이 춘상을 그윽이 바라다보고 있었다. 어른의 눈과 마주치는 순간 강렬한 기세에 눌려 춘상은 숨이 막힐 지경이었다. 훗날 춘상이 존경하게 되고 지치고 힘든 삶의 뒤안길에서 항상 떠올리게 될 독립투사 심산 김창숙 선생이었다. 사실 춘상의 장래를 송두리째 뒤흔들고 바꿔버릴 분임을 아직은 알지 못했다.

"너 이름이 뭐인공?"

"이춘상이라 캅니더."

"그놈, 참 똑똑하게 생겼구나. 네가 나이가 올해 몇이드노?

"예, 열네 살 묵었습니더."

춘상은 어른의 기세에 눌렸지만 또박또박 대답했다. 한참을 묵묵히 쏘아보시더니

"이수봉 선생, 아드님이 영특하게 생겼습니다. 조선에 이런 재목들이 많을수록 좋지요."

"예, 어르신. 이를 말씀이니꺼? 한데, 어인 일로 급한 전갈을 보낸 것이 온지……."

아버지가 허리를 굽히며 어른을 쳐다보았다. 어른은

뒤를 돌아 문단속을 하느라 그러는 것인지 문고리를 잡아 걸었다.

"이 선생, 내가 총독부 놈들의 추적을 당하고 있소."

"심산 선생님, 그럼 장차 어찌해야 되겠습니꺼? 제가 뭘 도와드려야 할지……."

"염치가 없소만 자금이 필요하오. 나 동지가 동척을 폭파시킨 연후 자결을 했지만 놈들은 이 심산이 국내에 잠입했을 거라 확신을 했을 것이오. 내 은밀히 이 조선 땅을 빠져나가자면 급히 자금이 필요하단 말입니다. 여하튼 내가 살아남아야 영남지방 독립운동의 불씨를 꺼뜨리지 않을 것이기에, 내 이번에 망명을 결심하고 상해로 건너가야겠소."

"이를 말씀입니꺼? 어쩌든지 강건하십쇼. 힘이 닿는 데 까지 내가 은밀히 자금을 만들어 보겠습니더."

춘상은 당시에는 이런 대화가 무엇을 의미하는지 잘은 몰랐지만, 나중에 심산이 독립운동 거목이라는 점과 나석주가 동양척식주식회사를 폭파하도록 은밀히 계획을 짠 것이 심산 선생이었다는 것을 알게 되었다.

"이 선생 볼 면목이 없소."

“심산 선생님, 그런 말씀 마소, 나라 찾자고 하는 일
인데 우리 같은 무지렁이들이 면목 없지예.”

나라를 빼앗긴 조선의 설움이란 것은 비록 열네 살밖
에 먹지 않은 춘상이가 모르지는 않았다. 심산 김창숙
이 단재 신채호와 만해 한용운 등과 더불어 민족 운동
가이며, 파리 만국평화회의에 독립청원서를 보낸 파리
장서사건의 주인공임을 나중에 알게 되었다.

“그나저나 독립운동의 열기가 식어가는 것 같아 애석
할 뿐 입니더.”

“같은 생각입니다. 중국 광동정부가 붕괴되고 나서
유학생들을 이끌고 상해로 돌아왔는데 거기에서 사민일
보를 만들어 만 부를 찍었소.”

“예, 알고 있습니더. 조선 국내로 들어온 2천부 신문
이 우리 정신적 지주 아니었습니꺼….”

“내 북경으로 건너가 단재 선생을 만났잖소.”

“예, 어르신, 단재 선생님이야말로 우리 민족에 큰 스
승 아입니꺼?”

“맞습니다. 그때 함께 잡지를 만들어 독립열기를 불
태울 때가 문득 그립습니다.”

"그러시겠지예……."

춘상은 어른들의 진지한 말씀 중에 한 마디 끼어들지 못하고 번갈아 두 분을 바라볼 뿐이었다. 아버지가 난데없이 새벽바람을 맞으며 왜 자신을 데리고 멀리 출타하게 되었는지는 어린 마음에 얼른 이해되지 않았지만, '독립운동, 어쩌고 하는 말을 들으니 심상찮은 자리임을 깨닫게 되었다.

"북경에서 우당(이회영) 선생하고 새로운 방안을 만든 것이 뭐냐니까 몽골 접경지역 황무지 3만 정보를 얻는 데 성공했던 것이지요. 여기를 독립기지로 만들려면 20만원의 독립자금이 필요해서 각자 흩어져 자금모금 각개전투를 벌이고 있는 게 아니겠소."

"예, 선생님, 우리 영남유림에도 모금액 달성을 위해 다양한 방법을 동원 했잖습니꺼. 친일 부호들 강제 모금을 위해 동맹단 까지 조직하고 말입니더."

"알고 있습니다. 다들 노고들이 많았지요. 전 재산을 저당 잡히고 논밭을 팔아 자금을 마련한 동지들이 많은 것으로 알고 있습니다."

"예, 권총까지 꿰차고 반강제적으로 모금을 했으니

말입니더. 심산 선생님께서도 원찮은 사고까지 당하셨잖습니꺼?"

"언양에서 자동차가 굴러 절상을 당했으니 죽을 뻔했지요. 모금액도 적고 독립은 멀은 탓에 이렇게 목숨을 악착같이 생존부지하고 있나 봅니다."

아버지는 심산 김창숙과 조선의 독립에 대해 깊은 얘기를 나누셨다. 춘상은 잘은 모르지만, 조선인이 일본제국주의에 빼앗긴 나라를 위해 목숨을 바쳐 투쟁해야 한다는 뜻임을 넌지시 짐작할 수 있었다. 중요한 얘기를 마치고 아버지는 심산 김창숙으로부터 작은 상자 하나를 건네받았다.

"성주 번화가에 되도록 많이 붙여주시오."

"예, 선생님."

"춘상이라 했드노? 너 글은 읽었느냐?"

대뜸 심산 김창숙이 춘상을 향해 물었다. 춘상은 글이라면 한글서부터 천자문까지 읽었기에 크고 또렷한 목소리로 대답했다.

"예, 한글도 읽고 한자도 읽을 줄 압니더."

"오냐, 그래야지. 난 네 나이에 사서를 읽었느니라.

그만 땐 사자소학 정도는 떼어야지⋯⋯."

"아버지 날 낳으시고 어머니 날 기르셨도다."

"아이고 요놈, 성미도 급하구나. 보아하니 이수봉 선생이 아들 하난 제대로 가르치는 모양입니다. 조선의 미래는 이런 아이들한테 나온다는 것을 우리가 명심해야지요."

"이를 말입니꺼, 선생님."

"누가 눈치 채지 않게 각별히 주의해야 합니다. 되도록 자정 넘은 시각에 격문을 붙이도록 하시고, 노출되면 나머지 격문들을 태워버려야 합니다."

"예, 선생님. 한데 아까 오전에 오는 길에 한 무리에 포수들을 만났습니더. 거 대가면 부잣집 양씨네 하인들 같더란 말이지예."

"것들이 공연히 사냥을 다니지는 않을 것이오. 보이지 않게 일본 놈들 권세를 등에 업고 과시하는 것들이니 그냥 마주치지 말고 피하는 편이 옳지요."

아버지는 작은 상자를 열어 마치 전대를 허리에 매듯 보자기에 격문을 펴서 둘둘 말은 다음 허리춤에 잡아맸다.

심산 김창숙과 헤어져 향교를 벗어날 때까지 아버지는 흰 두루마기를 입은 어른들과 연신 허리를 숙여 인사했다. 춘상이 만난 어른들의 표정은 그리 밝지 않았다. 웃는 얼굴로 춘상의 머리를 쓰다듬고 나이를 묻고 글을 읽느냐 물어도 어깨 너머로 느껴지는 까닭모를 허기, 마치 배가 고파 힘이 빠진 모습이었다.

해가 서산마루에 걸려 노을이 산비탈 아래로 흐릿하게 보였다. 향교에서 벗어나 왔던 길을 침묵하며 터벅터벅 걸어가는 아버지의 입에서 가끔씩 한숨 소리가 흘러나왔다. 춘상은 아버지한테 손회목을 잡혀 걸으면서 아무런 말도 묻지 않고 묵묵히 걸었다. 난생 처음 향교라는 데를 데려온 연유를 물어보지 않았다. 야트막한 산자락을 돌아 나올 때는 해는 떨어지고 물컹한 어둠이 발목을 덮기 시작했다.

"아버지예, 개똥벌레 한 마리 보이지 않습니더."

춘상이 무료한 나머지 아버지를 향해 입을 열었다. 춘상의 말에도 아버지는 연신 한숨을 쉬면서 대꾸하지 않았다.

"아버지예, 보리밭에 가야 개똥벌렐 볼 수 있을까
예?"

"뭐, 뭐라캤드노?"

"아버지, 무슨 생각 하시니꺼? 같은 말 두 번이나 하
구러……."

"어찌 난데없이 개똥 타령이노? 개똥벌레가 아무 때
나 반짝 반짝 불을 켜는지 아나? 봄이 다 지나가야 반
딧불이는 불을 켜고 날아가는 기라. 말이 나왔으니 말
인데 옛날 선비들은 반딧불이를 병에 담아서 마 책을
읽었다 카드라."

"예, 아버지, 아까 그 어르신이 누구시니꺼?"

"저 사월리 사는 심산 선생이시다. 빼앗긴 나라 되찾
으려고 애쓰시는 훌륭한 선생이시다."

"예, 어쩌다 조선은 나라를 빼앗겼답니꺼?."

춘상은 똑바로 걸으면서 물었다. 춘상의 물음에 아버
지는 어둠속에서 춘상을 내려다보면서 대답했다.

"기야 힘없으니 나라마저 빼앗긴 거 아니겠나. 나라
가 없으니 백성은 서러운 것이고……."

"조선 사람이 일본 사람보다 많은데 어째 내쫓지 못

하는 것입니꺼?”

“그기 말처럼 쉬는 것이 아니라… 빼앗긴 나라를 되찾는다는 게 이게 온 천지가 피로 물들어도 어려운 법이라. 나라도 잘 간수해야 내 나라가 되는 법 아니것니?”

“맞십니더. 아버지, 나는 힘을 기르겠습니더.”

“힘도 좋다만 정신을 똑바로 세워야 한다. 마 그러자면 무엇보다 글을 많이 읽어야 할기고, 심산 선생처럼 훌륭한 사람이 되자면, 사서삼경 정도는 읽어야 하잖겠나….”

“예, 아버지. 하지만 나는 글 읽는 것보다 동무들하고 싸워 노는 기 더 좋습니더.”

“턱없는 소리 마라. 동무들하고 싸우는 기 제일 나쁜 짓이라. 싸울 짓이 없어 동무들하고 싸움질을 하냐 말이라. 싸움질은 해두 야물딱지게 일본 놈을 때려눕혀야 이게 사나인 법 아이라?”

“예, 일본 놈은 나쁜 놈이지예. 명심하겠어예.”

춘상은 야산을 넘고 끝도 없는 보리밭길을 가로질러 강둑에 당도할 때까지 아버지와 도란도란 얘기를 나누었다. 춘상의 짧은 생애에 이때처럼 진지하게 아버지와 얘기를 나눈 적은 없었다.

강둑에 앉아 담배 하나를 피워 물며 아버지는 춘상에게 자상한 얘기며 훗날 심지가 될 만한 얘기들을 들려주었다. 아버지와 같이 손을 잡고 한 곳을 바라보며 속삭이던 말들은 뒷날 춘상이 살아가는데 나침반 같은 역할을 했다.

"아버지, 낮에 총 맞은 종달이 어데 있을까예?"

"어데 있겠노? 저 강물 속이 제 무덤이겠지. 저 무덤 자리 보고 강물 위에서 삐리리 삐리리 울었던 거 아니겠노……."

"예, 포수가 종달이한테 이겼네예……."

"아이고 우리 춘상이 말하는 거 보라. 이래 속이 깊구마. 아버지 생각엔 마 종달이가 맘 적으로는 이겼는 기라."

"종달이가 이겨 예? 총 맞아 죽었는데……."

"종달이 운명은 죽을 운명 아이라? 무슨 수로 총질을 당해 내갔노? 하지만은 생각해보면 포수 글마는 졌다. 실컷 총질만 했지, 종달이 몸뚱이 만져보지 못했다 아이가? 안 그렇노?"

춘상은 아버지 말씀이 얼른 이해되지 않았지만 어둠 속에서 고개를 주억거렸다. 자정이 넘어 주위가 온통 새카만 어둠뿐이었지만 아버지 손을 잡고 자박자박 걷는 춘상의 마음은 든든했다.

마을 입구에 당도할 때까지 춘상은 사람답게 살아야 하는 이유이며, 일본 사람이 아닌 조선 사람으로 살아야 한다는 다짐을 받았다. 글을 읽어 이치를 터득하고 인간의 도리는 무엇이며 나라의 백성은 무엇이고 또 어떻게 살아야 하는 것인지 쉽지만은 않았지만 춘상이 전혀 이해할 수 없는 말도 아니었다.

동구 밖에 당도했을 때에 저만치 남포등 불빛이 흐릿하게 흔들리고 있었다. 어머니가 동구 밖까지 마중을 나와 있었던 것이다. 어머니의 목소리는 은밀하고 깊었다.

"춘상 아버지, 심산 선생님은 만나 보셨지예?"

"기력이 많이 쇄해 있더구만, 나라 일에 신경 쓰느라 당신 몸조차 보살필 여력이 없는데다 총독부 추적까지 당하고 있는 듯 하더만…."

"아이구 저런, 춘상 아버지도 빼앗긴 나라 찾는 것이야 당연한 일이지만 몸조심 하시소예."

"망명을 결심하고 상해로 건너갈 거라면서 염치불구하고 자금을 좀 마련해 달라는데 걱정이네."

"어찌 아니 그러겠시니꺼? 이제 논밭떼기까지 죄 팔아 없앴는데 무슨 뾰족한 수가 있겠는가요? 암만 둘러봐도 돈 나올 구멍은 없늬더."

아버지가 집에 당도하자 어머니를 향해 물었다.

"저기 새터 당숙네 다녀 왔던교?"

어머니는 힘없이 고개를 가로 저었다. 춘상은 어머니가 심산 김창숙 선생을 알고 있다는 것을 알았다. 나라를 구하려고 돈을 구하는데 사정이 여의치 않다는 것쯤 춘상의 콧김으로도 충분히 알아차릴 수가 있었다.

"하기사 밑도 끝도 없는 일에 대소간 논밭까지 저당잡히는 일이 옳은 일은 아니겠지. 그나저나 내가 이러고 있을 때가 아이라. 나 쉰 김칫국물에 보리밥 한 술 말아주소."

"아니, 달도 숨은 야심한 밤에 또 어디 가실라 카시니꺼?"

"그럴 일이 있꾸마, 춘상이 너는 밥 한 술 뜨고 언능 자그라마. 아버지가 오늘 저 향교에 너를 데리고 간 연유는 거기서 만난 사람들처럼 부지런히 글을 읽으라는 뜻도 있고 장차 심산 선생 같은 분을 본받아야 한다 캐서 그리한 것이다."

"예, 아버지. 명심하겠늬더."

춘상이를 향교에 데리고 간 까닭을 아버지는 집에 돌아와서야 직접 얘기했다. 춘상이 역시 아버지의 말씀이 아니더라도 집으로 돌아오는 내내 글을 열심히 읽어야 하겠다는 각오를 다졌다. 또한 심산 김창숙 선생이 한시도 머릿속에서 떠나지 않았다. 심산 선생의 강렬한 눈빛과 의연한 자태, 맑고 또렷한 목소리, 아직 어린 춘상에게는 쉽게 다가오지 않을 기품까지 한꺼번에 몸과 마음속에 들어와 소용돌이 쳤다.

아버지의 모습은 그 날 이후 한동안 보지 못했다. 춘상은 이튿날, 어머니의 손을 잡고 소학교 거리와 면 소재 번화가를 둘러보았다. 소학교 정문 담 벽 앞에 사람들이 여럿이 모여 웅성거리고 있었다. 춘상은 사람들의 시선이 머무는 데를 쳐다보았다. 담 벽에 면한 대문 위에 큼지막한 격문이 붙어 있었다. 사람들이 삼삼오오 모여서 그 격문을 읽고 있었던 것이다. 어머니 역시 그들 사이에서 뚫어져라 그 격문을 읽었다.

조국광복 도모한지 십여 년, 가정도 목숨도 돌아보지 않고 앞만 보고 걸어왔다. 뇌락한 조선의 팔자, 나라를 되찾으려는 백성의 민심 흩어지니 처량하다 우리 신세. 친일부호들 머리를 베어 독립문에 매달자. 역적을 보고도 치지 않는 사람 또한 역적일 것이니, 온 백성이 힘을 합쳐 친일부호 박멸하세.

단기 4262년 3월 정미(丁未)

사람들의 무리는 좀처럼 수그러들지 않았다. 시간이 흐를수록 벽에 붙은 격문을 읽으려는 사람들이 늘어나기 시작했다. 어머니의 얼굴은 진지했고, 격문을 읽고 또 읽고 자리를 뜨지 못했다. 그런데 얼마나 지나서일까, 호루라기 소리가 들리더니 사이드카가 여러 대 나타났고, 사이드카에서 일본 순사들이 내려 다짜고짜 채찍과 곤봉을 휘두르기 시작했다.

키가 작달막한 순사 하나가 벽에 붙은 격문을 북, 북 찢어버렸다. 놀랄 일은 다음에 일어났다. 순사는 사이드카에서 큼지막한 종이를 가져오더니 격문이 붙은 그 자리에 수상한 종이를 붙이는 것이었다. 그 벽에 붙은 종이에는 춘상이 어제 보았던 심산 김창숙 선생의 모습이 또렷이 박혀 있었다.

"심산 선생이로구나……."

"어무이……."

하고 놀랄 사이도 없이 키가 껀정한 일본 순사가 벽에 종이를 붙이는데 춘상은 절로 입이 벌어져 다물어지지 않았다.

"춘상아, 밥 묵으러 집에 가자."

"어무이, 저 저 울 아버지 아닙니꺼?"

"닥치라고마. 니는 니 아버지 얼굴도 분간 몬 하나? 어데루 봐서 니 아버지노? 어여 따라 온나……."

춘상은 어머니의 팔뚝에 매달리듯 끌려갔다. 고개를 돌려 아쉬운 듯 뒤를 돌아보았지만 어머니의 억센 힘은 춘상을 바삐 잡아당기고 있었다.

"어무이, 일본 순사들이 어째서 아버지를 붙잡을라 카는 겁니꺼?"

"입 다물지 몬 하나… 너 눈엔 아버지로 보이드노? 느 아버지가 그래 흉악하게 생겼다 말이드노?"

어머니는 한사코 고개를 가로저었다. 춘상은 순사들이 벽에 붙인 방(榜)의 주인이 분명히 아버지라는 것을 확신했다. 사진을 박듯 섬세하게 박힌 방의 주인은 분명 아버지였다.

"생각해보이 마 아버지가 아닌것두 같아예. 턱에 수염 달린 것 말고는 한 가지도 똑 닮은 데가 없는 것 같기도 하네예……."

춘상은 마음속으로는 아버지임을 확신하고 있었지만 한사코 시치미를 떼는 어머니 앞에서 더는 인정하기 어려웠다.

"춘상이 너 눈깔통이 인자사 밝아지는 모양이라. 휴~."

"어무이 심 들면 저게서 쪼매 쉬었다 갈랍니꺼?"

하지만 어머니는 쉬지 않고 서둘러 걸었다. 이마빼기에서 쭈루룩 땀방울이 흘러내리고 눈알이 시큰거릴 때는 마을로 향하는 야트막한 재를 넘어서고 있었다. 십 리 먼 길을 그렇게 걸어서 해질녘이 되어서야 집에 당도했지만 안도의 한숨을 돌리지 못했다.

그 날 이후, 어머니는 아버지의 행방을 수소문하기 위해 백방으로 뛰어다니는 모양이었다. 아버지는 마을에 나타나지 않았다. 일본 순사들이 사이드카를 타고 춘상의 집에 들이 닥쳐 부엌이며 변소, 뒤란 너머 뒷집 담 벽 아래까지 샅샅이 살피고 갔다.

며칠 지난 뒤부터 어머니는 먼산바라기를 하며 눈물을 훔쳤다. 깜깜한 밤에 울음소리에 깨어보면 어머니는 담 벽에 손을 짚고 꺽, 꺽 허리를 꺾고 울었다. 어머니에게 차마 아버지의 행방에 대해 물을 수가 없었다.

제2장 경험(經驗)

아버지에 대한 소식을 뒷집 영희 누나로부터 처음 들었다.

"늬 아배, 일본 순사한테 붙들려 갔다 카던데?"

"누부(누이)야, 누캉 그런 말 하드노?"

"울 어무이가 그러시드라. 늬는 아들이 되가 것도 모르고 있었드나?"

춘상은 뒷집 영희한테 아버지에 대한 소식을 들으면서 영희의 더욱 도드라진 젖가슴을 훔쳐보고 있었다. 아버지가 일본 순사한테 붙들려갔다는 엄청난 얘기를 들으면서도 춘상의 콧구멍은 영희의 물컹한 젖 냄새를 맡고 있었다.

"춘상아, 너는 나쁜 새끼 맞다."

"머라카노? 내가 누부한테 뭐를 훔쳐 묵었나?"

춘상은 영희의 거친 말 펀치에 공연히 얼굴이 붉어들었지만 기죽지 않고 대꾸했다.

"내가 모를 줄 아나?"

하며 영희는 마치 사냥하는 매의 눈처럼 춘상을 쏘아
보았다. 춘상 역시 영희의 이런 딴지에 물러서지 않았
다. 춘상은 영희의 날카로운 시선을 강렬한 눈빛으로
되받았다.

"글도 못 읽으믄서 뭐를 안다 카노?

"흐응, 글을 몰라도 너 눈초리 돌아가는 거는 안다.
늬가 내 젖가슴을 훔쳐보고 있다는 거 진작부터 알고
있단 말이라……."

영희의 입에서 춘상의 치부를 정확히 꼬집는 말이 흘
러나왔다. 춘상은 낯이 뜨거워 이번에는 얼른 대꾸하지
못했다. 영희의 말처럼 춘상이 젖가슴을 훔쳐본 것은
사실이기 때문이었다. 춘상은 손으로 양쪽 뺨을 어루만
지며 호흡을 가다듬었다. 나쁜 맘의 알맹이를 한꺼번에
상대한테 들켜서 어떤 염치로도 궁색한 순간을 모면하
기 어려웠다.

"누부가 나한테 그래 말을 할 줄 몰랐다. 내 앞에서
부러 궁둥이 씰룩거리고 다닌 사람이 이제 와서 그런
소리 하면 우짜노?"

"흥, 너는 키만 멀쩡한 게 나쁜 새끼 맞다. 너 어저께 밤에 우리 부엌까지 훔쳐 본 거 맞제?

"아, 아니라. 어 어데예……."

춘상은 펄쩍 잡아뗐다. 치부를 번갈아 들킨 마음에 쥐구멍이라도 들어가고 싶은 마음이었다.

"아무리 아니라 캐도 내가 모를 줄 아나본데 늬 나 좋아하제?"

"아, 아니라. 내가 와 누부를 좋아 하노?"

춘상은 정곡을 찌르고 들어오는 영희의 물음에 살짝 시치미를 뗐지만 부정할 수 없는 사실이었다. 춘상의 뺨이 마치 벌건 화롯불이 피어오르는 듯이 달아올랐다. 정말 쥐구멍이라도 숨고 싶은 심정이었다. 춘상이 단호히 돌아서며 발걸음을 떼려는데 영희의 손이 뒷덜미를 잡아당겼다. 춘상은 벌건 홍시처럼 발그레진 얼굴로 영희를 바라보았다.

"늬 나 좋아 하제?"

영희가 다그치듯 연달아 물었을 때 춘상은 대답하지 않고 묵묵히 바라볼 뿐이었다. 뺨이라도 때리면 맞아줄 생각이었다. 하지만 영희의 태도는 호랑이가 장가간다는 듯이 소나기 끝의 볕처럼 쨍하고 밝아지는 모양새였다.

　"사내답게 말해 보라 임마야. 너 나 좋아 하제?"

　영희의 입에서 재차 이런 물음이 나오고서 춘상은 대답 대신에 묵묵히 고개를 끄덕여주었다. 그러고 나서, 완전히 이상한 쪽으로 일이 진행되었다.

　"따라 온나……."

　"누부(누이)야……."

　"따라 온나. 울 집에 아무도 없다 카이……."

　춘상은 어물쩍 영희를 따라 걸었다. 영희가 갑자기 춘상의 손을 잡아끄는데 마지못해 끌려가는 듯한 느낌은 이상하게 가슴이 설레는 것이었다. 한 밤중에 뒷집 담을 넘은 것도 아니고 훤한 대낮에 영희의 손에 잡혀 이끌려가면서 느끼는 이 설렘은 대체 뭐란 말인가? 난생 처음 느껴보는 알싸한 기분에 춘상은 어리둥절한 태도로 영희네 집을 향해 쭈뼛쭈뼛 걸어 들어갔다.

　영희네 집은 적막강산이었다. 닭들도 봄의 따사로운 기운에 눌려 꾸벅꾸벅 졸고 있었다. 인기척이 나자, 닭들이 홰를 치며 날았고 돼지우리에서 꿀, 꿀 암내를 풍길 때 내는 소리가 들렸다. 영희는 곧장 툇마루로 올라

가더니 안방 문을 열고 들어갔다. 춘상은 처마 밑에서 벌쭘한 모습으로 머뭇거렸다.

"이거 묵어라."

"누부야. 이거 홍시 아니노?"

영희의 대답보다 먼저 춘상의 손이 홍시를 받아들었다. 생각만 해도 군침이 도는 시뻘건 홍시가 떡하니 손바닥에 들어왔으니 정신이 어지러울 지경이었다.

"빨랑 묵어라."

"누부야, 고맙대이."

춘상은 게 눈 감추듯 홍시를 먹어치웠다. 게걸스럽게 먹어치우는 춘상의 모습을 영희는 툇마루에 비스듬히 걸터앉아 바라보고 있었다.

"그래 맛있노?"

"맛나다. 누부야."

춘상은 만족한 표정으로 대답해주었다. 툇마루에 반쯤 가랑이를 벌리고 걸터앉은 영희의 허연 속살이 내비쳤다. 춘상은 피하지 않고 영희의 속살을 그윽이 바라보았다.

영희는 춘상의 시선이 자신의 허벅지 사이로 꽂혀들

고 있다는 것을 알았지만 자세를 바꾸지 않았다. 작은 병아리들이 삐약 삐약 울면서 토방 쪽으로 다가오고 있었다. 햇빛이 노란 병아리 털 위에서 눈부시게 미끄러지고 있었다.

영희가 툇마루에서 일어나 병아리들을 데리고 뒤란으로 향했다. 춘상은 설레는 마음으로 영희를 뒤따라갔다. 아무도 없는 집에서 영희와 단둘이 있다는 자체만으로도 흥분이 되었다. 영희는 뒤란의 짚북더미 아래에 앉아서 햇살을 받으며 노란 병아리들을 만지작거렸다. 춘상은 슬며시 영희 옆으로 가서 앉았는데 영희가 그를 쳐다보며 씨잇 웃어주었다.

"병아리 털 보드랍다. 늬도 한 번 만져봐라."

춘상은 나란히 앉은 채로 보드라운 병아리 털을 어루만졌다. 병아리 털을 어루만지면서 슬며시 영희의 볼록한 젖가슴을 훔쳐보았다.

"병아리 털 만지니까 무슨 생각이 드노?"

난데없이 영희가 물었다. 춘상은 한참 망설이다 궁색하게 대답했다.

"보드랍다 카이. 이래 보드라운 거는 첨이구러."

"늬, 또 내 젖가슴 훔쳐봤지? 내는 늬 맘 다 안다. 늬, 내 젖가슴 한 번 만져보고 싶제?"

춘상은 영희의 급소를 찌르는 말에 마치 훈련된 망아지처럼 고개를 끄덕거렸다. 얼굴이 붉어졌고 영희의 얼굴도 붉어졌다.

"만져 봐라마, 병아리 털보다 더 부드러운지 만져 보라카이…….."

"누부야, 우, 우짜노. 이기 아닌데…….."

"치잇, 만지지도 못하믄서 우째 사내 티를 냈드노?"

하면서 불쑥 짚북더미에서 영희가 일어섰다. 춘상은 바로 그 순간에 앞뒤 재지 않고 영희의 통치마를 붙들었다. 영희가 짚북더미에 못 이긴 척 다시 주저앉았고, 춘상은 영희의 저고리 속으로 손을 집어넣어 영희의 도드라진 젖가슴을 우지끈 움켜쥐었다.

물컹한 젖가슴이 손에 잡힐 때, 춘상은 머리가 어지러웠다. 얼굴이 화끈거리며 아래쪽에서 통증이 일어났다. 영희와 짚북더미에서 한데 엉킨 것은 불과 순식간에 일어났다. 한 번 젖가슴의 달콤한 맛을 본 춘상의 손은 더 이상 게으르지 않았다. 어느새 춘상의 떨리는 손이 영희의 통치마 밑으로 기어들어 허벅지를 거슬러 올랐다.

누가 가르쳐 준 것도 아닌데 춘상의 손은 마치 주인 만난 개처럼 꼬리를 치며 이곳저곳 쿵쿵 냄새를 맡았다. 영희의 손은 춘상의 손을 밀어내는 것이 아니라 붙들어서 제 풀에 여기저기 자기의 몸에 가져다 대고 있었다. 춘상은 영희라는 누이가 이렇게 신비한 존재인 것을 생애 처음 깨닫게 되었다. 글도 모르고 젖가슴만 자라던 영희의 어디에서 자신을 단번에 사로잡아버리는 이런 마력이 흘러나온다는 것인가. 춘상은 생각할 겨를도 없이 영희를 붙들고 뒹굴면서 짚북더미를 어지럽혔다.

노란 병아리들이 저만치 달아나고 없는 뒷간 짚북더미에서 봄날의 따사로운 햇볕 아래 영희의 몸을 마치 제 것인 냥 해코지를 부렸던 경험은 춘상의 생애 가장 아름답고 화려한 경험이었으며, 사람이 왜 남자와 여자가 만나 살아가는 것인지 깨닫게 해준 잊을 수 없는 축복이었다.

아버지에 대한 소문은 영희로부터 들은 것이 전부였다. 일본 순사들의 손에 의해 벽보에 매달린 아버지의 목숨이 위태하다는 것은 춘상의 생각에도 분명했다. 아버지의 행방을 찾아 나서려고 그러는지 어머니는 이틀에 한 번은 일찌감치 새벽길을 떠나 저녁이 이슥해서야 돌아왔다.

"어무이, 아버지가 일본순사한테 붙들려 갔다는 게 참말이니꺼?"

"누가 쉬어터진 보리밥만도 못한 소릴 지껄이드노? 늬 아버지, 저 타관에 돈 벌러 나갔다 말이라……."

어머니의 말이 변명이라는 것을 춘상은 말투로도 느낄 수가 있었다. 영희의 몸을 킁, 킁 냄새를 맡으며 해코지를 했던 것 못지않게 춘상의 직감은 예리했다.

영희로부터 아버지에 대한 소문을 들었다는 말은 차마 입에 올리지 못했다. 이제 영희를 생각하고 영희를 떠올리고 영희, 라는 이름을 입에 담기만 해도 춘상은 자신이 마치 큰 잘못을 저지른 것처럼 기가 질려버렸다. 그래서 영희로부터 들었다는 아버지에 관한 소문을 어머니에게 발설하지 못했다.

춘상은 모습을 감춰버린 아버지에 대해 알려고 하지 않았다. 아버지, 라는 단어는 마침 당시 창궐하고 있는 '문둥병, 처럼 금기시되었다. 성주에서도 나병환자가 발생해서 병원에 치료 받으러 갔지만 낫지 못하고 나왔다는 소문이 돌았다. 조선총독부에서는 나환자를 근절하기 위해 강제로 잡아들인다는 소문도 나돌았다.

"춘상아, 이리 온나."

"예, 어무이."

이날따라 다정한 목소리로 춘상을 불러 툇마루에 앉힌 다음 어머니는 춘상의 얼굴이며 몸 구석구석을 샅샅이 살피기 시작했다.

"어데 아픈 데 없드노?"

"예, 어무이. 아픈데 없어예. 우째 그러시니꺼?"

"조선 천지에 문둥병이 창궐하고 있다는기라. 저 부산이고 여수고 마 문둥이들로 넘치난다는데 우짜면 좋노. 너 당분간 저 밖에 얼씬하지 말그라마."

"예, 어무이……."

대답은 이렇게 했지만 춘상은 그 약속을 지키지 못했다. 하루 이틀 사흘까지는 참아 보았지만 나흘째 되던

날, 뒷간의 번질번질한 담 벽을 어머니 몰래 타고 넘었
다. 영희의 모습이 눈에 어른거려 가슴이 바싹 타들었
기 때문이다. 어머니는 마치 새벽길을 떠난 뒤여서 담
을 넘는 데는 장애물이 없었고, 영희네 집에도 마침 어
른들이 없고 영희 혼자였다. 며칠 만에 보게 되는 영희
의 얼굴이 더욱 탐스럽게 보였다.

"누부야, 어디 아픈데 없나?"

"괴않다. 늬넌 어데 아픈데 없는기제?"

"울 어무이 그러시는데 문둥병이 창궐해가 마 온 천
지가 난리라카드라."

"나도 울 어무이한테 들었다. 늬 아버지 돌아오싰
나?"

춘상은 영희와 눈이 마주치자 갑자기 낯이 뜨거워져
시선을 피하면서 대답 대신에 고개를 저었다. 툇마루에
앉아 저번 날처럼 영희는 안방에서 홍시를 하나 꺼내와
춘상에게 내밀었다. 하지만 이번에는 저번 날처럼 덥석
받아먹지 않았다.

"우째 그라노! 늬 묵으라."

"아니다. 누부 묵그라. 누부가 묵어야 얼굴도 예뻐지

고 몸도 아프지 않는 거 아이라?"

춘상은 마치 자신이 영희의 신랑이나 되는 듯이 의젓하게 말했다. 그의 말에 영희가 한참동안 쳐다보더니 홍시를 한 입 깨물었다. 영희가 홍시 먹는 모습을 보니 절로 군침이 돌았지만 춘상의 기분 역시 좋았다. 영희가 한 입 베어 물었던 홍시를 불쑥 춘상의 입 속에 밀어 넣었다. 춘상은 숨 쉴 틈도 없이 입속으로 밀고 들어오는 홍시를 받아먹었다.

저번 날처럼 노란 병아리들을 데리고 영희는 뒷간으로 갔다, 햇볕이 눈부시도록 산란하고 춘상의 몸이 한껏 부풀어 오르는 느낌이었다. 짚북더미 위에 나란히 앉아 눈부시게 쏟아지는 해를 마주 보았다. 영희와 같이 바로 이 자리에 있다는 것만으로 춘상은 가슴이 들썩거렸다. 영희의 눈과 마주칠 때 춘상의 머리는 어지러웠다. 영희의 머릿결에서 나른한 물 냄새가 끼쳐왔다. 영희의 입술이 빨간 연지를 발랐는지 선정적으로 돋보였다.

"누부야, 입술에 연지 발랐나?"

"그래, 너 보기 괘않나? 뽕나무 열매로 만들었다카

이. 오디 연지 바르니까네 꼭 시집가는 거 같구러~."

"히~. 예쁘다 누부야."

춘상의 손이 갑자기 영희의 입술을 향해 다가갔다. 두 번째 손가락으로 영희의 입술을 어루만졌다. 영희는 춘상의 손을 받아들이며 살포시 눈을 감았다. 춘상은 저도 모르게 영희의 입술 쪽으로 얼굴을 들이밀었다. 짙붉은 영희의 입술이 홍시보다 강렬하게 춘상의 마음을 끌어당겼다. 춘상은 몇 번 혀끝으로 입술을 축인 다음 영희의 입술에 자신의 입술을 부딪쳤다.

술을 한 번도 마셔보지 못했지만 아마 술 취한 기분이 이런 기분일거라고 생각했다. 영희의 입 속에서 날카롭고도 부드러운 혀가 밀려나오더니 춘상의 입술 사이로 밀려들어왔다. 춘상의 혀가 어지럽게 영희의 혀를 휘감았다. 영희의 입술이 여자에 관한한 춘상에게 고향이 되는 순간이었다. 훗날 여자를 떠올리면 춘상은 영희의 입술 속으로 모든 마음이 빨려들게 된다. 모든 정신이 고향의 담을 넘어 들어가는 객지 나그네의 그것처럼 춘상의 고향 하나가 영희의 입술 속에 만들어지고 있었다.

춘상은 영희의 가슴골을 넘어 들어가서 끝이 볼록 튀어나온 젖꼭지를 손가락으로 어루만졌다. 영희의 가느다란 손이 춘상의 어깨 밑으로 휘감겨 들어왔다. 춘상은 숨이 턱 끝에서 멈추어 쉬어지지 않았다. 순간 눈을 똑바로 떴다. 저고리의 고름이 풀렸고 영희의 달콤한 젖가슴이 춘상의 입술 끝에 닿아있었다. 휴우~ 하며 춘상은 길게 숨을 몰아쉬었다. 그리고 입술을 벌리고 영희의 젖꼭지를 입 속으로 받아들였다. 영희의 입에서 갈대 이파리 스치는 듯 쉬잇 소리가 삐져나왔다.

영희의 젖꼭지가 팽팽히 부풀어 오르는 것 못지않게 춘상은 자신이 더는 어리지 않다는 것을 확인했다. 사타구니 밑으로 거뭇하게 싹트기 시작한 거웃이 주는 성숙함보다 사타구니 사이로 당당하게 일어서 있는 생식기의 단단함이 너는 더 이상 어린애가 아니라고 소리치고 있는 느낌이었다. 춘상은 자신의 이런 위대한 변화를 영희가 빨리 알아주기를 바랐고, 지금이 바로 기회라고 생각했다.

"누부(누이)야 내가 어린애로 보이나?"

"치잇, 그게 자랐다고 다 어른이 되는 건 아니라…

……."

　이렇게 한 발 뒤로 빼면서도 영희는 춘상의 바지춤을 열심히 더듬고 있었다.

　"그라모, 어찌해야 제대루 어른이 된다 말이고?"

　"닌, 깜깜한 밤에 저 서낭당에서 날 이래 눕힐 수 있나?"

　춘상은 정신이 혼미한 상태지만 영희의 말뜻을 충분히 이해할 수 있었다. 하지만 뒷배미 서낭당이라면 낮에는 몰라도 밤에는 결코 만만하게 접근할 수 있는 데가 아니었다.

　"왜 하필 서낭당이고……."

　"치잇, 그러니까네 닌넌 아직 어린애라카이. 임마야, 저 소장수네 노랭이나 대낮에 흘레를 붙지 처녀 총각이 어찌 대낮에 흘레를 붙는다 말이고……."

　춘상의 숨은 목울대에서 컥, 막혔다. 영희와의 이런 순간이 남·녀가 할 수 있는 최고의 성찬이라고 생각했다. 춘상의 상식으로는 남녀 간의 교접이란 아주 나쁜 사람들만 할 수 있는 것으로 알고 있었다. 혼인을 하더라도 이렇게 젖가슴을 만지고 입을 맞추고 나란히

누워 잠을 자는 것만으로도 아이를 낳을 수 있다고 생
각했다. 그 이상 짓거리를 하면 개나 돼지 같이 흘레를
붙는 일인데 이런 짓은 사람 중에도 아주 나쁜 사람들
의 짓거리라고 단정하고 있었다.   영희와 흘레를 붙
을 수도 있다는 생각을 하니 이상하게 심장이 콩닥거렸
다. 그런 짓을 자기가 좋아하는 영희 누나와 해볼 수
있다는 생각을 하니 정말 머리가 어질어질했다. 개, 돼
지들이나 붙는 흘레를 남자, 여자가 붙어먹을 수 있다
는 생각은 저번 날과는 다른 환상을 가져다주었다.
　"맞지, 늬 아직 어린애 맞다. 내 말 틀렸나?"
　"어데? 아, 아니다… 깜깜한 밤이라꼬 그깟 서낭당에
몬 올라 가겠노?"
　"그라모, 늬 오늘 밤에 서낭당에 올라올 수 있나?"
　영희가 춘상의 가슴팍을 천천히 밀어내면서 물었다.
춘상은 마치 거미줄에 허우적이는 나비처럼 몸을 추스
르면서 고개를 끄덕여주었다.
　이 때, 저쪽 장독대서 마치 춘상의 가슴을 꼬집는 듯
꼬끼오, 하고 장닭이 홰를 치고 있었다. 헝클어진 머리
를 매만지고 통치마에 묻은 지푸락을 털어내는 영희의

모습은 어느 때보다 춘상의 뇌리에 깊이 새겨지고 있었다.

홰를 치는 장닭처럼 춘상은 자리에서 일어나 옷자락에 붙은 지푸라기를 떼어냈다. 영희와 헤어지기는 무척 아쉬웠지만 서낭당에서 밤에 다시 만날 생각을 하니 은근히 가슴이 타고 설렜다. 춘상이 엉거주춤한 동작으로 영희네 담 벽을 타고 넘을 때까지 영희는 먼빛으로 바라보았다. 춘상이 더 이상 어린애가 아님을 확인한 순간 영희의 가슴에도 꽃봉오리 하나가 맺혀지고 있었다.

"치잇, 나보다 어린 게 벌써 어른이 다 돼뿼다."

영희가 혼잣소리로 이렇게 지껄일 때 춘상은 건넌방으로 들어가 속옷을 갈아입었다. 춘상이 속옷을 갈아입는 시간에 영희는 부엌문을 잠그고 바가지에 물을 떠서 뜨거운 몸을 식혔다.

하루가 더디게 흘러갔다. 춘상은 뒷집 영희를 생각하면 얼굴이 붉어지고 부끄러운 마음이 들었다. 깜깜한 밤에 서낭당에서 짐승처럼 벌일 못된 짓을 생각하니 머뭇거리면서 가슴이 타들었다. 영희를 만지고 주무르며 맘껏 해코지를 했지만 어딘지 모르게 아쉬움이 남는 이

마음은 무엇이란 말인가? 평소 자주 들러보던 뒷간에
조차 담을 쌓고 깜깜한 밤에 일어날 영희와의 일들을
생각할수록 시간은 긴 그림자처럼 꼬리가 길었다.

이상한 것은 신체의 변화였다. 영희의 젖가슴을 만지
면서 춘상은 자신의 몸이 크게 부풀어 오른다는 것을
깨달았다. 영희의 모습을 생각만 해도 까닭 없이 배꼽
밑이 빳빳하게 일어섰다. 영희의 부드러운 손이 사타구
니 위를 더듬던 순간에 갇혀 퍼덕이고 보면 어김없이
가랑이 사이가 뭉툭하게 아파왔다. 그것의 감촉을 느끼
면서 자신을 사내로 받아들여주던 영희를 생각하면 충
족함이 더해 왔다.

밤이 이슥해서야 어머니는 귀가했다. 어머니는 혼이
반쯤 달아난 사람처럼 경황이 없어보였다.

"어무이, 아버지 소식은 들었십니꺼?"

춘상은 자식 된 도리로 이렇게 물어보았다. 타지에서
돌아오면 방문부터 걸어 잠그고 허리를 꺾고 우시는 어
머니가 슬퍼보였다. 아버지의 존재를 보지 못한 춘상의
마음 역시 허기지고 지쳤다.

"늬넌 오늘 글을 읽었드노?"

"예, 쪼금 읽었니더⋯⋯."

아버지에 대한 물음에는 아랑곳하지 않고 글을 읽었는지부터 물었다. 춘상은 읽지도 않은 글을 읽었다고 퉁 치는 자신의 대범함에 속으로 놀라고 있었다.

"그래, 오늘 읽은 대목을 한 번 외보거라."

어머니의 말에 춘상은 갑자기 말문이 막혀버렸다. 뒷집 영희 누나와 이상한 짓을 하던 모습이 빠르게 스쳐지나갔다.

"늬 아버지가 닐 이래 가르켰드노?"

"어, 어무이⋯⋯."

"늬 아버지가 맬겁시 심산 어르신한테 닐 인사시켰다 생각하노? 아이라, 장차 사람이 되라꼬 닐 향교에 데려가신기라⋯⋯."

"예, 명심하겠니더."

"어버이 앞에 앉을 때는 몸을 어찌 한다 카드노?"

"물거물와, 한다캣십니더, 걸터앉지 말고 눕지도 마라캣십니더⋯."

"그래 잘 아는 놈이 어찌 바람난 누렁이만치로 엉덩

이를 그래 들썩거려쌌노?”

“아, 아닙니더. 아버지 생각하모 나도 모르게 맘이 들썩들썩 해서 이캅니더.”

춘상은 마침 영희와의 약속이 들통 난 것처럼 시껍했다. 하지만 어머니가 그 은밀한 사건을 결코 알아챌 리가 없다고 생각되자 표정은 당당히 보이도록 시치미를 뗐다.

어머니와 함께 늦은 저녁을 먹는 내내 춘상은 가슴 한 구석이 불안했다. 영희와의 약속이 나쁜 약속이란 것을 알지만 서낭당으로 향하는 자신의 마음을 억제할 수가 없었다. 배는 고프지만 음식이 제대로 먹히지 않아 건성 먹고 밥상머리에서 물러났다.

“늬가 어째 밥술을 뜨는 둥 마는 둥 하노?”

“마 입맛이 없습니더. 아버지가 안 계시니까네 입맛도 없네예.”

절반은 맞는 말이라고 생각했다. 절반은 아버지의 부재에서 오는 허기 때문에 맘껏 밥을 밀어 넣을 수가 없었고, 절반은 서낭당에 가야한다는 약속 때문에 건성건성 먹을 수밖에 없었다.

"늬 말이 사실이모 마 효자 하나 나왔꾸마는……."

"부모님의 잠자리를 보아드리는 것이 도리지만 아버지가 안계시니 오늘은 마 먼저 들어가 잘랍니더."

"오냐, 낼 새벽에 일찍 길 떠날 일이 있으니 일찍 들어가 자거라."

"낼 새벽에 어무이 하고예? 혹시 향교 데리고 갈라캅니꺼?"

"아이라, 향교 얘긴 입에두 올리지 말그래이."

춘상은 어머니의 단호한 말에 입을 다물어버렸다. 향교를 생각하니 불길한 예감이 불쑥 머리끝으로 솟아올랐다. 아버지의 부재는 향교와 연관이 있을 것이라는 생각이 들었다. 작은 방에 누워 등잔불이 희미하게 흔들릴 때마다 심산 김창숙의 얼굴이 떠올랐다가 사라졌다.

춘상은 부엌에서 설거지를 하고 밖으로 나오는 어머니의 기미에 부러 후우 불어 등잔불을 꺼버렸다. 그리고 이불을 코끝까지 뒤집어쓰고 눈을 감았지만 생각을 놓치는 않았다. 잠이 들어서는 안 된다, 고 생각하며 영희의 붉은 입술과 팽팽히 부풀어 오른 젖가슴과 백합

꽃 같이 흰 목덜미를 떠올리고 있었다.

어둠속의 고요가 시간을 따라 깊숙이 방안에 쌓일 때 춘상은 설핏 들었던 잠결에서 깨어났다. 가만히 발걸음을 죽여 툇마루를 걸어 나와 안방 문을 살며시 열어보았다. 안방 역시 어둠속에 덮여 형체조차 분간하기 어려웠다. 어머니가 곤히 잠이 들었을 것이라 생각하고 툇마루를 사뿐히 밟아 걸어 나왔다.

어둠이 짙은 마당을 가로질러 사립문을 열고 마을 뒷길을 달리기 시작했다. 산짐승들의 울음소리가 지척에서 들렸지만 두려움 보다는 영희를 만나 나쁜 짓을 한다는 설렘으로 발뒤축을 빨리했다. 서낭당에는 정말 영희가 먼저 와서 기다리고 있을까? 이런 의심 따위는 손톱만큼도 일어나지 않았다.

서낭당에 당도해서 숨을 몰아쉬었다. 쉬잇 쉬잇, 쒜— 소리를 내고 서낭당 문을 열쳤다.

"누부야, 여 왔나?"

서낭당은 어둑했고 산짐승들이 울었지만 두렵지 않았다. 두려움이 달아난 것은 영희에 대한 그리움 때문이었을 것이다. 한참동안 응답이 돌아오지 않았다.

"누부야, 어데 있노?"

"춘상아, 이쪽이다."

영희의 목소리를 듣는 순간 눈에서 감격의 눈물이 흘러내렸다. 영희는 성냥을 그어 촛불을 밝히고 춘상의 손을 이끌어 서낭당 안쪽으로 갔다. 안쪽에는 멍석이 깔려 있었고 아늑했다. 벽 쪽에 붙어있는 빛바랜 선녀들의 사진을 등지고 영희가 자리에 앉았고 춘상은 영희 곁에 있었다.

"늬, 어무이한테 안 들켰나?"

"어무이, 코 빠지게 주무시드마……."

영희의 손이 춘상의 손을 먼저 잡아당겼고, 춘상의 손은 저절로 영희의 젖가슴을 향했다.

"누부야, 이카는 거 나쁜 짓 맞나?"

"나쁜 짓 아이라. 어른이 될라모 반드시 거쳐야 하는 기라."

"뭐? 어, 어른이 된다꼬?"

"와, 어른이 되기 싫나?"

춘상은 아마 희미한 어둠속에서 도리질을 했을 것이다. 어른으로 말하면 춘상이 빨리 되고 싶은 것이었다.

빨리 어른이 되어 부모님 농사도 돕고 장가도 들고 싶었다.

"어른 되기 싫은 사람이 어데 있겠노. 나도 빨리 어른이 되고 싶다카이."

"어른이 되모 일본 놈들 때려눕힐 수 있다. 늬, 일본 놈 때려눕힐 자신 있나?"

"와 갑자기 일본 놈이니? 누부도 일본 놈 죽이고 싶은거제?"

"맞다. 늬 생각하모 마 칵 죽이고 싶은기 일본 놈 아이겠나?"

춘상은 대범하게 영희의 젖가슴을 주물렀다. 더 이상 자신이 어린애가 아니라고 생각했다. 어른이 된다면 망설이지 말고 대범해야 한다는 생각이 들었다.

"와 내를 생각하는데 일본 놈을 죽이고 싶다카노?"

춘상은 한 발짝 더 나가 영희의 젖가슴에 입술을 가져다 댔다. 영희의 입 속에서 가는 바람 소리가 빠져나왔다.

"늬 어무이한테 늬 아버지 소식 못 들었드노?"

"어무이한테 아버지 소식 물어봤는데 엉뚱한 소릴 하

시더마….”

“엉뚱한 소리?”

영희가 젖가슴을 끌어당기면서 말했다. 영희의 젖꼭지에서 촛농보다 그윽한 냄새가 솟아나와 춘상의 머리를 마비시켰다.

“글 읽었느냐고 묻더마. 그래서 마 쪼끔 읽었다고 엉너리 쳤드이 당장 읽은 대목을 외보라카드라.”

“히히, 용코로 걸려뿄네.”

“누부야, 이게 웃을 일이고?”

춘상은 어둠 속에서 영희의 목덜미를 움켜잡았다. 백합 같던 영희의 목덜미는 어둠 속에서 뿌연 안개처럼 희미했다.

“그게 아이라 늬가 귀여워서 그런다.”

“치잇, 토끼도 아닌데 뭐가 귀엽다꼬….”

춘상은 공연히 자신에 대해 못마땅한 생각이 들었다. 그래서 자신한테 화를 낸다는 생각에 그만 영희의 상체를 붙들고 바닥에 넘어뜨렸다. 영희는 멍석 위로 자빠지면서 마치 숨이 넘어가는 듯이 기겁을 했다. 그리고 넘어진 채로 춘상의 등 쪽을 세게 끌어당기며 말했다.

"어머머, 춘상이 늬 생각보다 멋지대이."

영희의 말이 끝나기 전에 춘상의 입술이 영희의 입술을 덮었다. 혀가 서로 만나는 감촉은 감칠맛이 났고, 미끈한 홍시보다 달콤했다. 영희는 혀끝을 빙, 빙 돌려서 춘상의 혀를 희롱했다. 그리고 영희는 손을 아래로 뻗어 춘상의 가랑이 사이를 더듬기 시작했다. 영희의 손이 춘상의 허리춤을 파고들어 당당히 일어선 것을 부드럽게 감쌌을 때 비로소 이것이야말로 나쁜 짓이라는 생각이 퍼뜩 스쳤다. 하지만 결코 나쁜 짓임을 깨달았다 해도 멈추고 싶지는 않았다.

춘상은 마치 저는 어린이가 아니라는 것을 보여주듯이 제법 어른처럼 영희의 입술부터 목덜미, 젖가슴까지 입술을 놀렸다. 그리고 단 한 번도 배우지 않았지만 영희의 치맛단을 밀어 올려 손 매듭으로 영희의 허벅지부터 더듬기 시작했다. 영희의 입속에서 그토록 간드러지던 소리가 이어졌다 끊기곤 했다.

"아아~ 늬 계속 더듬고만 있을 거가?"

"누, 누부야, 이제 뭘 해야카는데~?"

춘상의 목소리가 영희의 젖가슴 사이에서 막혔다. 행

동의 실마리를 찾기도 전에 영희는 어둠 속에서 스스로 자신의 단속곳을 벗고 춘상의 손을 가져다 속곳의 속으로 불쑥 집어넣기 때문이었다. 춘상의 손끝에 잡히는 영희의 보드라운 털은 상상 속에서나 존재했던 것이다. 가장 안쪽을 감싸고 있는 속곳 너머로 이토록 부드럽고 은밀한 털이 숨어있으리라고는 상상도 못했을 것이다.

"누, 누부야~."

숨을 꼴딱거리면서 손가락으로 영희의 은밀한 숲길을 더듬었다. 촉촉이 젖은 숲의 밀도는 빽빽했지만 미끌미끌한 체액이 흘러나와 춘상의 손마디를 간지럽게 했다.

"춘상아, 아이 참~."

"누부야, 와 이래 숨이 막히노?"

"이기 원래 이카는거라……."

영희의 손이 춘상의 속곳을 아래로 끌어내렸다. 춘상은 더욱 숨이 막히면서 현기증이 일었다. 맨살이 드러나고 아늑한 밤공기가 춘상의 사타구니를 덮을 때 영희의 몸속을 본능적으로 찾아 들어갔다. 아아, 하고 비명같기도 하고 신음 같기도 하는 소리를 흘려내던 영희의 소리가 동시에 섞여 큰 울림으로 가슴에 떨어지는 것을 느꼈다. 이런 울림은 춘상이 영희의 몸속으로 깊이 밀어 넣을 때마다 반복되었다.

아아, 나쁜 짓이란 것이 결코 나쁜 짓이 아니라 말로 형용할 수 없는 세계에 닿는 일임을 순간 깨달았다. 어찌하여 어른들은 이런 행위를 나쁜 짓으로 치부하고 금기시했단 말인가? 어른들은 정말 이런 나쁜 짓을 하지 않고 정직한 소나무처럼 꼿꼿이 살아온 것일까? 어지럽고 현기증이 나면서도 자꾸만 빠져 허우적거리고 싶은 세계, 영희의 몸속에서 그런 세계가 만들어지고 있다는 사실을 춘상은 믿을 수가 없었다.

구름을 타고 날아가는 듯한 환상은 그러나 오래 가지 못했다. 현기증의 절정에 닿아 영희의 몸짓과 춘상의 몸짓이 하나가 되면서 마치 한꺼번에 울어대는 쓰릅 매미처럼 소리를 높여 꼭대기에 올라서던 순간, 허탈하게 추락했다. 춘상의 몸속에서 미끌한 기운이 영희의 몸속으로 이동하던 순간, 춘상의 몸은 바닥으로 추락했다. 아랫배가 허탈하고 힘이 달아났다. 설상가상 곧추 섰던 그것마저 추락하며 힘을 빼앗기고 시들어졌다. 태풍처럼 일시에 닥친 허기를 아는지 모르는지 영희는 여전히 춘상의 배 밑에 깔린 채로 알아듣지 못할 신음소리를 계속해서 토해내고 있었다.

"누부야, 와 이래 배가 고프제?"

"늬 저녁밥 안 묵었나?"

여전히 꺽, 꺽 숨을 몰아쉬던 영희의 말에 춘상은 대꾸하지 않았다. 허탈하게 힘이 빠진 자신에 비해 여전히 짱짱하게 춘상의 다리를 휘감아오던 영희의 태도가 못마땅했기 때문이다.

주인의 몸에서 저만치 달아났던 옷들을 주섬주섬 챙겨 입었다. 어둠이 가득 찬 서낭당에서 옷 입는 소리만 스적스적 다가왔다. 옷을 모두 입고 어둠 속에서 영희가 춘상의 몸을 껴안았다. 알다가도 모를 일은, 영희는 생각보다 힘이 세다는 것이었다. 허탈해서 초라해진 춘상이 보다 영희는 여전히 기운이 넘쳤고 발랄하기까지 했다.

"춘상아, 오늘 좋았제?"

영희의 물음에 춘상은 대답하지 못했다. 어떤 대답을

해줘야 할지 몰랐고 너무 허탈함이 밀려왔기 때문이다.

"와 대답이 없노, 늬 누부가 싫나?"

"아, 아이라. 누부야….."

춘상의 대답은 사실이었다. 가득찬 허기는 맞지만 영희가 싫지는 않았다. 영희가 자신의 곁을 떠나간다면 날마다 생각날 것만 같은 기분이었다. 아니 당장 한 식경만 떨어져 있어도 다시 몸속 어딘가에서 부터 영희에 대한 그리움이 솟아오를 수 있을 것만 같았다.

"춘상아, 나는 늬가 좋다. 낼 밤에도 여게서 만날 수 있겠노?"

춘상은 고개를 천천히 끄덕여주었다. 그러면서 영희를 그윽이 바라보며 말했다.

"누부는 내가 정말 좋나?"

이번에는 영희가 대답 대신에 어둠 속에서 고개를 끄덕여주었다.

"우째 내가 좋은긴데?"

"늬 오늘보이 마 사내 중에 사내라……."

영희의 대답에 춘상은 공연히 어깨가 우쭐해지는 느낌이었다. 태어나서 가장 맘에 든 칭찬이라고 생각했다.

어둠 속을 더듬어 영희와 함께 걸어내려 오는 길은 무섭지도 않고 쓸쓸하지도 않았다. 힘이 빠지며 허탈하던 기운도 어느 정도 안정이 되어갔고 아까의 시간들이 다시 그리워지는 느낌도 들었다. 무엇보다 영희와 이렇게 은밀한 관계를 가졌다는 사실에 흡족할 뿐이었다.

마을 뒤뜰에 당도하여 반질한 언덕배기에 나란히 앉아 숨을 골랐다. 아까의 일을 생각하면 여전히 가슴이 들썩거렸다. 그러나 정작 문제는 여기서부터 시작되고 있었다.

"늬 아부지 어데 있는지 아나?"

"모른다. 어무이도 모르시는갑더마……."

"울 어무이가 그러시더라. 늬 아부지 형무소에 있다 카던데……."

춘상은 영희의 말에 꼭뒤를 한 방 얻어맞은 기분이었다. 아버지가 형무소에 있다는 말은 상상조차 하지 못했다.

"누부야, 그게 사실이노?"

"울 어무이가 와 거짓부렁 하겠노?"

춘상은 영희의 말이 끝나기 무섭게 집을 향해 달리기 시작했다. 갑자기 내뛰는 춘상을 향해 영희가 연신 이름을 불렀지만 춘상은 뒤돌아보지 않고 뛰었다. 아하, 그래서 어무이가 낼 새벽에 일찍 길 떠날 일이 있다캤구나, 아버지가 형무소에 있다는 영희의 말은 춘상을 뜨거운 불에 엉덩이를 쏘인 송아지처럼 정신없이 뛰도록 했다. 진즉에 이런 사실을 알았다면 결코 영희 따위 서낭당에서 만날 불효자는 아닐 것이었다.

춘상은 엉덩이를 불에 데인 송아지처럼 정신없이 뛰어 집의 사립문을 열치고 들어왔다. 몰래 밤 마실을 다녀온 사실을 숨길 여유도 없이 허겁지겁 안방 문을 열치고 들어갔다.

"어무이, 어무이요……."

하며 등잔불을 밝혔지만 어머니의 모습이 보이지 않았다. 춘상은 방문을 열고 툇마루를 걸어 나와 남포등을 밝혔다. 뒷간으로 출렁이는 남포등을 밝히며 걸어 나왔지만 여전히 어머니의 모습은 보이지 않았다.

뒷간의 반질반질한 담 벽에 기대어 영희네를 바라보았다. 영희의 집은 어둠속에 마치 버섯처럼 웅크리고 있었다. 뒷간에서 나와 사립문 밖으로 다시 걸어 나와 어머니를 찾아보았다. 어머니는 보이지 않는다. 남포등을 밝히고 마을의 골목들을 기웃거리기 시작했다. 어머니를 만난 것은 어느 골목의 중간이었다. 어머니의 발걸음 역시 뭔가 찾고 있는 듯이 분주한 걸음이었다.

"어무이, 어데 다녀 오시니꺼?"

"어데 다녀오다니, 늬 어데 있다 기어 나왔드노?"

춘상은 순간 말문이 컥 막혀버렸다. 어머니는 춘상을 찾으러 다닌 모양이었다.

"늬, 늬 방에서 자고 있었드노?"

"예, 어무이. 일나보이 마 어무이 안계시대예……."

춘상은 어머니의 물음에 재치 있게 대답했지만 어머니의 목소리는 바람에 흔들리는 남폿불보다 카랑하게 펄럭였다.

"늬가 이제 보이 마 도깨비처럼 거짓말을 하네. 늬 방에 자고 있었는데 어째 어미 눈에는 보이지 않았단 말이라… 늬 글 헛 읽었대이."

"어, 어무이……."

이쯤 되면 어머니의 심기가 어느 정도 불편한지 춘상

은 모르지 않았다. 글을 헛 읽었다는 말은 아직도 회초리로 종아리를 맞아야 한다는 말과 같았다. 아니나 다를까 툇마루에 올라서자 어머니의 손에 벌써 회초리가 들려있었다. 춘상은 군말 없이 바짓가랑이를 무릎까지 걷어 올렸다. 어머니의 회초리질은 어느 때보다 야무지고 날카롭게 종아리를 파고들었다.

"부모도 제대로 섬기지 못하는 놈이 어찌 나라를 섬긴단 말이고. 늬 아버지가 시방 마른 감옥에 갇혀 죽을 동 살 동 한치 앞도 모르는 판에 밤이슬을 맞고 다닌단 말이고?"

"어무이, 잘못했십니더."

"심산 선생 만나 늬 나이 때 사자소학을 읽었단 말 듣고 종달새처럼 지저거렸다 캤드나? 허~ 가당찮은 짓거리 아니라? 집 밖을 나갈 때는~"

"외출할 때 반드시 고하고 돌아와서 반드시 부모님 뵈온다 캤십니더……."

춘상은 스스로 분에 못 이겨 어머니보다 빨리 조잘거렸다. 회초리질이 종아리에 날카롭게 꽂혀 아프다는 것보다 아버지가 감옥에 갇혀 죽을지 살지 모른다는 말에 갑자기 울음이 튀어나왔다.

"입으로는 무슨 말을 몬 하겠노. 알면서도 행실 그른 놈이 불효 중에 불효 아니 것노."

춘상의 입에서 매질보다 빨리 울음이 튀어나왔다. 처음에는 아버지의 처지가 서글퍼서 아픔을 잊었지만, 계속되면서 매질의 된맛이 고스란히 종아리에 꽂히는 것이었다.

"어, 어무이요, 잘, 잘못 했십니더."

"늬 아부지가 밤마다 글을 읽혔다드이 마 여적 헛물만 켰능갑고마, 늬 입으로 잘못했단 소리가 나오는갑제…."

춘상은 매질을 받으면서 더는 대꾸하지 않았다. 무슨 대꾸로도 어머니의 지금의 화를 가라앉힐 수가 없을 것이라고 생각했다. 그래서 이를 악물고 매를 참아냈다. 어머니의 매질은 한참동안 작렬하고 난 뒤에 멈추었다. 매질을 멈춤과 동시에 춘상의 울음은 멎고 대신에 어머니가 꺽, 꺽 울기 시작했다. 춘상은 피가 맺힌 종아리를 이끌고 어머니 앞에 무릎을 꿇었다.

"어무이, 용서해주시소."

"늬 아버지가 지금 형무소에 있대이….."

어머니의 울음 섞인 말이 춘상의 가슴을 헤집었다. 춘상은 자꾸만 터져 나오려는 울음을 가까스로 잠재우며 대꾸했다.

"아부지가 무슨 죄를 졌답니꺼?"

"늬 아부지 죄가 어데 있노? 나라 뺏긴 죄밖에 없지…….."

"그라모 어째 형무소에 붙잡혀 갔답니꺼?"

"애길 다 할라모 끝도 없다. 격문에 늬 아버지 화상을 똑같이 그려 넣었으니 버틸 재간 없었겠지야. 아끼던 수염조차 깎고 숨어볼 요량을 했던 모양인데 마 현상금을 걸었으이 우예 사람들 눈썰미를 피해 갔겠노…."

춘상은 대꾸하지 않았다. 지난날에 격문을 보았을 때의 충격이 그대로 춘상의 가슴에 전해져왔다. 춘상을 누구보다 아끼시던 아버지가 형무소에 갇혀있다는 생각을 하자 춘상의 가슴은 미어질 것만 같았다. 코를 훌쩍이며 어둠속에 빨려 들듯 이부자리를 찾아들었다. 저쪽 방에서도 어둠을 뚫고 흐느적거리는 어머니의 울음소리가 오래도록 낮게 흘러 들어왔다.

먼동이 트자마자, 춘상은 방문을 여는 어머니의 기척
에 깨어났다. 아니 어쩌면 어머니의 기척에 깨어난 게
아니라 코가 먹먹한 탓에 깨어났던 것도 같다.

"춘상아, 어여 일나라. 퍼뜩 늬 아부지 한테 가자."

"예, 어무이."

하면서 일어서는데 코에서 피가 주룩주룩 흘러나왔
다.

"어무이, 피…….."

"늬가 무신 힘쓸 일 있었다고 이래 코피를 흘리노?"

어머니의 무심하게 비꼬는 듯한 말에 춘상의 얼굴이
화끈거리는 것을 느꼈다. 난생 처음 경험해 보았던 영
희와의 일들이 잠깐 사이에 눈앞을 스쳐갔다. 춘상은
한쪽 손으로 코를 막고 툇마루로 나왔다.

"어무이, 솜 좀 주이소."

"와, 코피가 계속 나오노?"

"예, 어무이."

어머니가 이불 속에 넣으려고 갈무리 해둔 솜뭉치에
서 마치 익은 목화솜을 뽑아내듯 조금 떼어내 춘상의

코에 밀어 넣었다. 그런데도 흘러나오던 코피는 전혀 멈출 기미가 보이지 않는다. 어머니는 고개를 갸우뚱거리면서 춘상의 고개를 젖히고 코에 솜을 다시 쑤셔 넣었다. 그러나 한 번 흘러나오기 시작한 코피는 멈추지 않는다.

"별 일이구먼. 늬 어제 밤에 뉘 집에 밤 마실 다녀왔제?"

춘상은 아무런 대답을 하지 못했다. 영희와의 일들이 머릿속에서 도깨비불처럼 펄럭였지만 고개를 내저었다.

"밤 마실은 무슨 밤 마실이예. 그냥 아부지가 생각나 저 서낭당에 잠 올라갔다 왔십니더."

"야밤에 서낭당을 올라 갔다꼬? 흐어, 늬가 그래 서낭당에서 비손을 했드노? 마, 경우 없는 행동을 했으이 이래 벌을 받능갑제. 고개 잠 쳐들어봐라."

하면서 어머니는 열심히 춘상의 코피를 멎게 하려고 애를 썼다.

제3장 발병(發病)

　그 날, 춘상을 데리고 형무소에 다녀오려던 어머니의
계획은 수포로 돌아갔다. 춘상의 코피가 예사롭지 않았
기 때문이다. 코피가 좀체 멎지 않자 어머니는 대수롭
지 않게 생각했던 것을 후회하고 심각하게 받아들였다.
마을 이집 저집을 돌아다니면서 춘상의 코피가 멈추지
않는다고 발을 동동 굴렀다. 영희네 집에 들러서도 춘
상의 코피가 멈추지 않는데 어찌하면 좋을지 영희 어머
니 생각을 물었다. 춘상은 영희 역시 코피를 흘리고 있
을지 모른다고 생각했다. 하지만 춘상의 염려와는 달리
영희의 코는 멀쩡했다.

　"늬 서낭당에 다녀 왔다켔노?"

　"예, 아주마이."

　영희의 어머니가 묻자 춘상이 영희의 눈치를 살피며
대답했다. 영희는 부러진 빗자루를 들고 쓰렁쓰렁 방을
쓸어내고 있었다.

　"춘상 어무이, 우리 뒤안에서 부추 좀 뜯어 오시소."

영희 어머니는 무즙을 갈아 춘상에게 반 그릇 마시게 하더니 부추를 뜯어오게 했다. 어머니는 영희네 뒷간으로 잰걸음으로 가서 곧장 부추를 뜯어가지고 왔다. 영희와 영희 어머니가 부추로 즙을 내어 춘상에게 즙물을 마시게 했고, 즙을 콧속에 밀어 넣었다. 실거리를 물에 넣어 끓이고 지난 가을 갈무리 해둔 석류껍질을 물에 달이고 야단을 치른 끝에 겨우 춘상의 코피가 멎었다. 춘상은 서낭당 선녀님의 노여움을 받았다고 생각했다. 영희는 아무런 탈이 없었지만 나이가 더 어린 춘상에게 벌을 주는 것이라고 생각했다. 나쁜 짓을 어른들 몰래 신성한 서낭당에서 했기 때문이라고 생각했다.

춘상이 어머니와 함께 형무소에 갇혀 있는 아버지를 만난 것은 며칠 뒤였다. 어둑한 밀실 같은 좁은 공간에서 일본 순사의 감시를 받으며 춘상은 아버지를 만났다.

"아부지. 괘않십니꺼?

"나는 괘안타. 늬가 많이 수척해졌구마. 어데 아픈데 있더나?"

아버지 몰골은 말이 아니었다. 눈가에 멍이 들어 있었고 두 눈은 퀭했다. 입술이 말라비틀어져 아버지가 말을 할 적에 쩝, 소리가 났다. 춘상 역시 몸이 아팠지만 이런 아버지 앞에서 아프다고 고개를 끄덕일 수가 없었다.

"아픈데 없느더."

"늬가 코피를 많이 흘렸다캤노?"

춘상은 아버지 두 눈을 빤히 올려다보았다. 몸은 기력이 쇠해 보였지만 아버지 눈빛은 날카롭게 빛나고 있었다. 춘상의 눈가에서 쭈루루 눈물이 흘러내렸다.

"춘상 아부지, 야가 혹…."

"임자, 나도 막 그 생각을 했네. 요즘 조선 천지에 문둥병이 창궐하고 있다는 소문을 들었단 말일세."

아버지는 춘상의 얼굴을 여기저기 살펴보았다. 그리고 어머니한테 춘상의 상의를 위로 잡아 올려보라고 했다. 춘상이 어머니를 도와 상의를 위쪽으로 올린 다음 상체를 깊이 숙였다.

"아이고 이 진물 좀 보소. 춘상 아부지 야가."

"임자, 침착하소. 춘상아, 얼른 옷 내려라."

춘상은 아버지의 말이 끝나기도 전에 걷어 올린 상의를 내렸다. 춘상은 부모님의 표정으로 보아 자기 몸에 심각한 일이 일어나고 있다는 것을 알아차렸다. 하지만 놀란 것은 문둥병이란 말 때문이었다. 이따금씩 문둥이들이 윗마을 호밀밭에서 병을 낫기 위해 어린 애기를 잡아먹는다는 소문을 들었기 때문이다.

면회를 감시하고 있던 일본순사가 춘상의 얼굴을 보더니 곤봉으로 옆구리를 콕 찔렀다.

"더러운 놈, 어서 저리 꺼지라."

춘상은 의지와 관계없이 작은 밀실에서 떠밀려 나왔다. 아버지와 종달새 애기를 하려던 참에 순사 놈은 화들짝 놀라며 춘상을 끌어냈다.

"춘상아, 아부지가 늬한테 해줄 게 없어 미안하대이. 늬넌 조선이란 나라를 잊어서는 아니 된다.

"예, 아부지, 내는 저 일본 놈들이 억수루 싫습니더."

일본순사의 채찍을 맞으며 춘상이 소리쳤다. 뒷모습을 언뜻 보이며 돌아서는 아버지의 어깨에도 순사의 채찍이 날카롭게 얹혔다.

춘상에게 생애 내내 잊을 수 없는 모습이 아버지 어

깨에 내리꽂히던 일본순사의 채찍이었다. 조선이란 나라를 잊어서는 안 된다는 아버지의 당부보다 어깨에 꽂히던 채찍을 생각하면 나라 없는 설움부터 올라왔다.

아버지는 형무소에서 일 년여를 살다가 출옥되었다. 아버지를 형무소에서 처음 만나고선 춘상은 더 이상 면회를 가지 못했다. 춘상의 몸은 변화가 생겨서 눈썹이 빠지고 온 몸에 반점이 생기면서 진물이 흘렀다. 영희와 서낭당에서 나쁜 짓을 한 까닭에 벌을 받아 문둥병에 걸렸다는 춘상의 생각은 영희를 당장에 멀리 하도록 만들었다. 영희의 꼬심이 아니었다면 깊은 밤에 서낭당에 올라가 발가벗은 몸으로 나쁜 짓을 하지 않았을 것이며, 발가벗은 몸에 서낭당의 선녀가 나쁜 주술을 내리도록 빌미를 만들지도 않았을 것이라고 생각했다. 그런 생각을 하면서도 춘상이 좋아하는 영희에게 문둥병 증상이 나타나지 않는 것은 다행이라고 생각했다.

아버지가 형무소에서 나올 때까지 춘상이 더는 면회를 못한 것은 당연했다. 형무소 측에서 아예 면회를 막았던 것도 있었지만 집을 떠나 타지에 나돌아 다닐 수가 없기 때문이었다. 그 무렵 무서운 소문까지 돌았는데, 문둥병(나병)에 걸린 조선 사람들을 소록도로 잡아들인다는 것이었다. 마을사람들은 차라리 소록도에 들어가서 치료를 받는 것이 나을 수도 있다는 말들을 늘어놓았지만 춘상의 부모님은 자식을 죽일망정 일본 놈들 손에 넘기지 않겠다고 고집을 부렸다. 특별히 이러한 까닭은 소록도에 들어가면 살아서는 바깥으로 나오지 못하고, 소록도에서 죽어 시체를 해부 당하고 그곳 화장터에서 화장된다는 소문 때문이기도 했다.

춘상의 코피는 잊을만하면 터졌고 눈썹까지 빠지기 시작했다. 몸에서 신열이 났고 몸은 피곤에 절어 있었다. 마을 사람들은 춘상을 타지로 쫓아내야 만이 안전할 것이라고 하였지만 아버지는 아픈 몸을 지탱하면서 완강히 저항했다. 마을 사람들은 춘상의 가족마저 혐오스럽게 생각했고, 누구보다 이쯤 되니 춘상이 스스로 고통스럽기 이를 데가 없었다.

"아부지요, 고마 소록도에 드갈랍니더."

"춘상아, 안 된다. 거게가 어데라구 거겔 들어간다 말이고, 거게 말고 마 힘 좀 쓰고 있으니 기다려 보자마.

늬가 아무리 문둥병이 들었다 캐도 내 피를 받은 새끼
인데 살아 나오기 어렵다는 소록도에 보낼 수 없는기
사람 도리 아이것나? 말(마을) 사람들이 이제 보이마
흉악하구마. 저 자식이 이래 문둥병에 걸렸다 캐도 이
래 얀정머리 없이 말(마을) 떠나라고 손가락질 할따~.”

전염성이 심하다고 사람들 사이에 소문이 나서 춘상
은 집밖으로 나갈 수가 없었다. 아버지는 성치 않은 몸
으로 춘상의 병을 낫아 보려고 백방으로 힘을 써보았지
만 실효를 거둘 수가 없었다. 신경통처럼 아픔이 심해
지고 습진처럼 살갗이 짓물렀고 고환 아래도 염증으로
젖어 있었다.

춘상은 뒷간에 돌아가 아랫도리를 내리고 젖은 고환
을 햇볕에 말렸다. 그러다가 뒷간 너머 영희네 집에서
인기척이 들리면 얼른 바지춤을 끌어당겼다. 영희의 모
습이 그림자라도 비칠 때면 춘상은 낯이 부끄러워 얼굴
이 화끈거렸다. 수치스러움이 신경통보다 궤양보다 훨
씬 심했다. 춘상은 지난날에 영희와 벌였던 짓거리들을
이제 후회하고 있었다. 차라리 영희와 아무런 관계가
아니었다면 이토록 가슴이 찢어져 수치심으로 고통스러

위 할 이유가 없었을 것이다.

그러던 어느 날, 춘상이 고환을 드러내며 햇볕을 쬐고 있는데 영희가 느닷없이 담을 넘어 춘상이네로 왔다.

"누부야, 저리 가라마."

춘상은 홍두깨로 머리를 얻어맞은 송아지처럼 화들짝 놀라며 아랫도리를 감쌌다. 문둥병에 걸리자 영희가 소 닭 보듯 했던 사실에 춘상은 속이 상해 있었다.

"춘상아, 늬 정말 문둥병 걸린 거 맞나? 말(마을) 사람들이 늬한테 문둥이라 카던데."

"나도 모르것다 마. 누부도 내가 문둥이라 카니까 싫은 거 맞제?"

영희는 천천히 춘상을 향해 거리를 좁혀왔다. 몸에 이상이 생긴 뒤로 영희를 보지 못한 탓인지 영희의 모습은 더욱 눈이 부셨다.

"늬가 싫은기 아이고 울 어무이가 늬네 집 근처에 얼씬도 하지말라 캐서~."

춘상은 거울에 비친 자신의 얼굴을 떠올리며 영희를

등지고 돌아섰다. 그런 중에도 영희가 자신을 싫어하지 않는다는 말에 한편으로는 위로가 되었다. 춘상은 한사코 영희가 가까이 오지 말기를 바랐다. 나쁜 병을 영희에게 까지 옮겨주고 싶은 마음이 아니었고, 또한 자신의 흉한 모습을 영희에게 가까이서 보여주고 싶지 않았다.

"누부야, 가까이 오지 말그래이. 나쁜 병을 예쁜 누부한테 옮기면 쓰겄나."

"춘상아, 괘않다. 누부는 춘상이가 억수로 보고 싶었단 말이다~."

춘상이 등을 돌리고 엉거주춤 섰는데도 영희는 아랑곳하지 않고 춘상에게 바짝 다가왔다. 춘상은 저도 모르게 영희를 똑바로 바라다보았다. 영희가 정말 자신의 말을 의심하지 못하도록 춘상의 손을 와락 잡아당겼다. 그 날랜 동작에 춘상이 더욱 놀랐을 것이다.

"아아, 안 된다 카이. 손가락 끝에 이렇게 진물이 나는데 만지면 우야노?"

"나넌 병이 옮아도 좋다. 늬만 옆에 있으면 괘안타 말이라~."

영희가 팔을 크게 벌려 춘상의 몸을 끌어안았다. 너무 갑작스럽게 일어난 일이다. 춘상은 아무런 대처를 하지 못하고 몸을 웅크린 채로 숨을 몰아쉬었다. 영희의 입술이 갑자기 춘상의 입술을 덮었다. 영희의 입술은 여전히 뜨겁고 달콤했다. 이불 속에서 눈물을 삼키며 상상했던 일들이 지금 눈앞에서 일어나고 있다는 게 믿기지 않았다.

"늬 아부지 대구에 가셨다문서? 늬 치료하먼 낫을 수 있다 카드라…."

"그라모 좋겠지만 서낭당 선녀님이 벌을 주신긴데 빨리 낫을 수가 있겄노?"

"치잇, 조선 천지에 문둥병 걸린 아들이 다 나쁜 짓을 했단 말이노? 턱도 없는 소리라. 거는 마 미신이라 말이라…."

"누부야, 참말이노? 서낭당 선녀님이 벌을 줘가 이래 문둥병 걸린 거 아니란 말이제?"

춘상의 물음에 영희는 대답 대신 크게 고개를 끄덕여 주었다. 영희의 빛나던 눈빛이 춘상의 눈 속에 가득 찼다. 영희가 다시 춘상의 입술을 덮었고 춘상은 서낭당 선녀의 저주가 아니라는 말에 갑자기 기분이 좋아졌다. 오랜만에 맛보는 영희의 입술은 달콤했다. 영희의 입술을 빨고 있으면 아무리 사나운 문둥병도 금세 사라질 것만 같았다.

춘상의 병을 낫아 보려고 부모님은 날이 밝자마자 타지로 나가 갖가지 민간약들을 가져왔다. 달여서 마시고 다져서 바르기를 수없이 반복했다. 하지만 생각처럼 춘상의 몸이 차도를 보이지 않았다. 조선의 방방곡곡에서 문둥병 걸린 나환자들이 넘쳐난다는 소문도 돌았고, 춘상은 마을 사람들의 손가락질을 당해낼 수가 없었다. 아버지가 연신 타지에 다녀오신 어느 날, 진중한 표정으로 말했다.

"춘상아, 늬가 아무러 캐도 여게 있을 수 없다는 거는 알제?"

"예, 아부지."

"늬를 받아가 치료해 준다 카는 델 아부지가 수소문 했대이. 늬넌 거게 가면 말끔히 병도 낫을 수 있다 카더마."

"아, 아부지, 참말이니꺼? 내~ 참말 낫을 수 있다 캅니꺼?"

"오야, 저 대구 내당이란 데 가면 마 늬 같은 환자들
이 억수루 많다 카드라."

"아부지, 당장 보내 주시소. 나 빨리 치료받고 문둥병
낫을랍니더."

"오야~ 그래야 사람답게 살 수 있잖겄나? 그라모 맘
단디 먹고 낼 당장 여기서 떠나자."

춘상은 아버지 말에 뛸 듯이 기뻤지만 한편으로는 서
글프고 허기졌다. 춘상은 이토록이나 빨리 집을 떠나리
라고는 생각지도 못했다. 영희와 작별할 시간도 갖지
못하고 떠난다는 것이 안타까워 이틀간만 말미를 달라
고 졸랐다.

"하루라도 빨리 들어가서 치료를 받아얄 텐데 늬가
무슨 미련이 있다꼬 말미 얘길 꺼내노?"

"아부지, 동무들하고 작별인사는 해야 않겠시니꺼?"

"허, 야무진 소리한다. 늬 만나줄 동무들이 어데 있겄
노. 그라모 글피 여게서 떠나자, 늬 어무이 속도 달래
야 할끼고~."

춘상에게 이틀은 황금 같은 시간이었다. 어머니는 눈

물을 옷소매에 적시면서 춘상의 속옷들을 챙겼다. 춘상은 무엇보다 영희를 만나 문둥병을 낫아 오겠다는 약속을 하고 싶었다. 어른들이 집을 비운 틈을 타서 춘상은 뒷간으로 돌아가 영희네를 살폈다. 작은 돌멩이를 골라 영희네 마당 쪽으로 던졌다. 영희가 모습을 드러냈고, 춘상은 빨리 오라는 손짓을 했다. 영희가 쪼르르 담을 넘어왔다.

"누부야, 내가 낼 모레 대구 요양원에 간대이."

"늬 아부지가 대구 가셨다더니 요양원을 보고 왔는갑제?"

춘상은 영희를 보자 기분이 좋아져서 활짝 웃으며 고개를 끄덕거렸다.

"말끔히 병도 낫을 수 있다 카더라. 누부야, 날 잊지 않을 거제?"

"늴 어떻게 잊을 수 있겠노. 춘상아, 오늘 밤에 서낭당에 올라올 수 있나?"

하지만 춘상은 고개를 저었다. 서낭당에서 또 영희와 나쁜 짓을 하면 이번에는 영희 마저 문둥병에 걸릴지도 모른다는 생각이 들었다.

"치잇, 늬 내가 싫은 모양이구나?"

"아, 아니다. 누부야가 내처럼 나쁜 병에 걸리모 안 되이까네 그러는기라. 내 문둥병 꼭 낫아 올게. 그때 서낭당에서 또 만나자, 누부야."

하고 춘상은 사내답게 손가락을 내밀었다. 영희의 곱고 가느다란 손가락이 춘상의 손가락을 호미처럼 걸어왔다. 그러면서 영희는 뜨거운 입술로 춘상의 입술을 덮었다. 몸이 피곤하고 이 곳 저 곳이 쑤시고 아팠지만 영희를 끌어안고 있는 순간은 모든 아픔이 멈추는 듯했다. 영희가 춘상의 몸을 더듬으며 연신 입술을 부비자 춘상의 가랑이 사이로 찬란한 기운이 솟구치는 느낌이었다. 서낭당이라면 당장 영희를 바닥에 눕힐 수도 있을 것만 같았지만 저쪽에서 닭이 홰를 치는 소리에 영희의 몸에서 떨어졌다.

춘상은 마을을 떠나 샛강 언덕을 쓸쓸히 울면서 걸었다. 춘상이 집을 떠나올 적에 마을 사람들은 한 사람도 얼굴을 내밀지 않았다. 아버지의 손을 잡고 어머니의 전송을 받으며 걷는 강둑 뒤에서 춘상은 자꾸만 마을

쪽으로 뒤를 돌아보았다. 어머니의 어깨가 크게 떨렸고 어머니의 목이 울컥 메었다. 지난달에 보았던 종달새는 온 데 간 데 없고 쓸쓸한 바람만 쓰렁쓰렁 일어났다.

강둑의 끝에서 춘상은 어머니와 작별했다. 이제 다시 볼 수 없을지도 모른다는 생각을 하니 목이 컥 막혔다. 어머니는 제발 말끔히 병이 나아오라며 눈물을 삼키고 한사코 어깨를 다독거려 주었다. 춘상은 눈물을 참으려고 하였지만 자꾸만 흘러내리는 눈물을 참을 수가 없었다. 강둑 끝에서 어머니와 헤어지는 순간은 춘상의 생애에 가장 아픈 추억이 되리라.

걷다가 뒤를 돌아보고 걷다가 뒤를 돌아보았다. 강둑 끝에서 더는 걸음을 내딛지 못하고 땅바닥에 주저앉은 어머니의 가슴이 타드는 가뭄처럼 메마를 것임을 모르지 않았다. 한사코 손사래를 치는 어머니의 손은 사지(死地)로 들어가는 자식의 등을 떠미는 죄책감으로 떳떳하지 못했다.

"어무이, 꼭 낫아가 올랍니더. 어무이, 염려 마시소.

"오야. 늬넌 꼭 낫아 올끼라. 꼭 낫아 올끼라~."

아버지의 손에 이끌려 마을을 떠나올 때 종달새 대신

에 까마귀들이 울었다. 까마귀들이 춘상이 걸어가는 길
을 앞질렀고, 머리 위에서 빙, 빙 돌면서 저 뒤로 사라
지곤 했다. 춘상은 이상하게 까마귀들의 울음소리가 듣
기에 거슬렸다. 음산한 저 울음소리, 춘상은 아버지한테
손목을 잡혀 걸으면서 연신 신작로 가녘의 돌멩이를 집
어 들어 까악, 까악 하고 울어대는 까마귀 떼를 향해
힘껏 던졌다. 까마귀들이 날개를 파닥이며 저만치 달아
나고 있었다.

제4장 애락원

버스를 두 번이나 갈아타고 한참을 걸어 당도한 곳이 바로 대구 애락원이었다. 한센병 치료기관이며 요양기관인 애락원은 예전에는 문둥병원이라 불렀다고 한다. 나라에서 문둥병 환자(나환자)들을 수용해서 치료할 수가 없어서 외국에서 들어온 선교사들이 운영하고 있었는데 대구의 애락원은 여수 애양원과 부산 상애원에 이어 조선에서는 세 번째로 설립된 나환자 치료기관이었다.

달성군의 내당동에 엄청난 넓이의 부지를 확보해서 춘상이 입소하기 십여 년 전에 이미 이백여 명에 육박한 환자들이 치료를 받고 있었다. 춘상은 간단히 인적사항을 작성하고 환복(換服)한 다음에 선교사 플래처(A·G·Fletcher)와 마주앉아 면담했다.

"춘상 군은 참 똑똑하게 생겼구나."

"고맙십니더, 원장님예."

코가 크고 얼굴색이 백합꽃처럼 하얀 낯선 외국인을

일본사람 말고는 처음 마주하던 터여서 춘상의 마음은 신기했다. 떠듬떠듬 조선말을 하고, 모양새가 사뭇 낯설었지만 춘상에게 다가오는 따뜻한 마음까지 낯설지는 않았다. 플래처 원장은 무엇보다 어눌한 조선말이지만 그 말의 기운 속에 숨어있는 따뜻한 원장의 맘씨를 춘상은 고맙게 받아들였다.

문둥병에 걸려 이곳에서 요양하고 있는 사람 중에 코가 문드러지고 손가락이 달아나고 눈썹이 뭉텅 빠져 다가서기 힘든 환자들도 많았지만 그들의 마음은 하나같이 무섭지 않고 따뜻하다는 것을 며칠 되지 않아 느끼게 되었다. 이곳이라면 반드시 병이 나아 다시 그리운 고향으로 돌아갈 수 있을 것만 같았다.

"한센병(나병) 치료에서 제일 중요한 것은 세 가지 요소다."

원장은 원생 환자들을 모아놓고 항상 강조했다.

"첫째는 믿음이다."

"믿음."

원생들이 일제히 원장의 말을 따라했다.

"둘째는 기름이다."

“기름.”

춘상 역시 동료들과 자연스런 사이가 되어 거리낌이 없었다. 대풍자유라는 기름을 가지고 원생들은 주사를 맞았다. 집에서 민간요법이라고 코피가 멎는 비법만 썼던 춘상에게도 대풍자유 주사는 효과가 크게 나타났다.

“셋째는 노동이다.”

“노동.”

애락원의 원생들은 움직일 수 있는 사람은 모두 일을 했다. 거동이 불편한 사람들도 앉아서 청소를 하는가 하면, 동료의 몸을 씻기고 거들었다. 누구나 열심히 몸을 움직였고 놀고먹는 사람은 없었다. 그리고 치료가 잘 되어 완전히 나병이 나아서 밖으로 나가는 사람들도 있었다. 춘상이 역시 이들처럼 반드시 나아 퇴원하고 말겠다는 각오로 열심히 치료에 임했다.

춘상은 아버지와 헤어지고서 두 번째 편지를 받았다. 아버지는 형무소에서 당한 고문으로 몸이 갈수록 축난 데다 아들과의 이별이 주는 고통으로 힘겨워하고 있었다. 춘상은 치료 잘 받고, 많은 동료들이 병이 나아 돌아가고 있으니, 역시 곧 병이 나아 그리운 부모님을 볼 수 있을 것이라고 서둘러 편지를 썼다. 아버지로부터 두 번째 편지를 받고서는 춘상 역시 많은 눈물을 흘렸다.

'이제 늬를 언제 다시 볼 수 있을지 모르겠다. 아무래도 늬를 보지 못하고 죽을 수도 있겠구나.'

라고 시작하는 편지의 군데군데에는 눈물이 떨어져 글이 번졌다. 그리고 말미에는 '혹여 애비가 죽는다면 반드시 심산 김창숙 선생을 찾아 아버지로 혹은 스승으로 여기며 잘 보살피고, 나라를 빼앗긴 나약한 조선인임을 부끄럽게 여길 것이며, 반드시 인간답게 살아, 라고 당부하면서 '늬나 내나 나라 없는 설움 씻지 못하고 세상 하직하는 것이 가장 슬픈 일' 이라고 적고 있었다. 이런 편지를 받고서 춘상은 아버지가 죽을 수도 있겠다는 슬픈 생각을 했다.

두 번째 편지를 받고 얼마 지나지 않아 어머니가 직접 애락원에 면회를 왔다. 어머니의 얼굴은 예전에 비해 많이 수척해져 있었다. 집을 떠나온 세월이 벌써 이년 여 이르고 있었는데 어머니가 직접 면회를 와서 춘상은 날아갈 듯 기뻤다. 밤마다 나무 밑 벤치에 앉아

까만 하늘에 박힌 별을 바라보며 부모님의 얼굴을 떠올
렸었다.

부모님의 얼굴을 떠올린 다음 다시 떠오른 얼굴은 영
희였다. 춘상은 자신의 몸이 나병에 걸린 이후 영희에
대한 애착을 버리려고 애썼다. 문둥이란 이름으로 영희
를 가슴속에 담아 도둑 고양이처럼 꺼내보는 일이 떳
떳하지 못하다는 생각이 들었다. 어머니는 춘상의 얼굴
을 어루만지며 웃음보다 슬픈 표정을 지었다.

"어무이, 아부지는 어데 가고 혼자 오셨습니꺼?"

"춘상아, 늬 아부지는 그만 돌아가싰다."

어머니의 물기 젖은 목소리에 춘상은 입을 달싹거릴
수가 없었다. 턱이 덜덜 떨리면서 말이 되어 나오지 못
했다.

"늬 한테 전보를 쳤다 캐도 매어있는 몸이 아니더나?
늬 할베 옆에 장사 치러 드렸다."

"예, 어무이."

겨우 입을 떼었지만 눈물만 쭈룩 흘러내렸다. 아버지
의 죽음을 춘상은 어느 정도 예상했던 일이었다. 어머
니는 보자기를 풀어 아버지의 영정사진을 춘상이 앞에

펼쳐놓았다.

"애비 임종을 지키지 못한 자식은 불효자식이 맞다. 늬 몸이 이래 된 것이 하늘 뜻이라 캐도 아부지 한테 절은 올리사제."

춘상은 울음이 턱 밑까지 올라오는 것을 가까스로 참으면서 영정사진을 향해 두 번 절을 올렸다. 춘상은 아버지의 영정사진이 마음에 들지 않았다. 지난 날, 일본 순사들이 번잡한 거리의 담 벽에 붙인 격문 속의 수염 난 사진이었기 때문이다. 아버지의 죽음은 바로 일본 순사들의 격문으로부터 비롯되었다는 생각이 들었다.

"늬 몸이 많이 좋아졌는갑구마."

"예, 어무이. 원장님이 치료를 잘 해 주십니더. 하마 쪼매만 있으면 낫을 수 있다 카대예. 저, 어무이~."

춘상은 조심스레 어머니의 눈치를 살폈다. 아버지의 소식 못잖게 궁금한 것이 바로 영희의 소식이었기 때문이다.

"와, 사내 자슥이 말하다가 말고 에미 눈치를 보노."

"아, 그게 아이고예. 저 어무이~."

"늬, 여게 오더니 말더듬이 되었드노? 참말인갑다.

늬가 무슨 말을 물어볼라 카는지 에미는 다 안다.”

“예에?”

춘상은 어머니의 말에 뭐라 대꾸하지 못했다. 영희를 생각함에 어머니 말처럼 정말 말더듬이가 되어버리는 느낌이었다. 춘상은 뺨이 붉게 올라서 두 손으로 어루만지며 어머니를 멀뚱히 바라보았다.

“늬, 뒷집 영희 소식이 궁금한 거 맞제?”

“아, 아니라예. 영희 누부 소식이 뭐가 궁금하겠습니꺼. 하나도 궁금하지 않다 말입니더.”

“흐어 참, 이럴 때 보면 마 늬 아부지 빼다 박았구마. 이녁이 말보따리 꺼내놓고 정작 덤비면 뒤로 물러서는 위인 아니겠노. 영희 소식 궁금하지 않다 카이 마 거는 알 거도 없는 일이제.”

춘상은 어머니의 입술 끝을 뚫어지게 바라보았다. 영희에 관한 어떤 말도 바람처럼 흘려보내지 않으리라 작정하고서였다. 하지만 어머니는 춘상의 성미에 불을 지르려는지 뜨악하기만 했다.

“뒷집 아주마이는 잘 계시니꺼?”

그래서 춘상은 공연히 영희의 어머니 안부를 물었다.

영희를 입에 담는 순간 여적 가슴속에 숨겨 둔 비밀들이 주저리주저리 쏟아져버릴 것만 같았기 때문이다. 춘상의 이런 태도에 어머니는 여 보란 듯이 입을 열었는데 춘상이 집을 떠나 애락원에서 생활한 이래로 가장 놀랄 소식이었다.

"영희 그 가스나 시집 갔대이."

"뭐, 뭐라캤십니꺼, 시방?"

"영희 시집갔다는데 늬가 와 이래 놀란 토끼상이고?"

"어무이, 영희 누부야가 언제 어데로 시집을 갔다 말입니꺼?"

춘상은 부끄럽지만 슬쩍 오줌을 지릴 뻔했다.

"늬가 넘에 딸 시집간 걸 가지고 어이 오지랖을 떠노. 마 듣자니까네 대가면 부잣집 하인한데 갔다카지 아마?"

"대가면 부잣집이예?"

춘상은 지난날 아버지와 함께 강둑에서 마주친 한 무리의 포수들을 떠올렸다. 턱에 사나운 수염을 달고 강단지게 생긴 사내의 모습이 눈앞에 아른거렸다. 젊고 예쁜 영희가 그런 사내한테 시집을 갔다면 정말 경을 치게 놀랄 일이었다. 설마 그런 포수한테 영희가 시집 갔을 리는 없을 것이라고 마음속으로 도리질을 했다. 하지만 어머니의 입술은 춘상에게 더욱 가혹한 말을 털어놓았다.

"박 포수라나 뭐라나, 상처(喪妻)를 했다 카는데 소처럼 뚜벅뚜벅 일은 잘해서 마 이번에 집도 장만하고 논밭때기도 장만했다 카드라.

"아부지 하고 향교 갈 적에 말 앞 강둑에서 그 사람 봤십니더. 어째 누부가 그래 나이 많은 하인한테 시집을 갔답니꺼?"

"뭔 사정 있었겠지야. 납채(혼인 날짜 정하는 절차)도 아니 받고 초례상도 없이 그냥 보쌈 하대끼 데려간 모양이더마~."

춘상의 눈에서 뜨거운 눈물이 쭈루루 흘려 내렸다. 춘상은 옷소매로 얼른 눈시울을 훔쳐냈다. 춘상이 문둥병에 걸리지 않았다면 영희가 대가면의 하인한테 그렇게 일찍 보쌈 당하듯 시집을 가지는 않았을 것이라고 생각했다. 어머니의 말을 들으면서 춘상은 더는 아무런 대꾸를 하지 못했다. 문둥병에 걸린 자신의 처지가 원망스럽고 이런 질병에 걸리게 한 하늘이 원망스러웠다. 어머니의 이어지는 말에 춘상의 가슴은 더욱 미어지고 있었다.

"희 갸가 늬 아부지 수발을 많이 들었대이. 영락 무슨 며늘애처럼 수발을 들더란 말이다. 참 싹싹하고 맘이 실거운 가시나가 지질이 복도 없지. 아무리 살림이 궁색해도 영희 가시날 거 재취로 보낸 거는 너무한 처사 아니겠노."

어머니의 말을 들으니 영희가 더욱 보고 싶고 그리워졌다. 턱수염이 짓궂은 사내의 재취(再娶)로 갔다는 사실에 견딜 수가 없었다. 아버지의 수발을 자주 들었다는 영희의 마음이 춘상은 고마웠다. 어머니는 영희가 춘상이 요양하고 있는 대구 애락원의 주소를 몇 번이나 가르쳐달라고 하였으나 가르쳐주지 않았다고 했다. 춘상이가 더욱 놀란 것은 어머니의 다음 말이었다.

"늬가 영희하고 서낭당에 올라간 거 모를 줄 알았나 보제. 늬덜 찾으러 고샅을 살피고 다니던 날, 늬 몸뚱이에 짙은 향냄새가 박혀 있더마. 희안타 생각하고 늬가 방에 자러 들어갔을 때 깜북 영희 그 가스날 사립

앞에서 안 만났나. 영희 몸뚱이에도 마 향냄새가 박혀 있더마. 아무 말도 묻지 않았제만 늬 몹쓸 병 걸려가 여게로 오던 날 영희가 그러더마. 늬가 서낭당 선녀의 저줄 받은 게 아이라고 묻지도 않았는데 지 입으로 그러더란 말이다~.”

춘상의 입술은 그 대목에서 굳게 닫혀버렸다. 어머니의 얼굴을 고개 들어 쳐다볼 수가 없었다. 한참이나 푹 고개를 숙이고 있다가 휴우 길게 숨을 내쉬며 어머니를 향해 소리치듯 말했다.

“어무이. 이제 여게 면회 오지 마이소, 마 곧 병도 낫을 긴데 병이 낫아도 집에 돌아가지 않을랍니더.”

“그기 무신 소리로? 즈 집 놔두고 몸도 성 찮은 놈이 어데루 간단 말이고?”

“마 길이 있겠지예. 문둥병 걸려가 나아온 사람 반길 말 사람덜도 없을 끼라예. 어무이, 이제 일나 돌아가시소.”

춘상은 먼저 자리에서 일어섰다. 민낯을 모두 들켜버렸다는 사실 때문에 춘상은 공연히 자신에게 화가 났다. 아버지도 없고 영희 마저 포수한테 시집을 가버렸다면 굳이 병이 나아도 고향으로 돌아갈 필요가 없다는 생각이 들었다.

　어머니는 풀어놓은 아버지 영정사진을 거듭거듭 보자기에 쌌다. 춘상이와 헤어질 생각 때문인지 어머니 눈가에 그렁그렁 눈물이 맺혀 있었다. 어머니가 한없이 보고 싶고 그리웠지만 당장 자신의 민낯을 어머니가 모두 알고 있다는 생각을 하자니 떳떳이 마주할 수가 없었다. 어머니는 한참동안 말없이 춘상을 껴안고 있더니 그저 말없이 터벅터벅 등을 보이고 걸어갔다.

　춘상은 대구 애락원에서 심산 선생의 소식을 듣고자 애썼지만 심산 선생의 근황을 알 수 있는 방법은 없었다. 일제한테 빼앗긴 조선을 되찾기 위해 일찍이 가정도 목숨도 돌보지 않는 위인이며 독립을 쟁취하고자 하는 독립군에 대해 춘상이 드러내놓고 수소문 할 수도 없는 입장이었다. 아버지의 마지막 편지에는 심산 선생이 아마 중국 상해에서 은거하고 있을 것이라고 썼다.

　오전에는 치료를 받았다. 증세가 가벼운 사람들은 일렬로 서서 자신의 차례가 되면 상처를 보이고 주사를 맞았다. 대풍자유라는 치료제는 환자들이 가장 선호하는 약이었다. 이것 말고도 다른 약제를 처방받기도 했지만 대풍자유만큼 효과를 보지는 못했다. 그래서 거의 모든 환자들은 대풍자유를 근육에 주사하는 방식을 가장 선호했던 것이다.

주사를 주입하기 힘든 환자에게는 정제된 약을 복용하게 했고, 1.5g 혹은 6g 을 복용하게 했다. 치료효과는 만족할 정도로 좋았고 결절이 특히 심한 사자형 얼굴의 환자까지 차도를 보였다. 대개의 환자들은 이곳 애락원에서의 치료와 생활에 있어서 만족한 편이었고 영양상태가 양호해져서 체중이 불어나는 경우가 대부분이었다.

프랙처 원장은 마치 자기 가족처럼 모든 환자들을 대했으며 정성을 다해서 보살피는데 사명감을 가지고 계셨다. 이런 원장의 정성 때문에 춘상 역시 상처가 아물고 통증도 사라졌으며, 왼쪽 팔이 약간 불편한 것을 제외하면 정상이나 다름이 없었다. 춘상은 자신의 몸이 이렇게 차도를 보이자 새로운 자신감이 솟아났고 완치하여 퇴원할 수 있다는 믿음마저 가지게 되었다.

어머니가 면회를 하고 다녀가신 뒤부터 춘상의 마음은 편치 못했다. 차라리 영희에 대해 소식을 듣지 못했더라면 훨씬 나았을 것이라고 생각했다. 밤마다 뒤척였고 잠을 쉽게 이루지 못했다.

"춘상 군, 환부가 거의 아물었는데 아직도 아프나?"

잠을 이루지 못하고 뒤척이는 모습을 보며 원장님은 이렇게 물었고, 춘상은 한낱 혼인한 여자 때문에 뒤척인다는 것이 창피해서 아직 통증이 남아있다고 대답했다.

"아직도 쪼매 아픕니대이."

중증환자들이 누워있는 방에서는 살 썩는 냄새가 났고, 고름이 노랗게 오를 때 중증환자들은 두려워했다. 어떤 환자는 넘어지면서 땅바닥에 손가락이 떨어졌고, 손가락이 떨어지면 원장님은 알콜 솜으로 집어서 애락원 뒤뜰에 묻었다.

애락원 뒤뜰에는 일명 손가락 무덤이 있고, 발가락 무덤도 있었다. 환자들의 신체 몸에서 가장 취약한 부분이 손가락과 발가락이었다. 오랫동안 문둥병을 앓아 심한 환자는 손목까지 달아나고 없었고, 가장 심한 환자는 두 발목도 달아나고 없어서 앉아서 움직였다.

경증환자들은 중증환자들을 보살펴야 한다는 책임의
식을 가지고 있었다. 병실에는 중증환자를 위해 반드시
경증환자를 함께 수용했고, 경증환자는 불만이 없었다.
중증환자로서 도움을 받다가 경증환자가 되면 당연히
옛날의 자신처럼 중증환자를 돕는 일에 봉사했다. 그러
다가 완전히 낫게 되면 원장님의 판단 하에 퇴원을 했
다.

춘상은 처음에는 신경통이 심하고 경련이 심했다. 그
렇지만 걷는 데는 무리가 없었고 두 손을 사용했기 때
문에 크게 불편하지 않았다. 그러나 원장은 춘상을 처
음부터 중증환자를 돕도록 하지 않았다. 병세가 호전되
면서 춘상은 스스로 일을 찾아 봉사했고, 어머니가 다
녀가신 뒤로 얼마 지나지 않아 병세는 거의 호전되었
다.

원장은 하루에 두 차례씩 춘상의 상처를 살펴보고 몸
의 상태를 확인하면서 만족한 태도로 고개를 끄덕거렸
다. 춘상은 원장님의 특별한 말씀이 없어도 태도나 표
정으로 자신의 상처가 아주 좋아지고 있다는 것을 알아

차렸다.

그러던 어느 날, 춘상은 원장실로 호출을 받았다.

"춘상 군, 축하한다. 퇴원해도 좋다."

프랙처 원장의 말씀은 비록 어눌했지만 춘상에게는 완벽한 말이었다. 원장이 춘상의 환부를 어루만지는 모습에서도 춘상은 자신의 병이 나았다는 것을 확신했다.

"고향으로 돌아갈 건가?"

"예, 원장님. 감사 합니대이."

춘상은 무엇보다 원장님께 감사를 표했다. 하늘이 자신을 완전히 버리지는 않았다고 생각했다. 춘상은 원장의 물음에 자신의 의지와 다르게 대답했다. 춘상은 정말 집으로 돌아갈 생각이 없었다. 아버지도 죽고 영희마저 시집을 갔으며 자신의 치부를 훤히 들여다 보아버린 어머니가 있는 곳으로 정말이지 되돌아가고 싶지 않았다. 하지만 작은 가방을 어깨에 메고 애락원 정문을 나설 때 손을 맞잡고 등을 두들겨주며 허리를 껴안으신 원장님의 말씀을 듣고 마음을 바꿔먹었다.

"춘상 군, 고향으로 돌아가서 어머님께 효도 하거라."

"예, 원장님."

어머니한테 효도하라는 원장님의 당부에 춘상은 발길을 고향으로 돌렸다.

제5장 그리운 어머니

가방을 어깨에 메고 당당히 걸어오는 춘상의 모습을 보고 어머니는 거의 숨이 넘어갔다.

"하이고 마, 늬가 병이 다 나았구나. 이래 키도 크고, 이제 장가를 들어야 겠구마."

춘상은 어머니를 보는 순간 영희와 서낭당에서 뒹굴던 생각이 떠돌자 대답을 못하고 얼굴만 붉혔다. 어머니는 없는 살림이지만 닭을 잡고 인삼뿌리까지 어디서 구해 삼계탕을 끓였다. 애락원에서 먹는 음식보다 비록 소원하기는 해도 어머니가 만들어주신 음식은 비교할 바가 아니었다.

춘상은 기운을 내서 아버지 묘소에 올랐다. 수염 난 아버지의 모습은 늘 춘상의 뇌리에 박혀 있었다. 일제가 아버지를 잡아들이려고 담 벽에 격문을 붙일 때부터 아마 강력하게 각인되었을 것이다. 사람의 목숨이 허무하게 죽는다는 것이 이해되지 않았지만 일제라면 어떤 놀랄만한 기변도 가능할 것이라고 생각했다.

바람이 끊임없이 억새풀을 흔들고 지나가는 묘지에서 춘상은 하염없이 지난날을 떠올려 보았다. 아버지와 정겨웠던 시간들, 타지에 처음 나가며 만났던 종달새, 포수, 그리고 형무소 면회의 순간들이 주마등처럼 떠올랐다. 그러다가 문득 서낭당에서의 일들이 떠올랐고 춘상은 저도 모르게 서낭당을 향해 뛰기 시작했다.

한걸음에 숨을 몰아쉬며 서낭당에 당도했다. 지난날의 환영들이 마치 주인을 끝까지 따라붙는 검은 그림자처럼 떠올랐다. 춘상은 으음, 속으로 소리를 내면서 서낭당 선녀의 화상을 마주보았다. 선녀의 눈빛이 춘상의 눈빛을 압도하며 찔렀다. 춘상은 마치 선녀와 기세 싸움을 하듯 시선을 거두지 않았다. 그런데 이상한 환영이 다시 춘상의 두 눈을 찔렀다. 그것은 선녀도 영희도 아닌 아버지의 화상이었다. 으음~ 아버지가 어찌 서낭당에 나타나셨을까? 춘상은 상체를 흔들면서 등을 보이며 돌아섰다.

- 춘상아, 늬는 당장 용흥리를 떠나야 한 대이.
- 아, 아부지.

춘상은 아버지의 목소리를 향해 몸을 돌렸다. 분명 춘상의 귀에 들리는 소리는 아버지의 목소리였다. 그런데 아버지의 형체는 사라지고 선녀의 화상만이 춘상을 바라보고 있었다. 아버지의 목소리가 어째서 환청처럼 들렸을까? 용흥리를 떠나야 한다는 아버지의 목소리는 비록 환청이지만 춘상의 귓가에 또렷했다.

서낭당을 떠나오면서 춘상은 어쩔 수 없이 영희의 생각에 빠져들었다. 대가면의 부잣집 하인의 재취로 들어간 영희는 잘 살고 있을까? 춘상은 당장 자신의 문둥병이 나았다는 것을 영희 한테 보여주고 싶었지만 고개를 저었다. 영희는 이미 다른 사내의 아내가 아니고 뭐란 말인가. 고개를 절레절레 흔들면서 집을 향해 내려올 적에 춘상의 귓전에 여전히 달라붙어 떠나지 않는 아버지의 목소리, 아버지는 왜 하필 춘상에게 마을을 떠나라는 환청을 들려주었을까?

이틀 뒤에 춘상은 아버지의 혼령이 자신을 돕고 있다는 생각을 했다. 춘상이 한가하게 마을에 있다가는 큰 코를 다칠 수밖에 없는 상황이 오고 말았다. 일제는 조선의 방방곡곡에 문둥병이 나돌자 일제히 나환자를 소록도로 잡아들이려는 명을 연거푸 내렸던 것이다.

"춘상아, 어쩐다냐. 일본 놈들이 떼로 몰려다니면서 문둥이들을 잡아들인다는데."

"어무이, 내넌 이제 문둥병 다 낫십니더. 이 말(마을)에 내 말고 누가 문둥병 걸린 사람 있답니꺼? 일본 순사들이 여 올 일이 없지예."

"그려도 일본 놈들 속을 어찌 안단 말이고, 더구나 늬넌 독립군 자식이니께 어데 몸을 잘 숨기야 한단 말이라~."

춘상은 왜 아버지의 환청이 들렸는지 알 수 있을 것만 같았다. 언제든지 마을을 떠날 채비를 하고 마음을 가다듬고 있었다. 마을 앞에 나간 어머니가 숨을 몰아쉬며 뛰어왔다.

"춘, 춘상아. 어여 쩌그 서낭당으로 올라가거라."

"어무이, 무슨 일인교?"

"저 강둑 너머에 일본 순사들이 밀정을 앞세우고 우리 말(마을)로 오고 있댜."

　춘상은 여차하면 산을 넘을 생각으로 가방을 챙겨 서낭당을 향해 뛰기 시작했다. 마을에서 그래도 몸을 숨길만한 데가 서낭당이었다. 설마하니 일본 순사들이 마을 뒷산 서낭당까지 샅샅이 살피지는 못할 것이라고 생각했다.

　서낭당에서 다시 선녀의 시선과 맞닥뜨렸다. 선녀의 시선은 이상하게 춘상을 향해 노려보고 있는 느낌이었다. 영희의 흰 몸뚱이를 떠올리다 고개를 저었다. 영희의 흰 몸뚱이가 자꾸만 춘상에게 다가오는 것 같아 춘상은 뒷걸음질을 쳤다. 서낭당 문을 열고 밖으로 나와 먼데의 동태를 살폈다. 햇살은 천천히 빛을 잃고 저 멀리에서 푸르스름한 이내가 내려오는 것이 보였다.

　마을에서 저녁연기가 올라오고 있었다. 서낭당 주위가 물컹한 어둠속에 갇히기 시작했고 먼데서 둥지로 날아가는 빗새들에 날개 짓이 느껴졌다. 춘상은 그제서야 서낭당을 뒤로 하고 마을을 향해 걷기 시작했다.

　"늬가 아무래도 여게 떠나야 할 모양이라."
　"어무이, 와 그런교?"

“흐어 참, 세상에 이런 일도 또 있을거나.”

“무슨 일 있었습니꺼?”

“일본 놈 앞잡이 있다는 거야 조선천지가 다 아는 일
이제만 늬가 분명히 여게 있다는 거 알고 있다믄서 늬
럴 내 놓으라 카는기라.”

“누가 그런 말을 하더란 말입니꺼?”

“이웃이라 카믄 아는 도둑도 숨겨주는 기 마 사람에
도리가 아니겠노.”

“그런 데예?”

“세상에나 대가면 부잣집 하인이라는 놈이 말이다.”

“영희 누부 데려간 박 포수 말입니꺼?”

“맞대이. 아니 그놈이 글쎄 춘상이 늬를 내놓으라고
툇마루 뻗대고 앉아서 행짜를 부리더란말이다.”

“내 여 있는 줄 어찌 알았단 말인교?”

“말(마을)에 눈들이 한 둘이노? 저 뒷간을 죄 헤집어
놓구 무 구덩이도 들어가 보고 저 닭장 속까지 뱃가죽
을 땅바닥에 깔꼬 들여다보더란 말이다.”

어머니는 끝내 춘상이 병이 나아 집에 왔지만 곧장
경성으로 올라갔다고 거짓말을 했다는 것이다. 어머니

의 말에 춘상은 마음을 다잡았고, 가방을 챙겨 캄캄한 밤에 마을을 떠나야 했다. 어머니는 한사코 춘상의 손을 잡고 눈물 바람을 했지만, 이것이 자신의 운명임을 춘상은 뼈저리게 느끼고 있었다.

"이제 살아서 늬를 볼 수 있을는지……."

"어무이, 아부지처럼 어찌 그런 말씀 하십니꺼? 내가 죄를 지은 것도 아닌데 내 집에 길래 돌아오지 못한다믄 말이 되겠는교?"

"이치야 그런다만 저놈들 하는 짓들이 어디 우리 생각하고 같더나? 늬 아부지도 제 명에 죽지 못한 거 세상이 다 아는 일이라~."

"예, 어무이."

춘상은 어둠 속에서 어머니를 향해 두 번의 절을 올렸다. 이것이 어쩌면 어머니와의 마지막일지도 모른다고 생각했기 때문이다. 주먹밥을 챙겨 가방에 넣고 속옷가지와 아버지의 편지를 챙겨 마을을 떠났다.

춘상이 깊은 어둠을 뚫고 걸어갈수록 어머니의 한숨과 한탄이 뒷덜미를 끌어당겼다. 춘상의 볼에 뜨거운 눈물이 맺힐 때 어머니의 떨리는 음성은 흔들렸다. 춘

상은 어둠 속에서도 자꾸만 뒤를 돌아보며 더딘 걸음을
떼고 있었다. 이 날의 모습이 춘상이가 기억한 어머니
의 마지막 모습이었다.

춘상은 사람들에게 물어 대가면 양부자네를 찾아갔
다. 고향을 등지고 걷는 길이 슬펐지만 가슴 속에 그리
움은 아직 뜨겁게 간직하고 있었다. 양부자네 하인 박
포수가 춘상을 잡으러 마을에 들어와서 행패를 부렸다
는 사실을 알면서도 춘상의 걸음은 양부자네를 향하고
있었다. 이 길을 영희도 걸었으리라는 생각을 하면서
자박자박 걸었다. 오후 해가 산 중턱에 걸렸을 때가 되
어서야 양부자네 대문을 두드릴 수가 있었다.
　“늬가 누군데 남의 집 대문을 두드리노?”
　덥수룩한 차림새의 사내가 대문 빗장을 열면서 눈을
부릅뜨고 물었다. 춘상은 마른 침을 꿀꺽 삼켰다.
　“영희 누부야를 찾아 왔습니더, 저 용흥리에서 왔어
예.”
　“포수댁 말이라?”
　춘상은 고개를 끄덕여주었다. 사내는 춘상을 눈여겨

세심히 살펴보더니 안으로 들어갔다. 기와마루보다 한 층 높은 용마루를 이고 솟을대문이 우렁차보였다. 사내는 한참 만에 다시 나왔다.

"늬 따라 들어 온나."

"예~."

춘상은 사내를 따라 마당을 가로질러 협문을 지났다. 양부자네는 대궐 같은 집이 부자임을 말해주고 있었다. 협문을 지나니 행랑채가 보였고, 춘상은 행랑채 한 켠에서 영희를 기다렸다. 사내는 일이 바쁘다는 듯 투정을 부리며 저쪽으로 가버렸고, 곧장 영희가 모습을 드러냈다. 영희의 몰골은 첫눈에 봐도 꾀죄죄했다. 부수수한 머리에 몸이 불었고, 시골 아낙의 모습이었다.

"춘상이 아니가? 늬가 여겔 우짠 일이노?

영희는 춘상의 출현에 우물가에서 솥뚜껑 보듯 놀라고 있었다.

"누부야, 누부 한 번 보고잡어가 이래 찾아왔다 카이."

"늬, 몸은 괘 안나? 여 있지 말고 저 밖으로 나가자."

춘상은 고개를 끄덕여주었다. 비록 영희의 모습은 많이 변했지만 이렇게 마주하니 지난날의 감정이 한풀 되살아나는 느낌이었다. 영희를 따라 협문을 지나 생울타리를 넘자 고즈넉한 야산이었다. 햇발이 힘이 없이 떨어지고 있었고 멀리 닭이 홰를 치며 꼬끼오, 하고 우는 소리가 들렸다.

"늬 낫아 온 거가?"

"글타 카이. 누부야, 하나 묻자."

하고 춘상은 마른 침을 삼켰다. 가까이에서 보니 예쁜 영희의 모습이 아직 담겨 있었고 키는 그대로 같았다. 머리를 질끈 묶어 꼬리를 틀어 올린 것이 성숙해 보이기도 했지만 춘상은 내색하지 않았다. 영희가 뭘 물으려고 하는 듯이 턱을 쳐들어 춘상을 쳐다보았다.

"박 포수하고 혼인했다 카더이 지금 좋나?"

"좋고 말고가 어뎄노? 그냥 목구멍이 포도청이니 사는기제. 늬 키 많이 컸네."

영희의 말에 춘상이 처음으로 웃었다. 그래도 한편으로는 이게 영희를 보는 마지막 순간이라는 사실 때문에 아주 슬펐다. 춘상의 눈가에 눈물이 그렁그렁 맺혔고 춘상은 무슨 말을 해야 할지 몰랐다.

그런데 갑자기 영희가 춘상의 목을 팔로 휘감으며 입술을 덮쳤다. 춘상은 뒤로 주춤 물러서며 영희의 어깨를 밀쳐냈다. 어둠이 어깨 밑에 내려와서 먼 데의 기운이 희미했다.

"늬, 누부야가 싫나?"

"아, 아이라, 누부야는 넘에 색시 된 거 아이라? 넘에 색실 넘보는 기 이거 나쁜 짓 맞제?"

"늬넌 내 맘 모른다. 늬가 문둥병 걸려가꼬 대구 어데로 갔을 적에 내넌 마 칵 죽을라 캤다. 어무이 아니었음사 하마 죽었제. 늬가 떠나고서 나넌 죽은 목심이라 생각 안했나. 어무이라도 살리야겠다 캐서 이래 못 된 포수한테 시집 온 거 아니니?"

"못 된 포수가 어찌 어무이를 살렸다꼬……."

"흐응, 그 사람이 일본 놈 앞잡이라 카이."

"아니 뭐라꼬? 박 포수가 일본 놈 앞잡이라꼬?"

영희는 힘없이 고개를 끄덕거렸다. 춘상의 입이 한동안 말을 못 떼고 머뭇거렸다.

"밀정이란 말이라."

"그래 사냥질을 하는 모양이구마. 우리 집에 박 포수
가 나타나가 내럴 내놓으라고 행짜를 했다더마."
"시방 하마 독립군 사냥 하느라 정신 없을끼다."
"독립군 사냥? 종달새 사냥한 기 아니고 독립군 사냥
을 한단 말이고?"
영희가 고개를 끄덕거렸다. 어둠이 벌써 깊어졌고 영
희는 다시 춘상의 고개를 팔로 감싸며 입술을 덮쳤다.
춘상 역시 이번에는 영희의 입술을 거부하지 않고 흡,
흡 소리가 나도록 빨아들였다. 지난 날 서낭당에서 보
다 훨씬 강렬한 욕망이 일어났고 둘은 검불더미에서 그
대로 뒹굴었다. 희미한 어둠 속에서 영희의 치마저고리
가 벗겨 나갔고 춘상은 묵직한 기운을 영희의 몸속으로
밀어 넣었다. 영희의 잇새로 지난날보다 훨씬 강렬한
소리가 흘러나왔고 그 소리와 함께 영희의 몸이 떨리고
있었다.
"누부야, 인자 영원히 내럴 못 볼 끼라."
"늬, 어데로 갈라 카는데? 어데 갈 데는 있노?"
"우네 말(마을)에서도 내럴 쫓아낼라 카고, 이래 병이
나았는데도 박 포수가 내럴 잡아가 소록도에 쳐넣을라

카는데 우야몬 좋노?”

“춘상아, 니캉 내캉 저 어데로 도망가서 살믄 안 되 겠노?”

“누부가 도망을 간다꼬? 박 포순 우짤라꼬 도망을 친다 카노. 턱도 없는 소리 아이라?”

“내는 마 그런 밀정 남편 싫다 카이. 그라고 내는 여 집 머슴이나 같다. 늙은 서방도 상전이고 늙은 주인도 상전이고…. 참말 여 살기 싫코마~.”

“일본 놈들 앞잡이는 눈 하나 깜짝 않고 사람을 죽인 다드마. 누부야가 내캉 도망을 치몬 마 울 아부지 처럼 방을 붙여가 잡을라 할 꺼라. 내는 누부 얼굴 봤쓰 이 인자 갈란다.”

춘상은 마음이 쓰리고 아팠지만 굳게 마음을 다지고 돌아섰다. 대궐 같은 집을 뒤에서 끼고 돌아 눈에 띄지 않게 어둠 속을 휘저으며 걸었다. 영희는 훌쩍이며 춘 상을 바람처럼 뒤에서 따라왔다. 춘상은 연신 뒤를 돌 아 희미한 어둠을 휘저으며 들어가라고 손사래를 치고 있었다. 영희의 모습을 이제 더는 보지 못할 것이라고 생각했다. 아니 다시는 영희를 만나지 말아야 한다고

생각했다. 영희와는 가는 길이 엄연히 다르다고 춘상은
생각하면서 끝없이 어둠속으로 구불구불한 신작로를
따라 걸었다.

제6장 객지(客地)

　춘상이 무작정 차를 타고 내려서 걷기를 반복했다. 어디에선가 기차를 타게 되었는데 지친 춘상이 눈을 깨어보니 부산 종점이었다. 승객들 발걸음에 휩쓸리듯 달랑 가방 하나를 손에 들고 밖으로 나왔다. 역전 부근에는 춘상이 또래의 소년들이 구두 찍새를 하고 있었고 서넛씩 어울려 다니며 장사들을 했다.

　춘상 역시 이들과 합류해서 처음에는 구두 찍새를 했다. 춘상 등 찍새들이 여기저기 다니면서 구두를 찍어오면 딱새들이 반질반질하게 구두를 닦았다. 닦은 구두를 다시 찍새가 주인한테 가져다주면서 요금을 받아왔다.

　춘상은 어떻게 하면 돈을 벌고 돈을 벌어서 저축을 하고 이것을 토대로 안정된 생활을 할 수 있을지 생각했다. 하지만 생각처럼 객지에서 돈을 벌기란 결코 쉬운 일이 아니었다. 저축을 하기란 하늘에 별 따기였고, 이것을 토대로 안정된 생활을 한다는 것은 하늘에 말뚝을 매다는 일만큼 어려운 일이었다. 그래도 춘상은 항상 꿈만은 버리지 않고 묵묵히 일을 했다.

"늬넌 어린 눔에 새키가 벌써부터 돈을 밝히노?"

"어리지 않습니더."

춘상은 자신의 열여덟 살이란 나이가 절대 어리지 않다고 생각했다. 이미 영희를 만나 어른들의 짓을 흉내 냈고 살림을 차리고 살 수 있을 만큼 성장했다고 생각했다.

"임마, 열여덟 살 퍼 묵은 놈이 돈을 그래 밝히니 하는 소리 아니가? 늬 돈 벌면 어데 쓸라꼬 그래 돈, 돈 밝히노?"

"어째 돈 쓸 데가 없겠습니꺼? 댓방은 실컷 일해서 벌은 돈을 절마들한테 빼앗기는데 아무렇지 않습니꺼?"

"음마, 이 놈 봐라. 말하는 기 뭐 매듭이 있구만. 늬 꿈은 뭐시고?"

"예, 내는 마 빼앗긴 나라 되찾는 기 꿈입니더."

춘상의 말이 끝나기가 무섭게 댓방의 손바닥이 춘상의 얼굴에 꽂혔다. 춘상은 손바닥으로 통증을 감싸며 댓방을 노려보았다. 실컷 고생해서 벌은 돈을 일본 놈

들 앞잡이들한테 정기적으로 상납한다는 것이 가슴이
아팠다. 일본 놈들 앞잡이들 뒤를 봐준다는 명목으로
사흘에 한 번씩 자릿세를 뜯었다. 도리우찌를 쓰고 마
치 전형적인 일본인처럼 행색을 하고 다닌 놈들에게 땀
으로 일군 돈을 바치는 것이 춘상은 화가 났다. 이런
것들이 다 나라를 빼앗긴 때문이라고 생각하고 있었다.

"임마야. 늬 나 좀 보자카이."

"와예. 저 찍새하러 가야합니더."

춘상의 말을 듣지도 않고 댓방은 춘상을 음식점으로
데리고 갔다. 춘상은 댓방의 태도가 이해가 되지 않아
손에 끌려가면서도 어안이 벙벙했다.

"늬 많이 묵어라."

댓방은 국밥을 시켜 춘상에게 들이밀었다. 춘상의 이
런 태도는 전혀 뜻밖이었다. 국밥을 먹으면서도 눈치를
봤다.

"늬 어데서 왔다캤제?"

"예, 성주에서 왔어예."

"그라모, 늬 문둥병 걸렸다는 기는 다 나았드노?"

"예, 다 났씸니더. 멀쩡합니더."

댓방이 누런 이빨을 드러내고 웃었다. 춘상은 댓방의 이런 웃음을 처음 보았다. 댓방이 다른 사람들의 눈치를 보며 작은 소리로 물었다.

"늬, 빼앗긴 나라 되찾는 기 꿈이라 캤제?"

"예, 심산 김창숙 어른을 만났을 때 결심한 일이라예."

춘상의 말에 댓방의 표정은 더욱 놀라고 있었다. 입을 똥그랗게 벌리면서 춘상을 찬찬히 훑어보았다. 춘상은 국물 하나 남기지 않고 국밥을 말끔히 비워냈다.

"늬가 심산 김창숙 선생을 만났다고? 그 높으신 어른을 늬가 무슨 수로 만났단 말이고?"

"울 아부지 따라 성주 향교에 놀러갔다가 만났십니더."

춘상은 아버지를 따라 향교에 들르던 일, 아버지와 심산 김창숙 선생을 수배하는 벽보가 붙던 일, 아버지가 성주 경찰서에 갇혀 지내다 집에 돌아와 결국 고문의 후유증으로 몇 년 전 돌아가시던 일들을 소상이 들려주었다.

춘상의 말에 댓방은 감탄을 하며 연신 놀라는 표정을 지었고, 춘상은 그런 댓방의 태도에 더욱 놀랐다. 그리고 나중에 그 댓방이 독립군 자금을 모집하는 일을 은

밀히 수행하고 있다는 것을 알고 춘상은 한껏 고무되었
다.

춘상은 열심히 일을 했고 그렇게 모은 돈으로 장사
밑천을 마련했다. 댓방의 배려로 춘상은 부산역전 부근
에서 자리를 틀고 장사를 할 수 있었다. 사람을 두고 구
두를 찍어오게 했고 딱새도 두 명이나 두었다. 또한 한
쪽에 자리를 잡고 좌판을 펼쳤는데 온갖 생활에 필요한
잡동사니 물품들을 즐비하게 진열했다. 돋보기안경도 있
고 온갖 색색의 타월도 있고 소독약도 진열했다. 이와
벼룩 약은 손님들이 끊임없이 찾는 품목이었고, 사람을
사서 찾아가는 행상도 시켰다. 이렇게 모은 돈을 댓방과
같이 각출해서 은밀히 독립자금에 기부했다.

춘상은 부산과 대구 등을 근거지로 삼아 부지런히 장
사를 해서 돈을 모았다. 크게 모은 돈은 없었지만 일정
액 모아지면 긴요하게 사용했다. 춘상은 댓방을 설득해
서 부산 상애원을 돕는데 일익을 담당했다. 부산 바닷
가 감만동에 자리 잡은 나환자 요양소 상애원의 메켄지
원장을 만나 통성명을 했고 춘상의 몸 상태도 점검 받

았다.

춘상의 상태는 더는 발병해서 심화되지 않았고 나름 대로 좋은 상태를 유지하고 있었다. 스코틀랜드 출신의 선교사이던 메켄지 원장은 자신의 팔을 만지듯이 춘상의 환부를 정성껏 어루만져주었다. 500여명에 육박한 나환자들을 보살피면서 메켄지 원장은 물적, 심적으로 많이 힘들어 했다. 춘상은 댓방과 힘을 합쳐 비록 작은 것이지만 상애원을 돕는 일에도 게을리 하지 않았다.

"춘상아, 저 바다 한 번 보거래이."

"예, 삼촌."

춘상은 이제 댓방을 삼촌이라 부를 정도로 사이도 가까워졌다. 댓방은 춘상이 보통 애들과 다르다는 것을 알고 각별히 대해주었고 호칭도 삼촌이라 부르게 허락해주었다. 댓방에게 춘상은 이제 하나의 가족이었다.

"여 감만리 앞 바다가 말이라~."

"예, 삼촌."

춘상은 댓방의 입술을 쳐다보았다. 댓방의 누런 이빨은 담배에 절어서 누렇게 되었다고 사람들이 말했다. 일을 하다가도 일이 끝나서도 댓방은 틈만 나면 담배를 입에 물었다. 생각하는 일이 많아서 담배를 입에 문다고 했다.

"여 감만이라는 기 말이다, 왜놈들을 물리친다 캐서 감만리가 된 기라. 왜놈들이 심심 하든 마 여 앞바다로 쳐들어오지 않았겠노."

"예."

"야무지게 대비했으모 나라 빼앗길 일도 없을 테고 백성들이 정신을 다잡았으모 하마 빼앗긴 나라도 되찾았을 낀데~."

"삼촌, 내도 담배 하나 빨아볼랍니더. 하나 주이소."

"임마 보라. 어른들하고 술잔은 한데 잡아도 담배 질은 항꾼에 안 한다 켔는데 늬 속이 답답하모 한 번 빨아봐라."

댓방이 담배 한 개비를 꺼내서 불을 붙여주었고, 춘상은 북, 북 급히 빨면서 뻐끔 담배를 태웠다. 이렇게 해서 춘상 역시 댓방처럼 담배를 피우기 시작했고 생각이 깊어질수록 담배 태우는 횟수가 늘어났다. 담배를 멋진 신사처럼 폼을 잡고 태우기 시작하면서 댓방이 감만 바닷가에서 했던 말의 의미도 깨달았다. 어른과 같이 술잔을 잡는 까닭은 술은 뱉어내지 않고 목으로 넘겨버리기 때문이지만 담배를 같이 태우지 않는 까닭은 담배는 반드시 연기를 뱉어내야 하는 무례를 범하기 때문이라 했다.

춘상은 활동범위를 경성으로 넓히기 시작했다. 대구나 부산 등지에서 어지간히 놀았다는 사람들은 춘상에 대해 얘기를 들은 사람들이었다. 춘상은 주먹으로도 뒷골목을 주름잡았고 장사를 하는 권세로도 뒷골목을 주름잡았다. 춘상의 이력이 껄렁패들에게 알려진 것은 깡과 의지 때문이었다.

싸움을 붙으면 죽기 전에는 먼저 뒤로 물러서지 않았고 끝장을 냈다. 비록 승리해도 거들먹거리지 않았다. 더군다나 춘상이 빼앗긴 나라를 되찾는데 일조하고 있다는 것을 알게 된 건달들은 먼저 찾아와서 무릎을 꿇어버렸다. 대구나 부산 등지에서 춘상의 이름은 왁자하게 퍼졌다. 그래서 춘상은 활동범위를 경성으로 확장했고, 대구, 부산, 경성 등지를 오고 가면서 닥치는 대로 장사를 해서 이문을 남겼다.

경성은 별의 별 놈들이 터를 잡고 살았다. 한 눈을 파는 사이에 코를 베어갈 정도로 살아남기 위해 치열했고 소란스러웠다. 춘상은 경성으로 활동을 확장하면서 다양한 세력들과 맞서야 했다. 본정(명동)의 외곽에 처음 자리를 잡아 세력을 다지기 시작한 춘상은 좌판을 하나 마련하는데도 거대한 압력이 작용하고 있음을 알았다. 온갖 잡화, 음란한 일본 만화책, 마약 종류도 은밀히 거래되고 있었는데 좌판을 처음 열 때 껄렁한 청년들이 거들먹거리며 시비를 걸어왔다.

"보소, 그 짝은 여 언제 들어왔는가. 좌판을 이래 크게 벌였으면 자릿세를 바쳐야 하는 거 알고 있겠제?"

"늬 놈들이 바로 못된 깡패 놈들이 맞네. 어느 넘들이 같은 조선 놈에 목숨 같은 피를 빨아 먹는가 했드이만 늬 놈들이구마. 오늘 잘 만났고마. 여서 장사 몬하모 내사 죽은 목숨인데 마 이리 죽고 저리 죽을 바엔 싸우다 죽어야 옳잖겠나?"

"어따, 이놈 말 빤치 한번 세네이. 어디 한 번 나부터 눕혀봐라."

춘상은 상대를 대할 때 초반에 제압하지 못하면 힘이

든 기세든 눌린다는 것을 대구나 부산지역에서 수없이 깨달았다. 그래서 춘상은 달밤에도 까만 밤에도 수없이 상대를 공격하는 연습을 하며 힘과 재치를 길렀다. 더군다나 조선에서 춘상의 상대는 이런 조선의 조무래기들이 아니라 힘센 일본인들이었다. 그들을 눕히자면 힘도 세야 하고 동작도 날째야 하며 상황도 빨리 익혀야 했다.

"너는 딱 보이 허우대만 멀쩡하게 꾸마. 어데 너 주먹 맛 좀 볼라 카는데 늬가 먼저 함 덤벼보라 카이."

춘상의 말에 약이 올랐는지 사내는 좌우 재지 않고 덥석 덤벼들었다. 미끼에 꽂힌 물속의 고기처럼 춘상의 말질에 사내의 팔이 잽싸게 얼굴 쪽을 파고들었다. 춘상은 노련하게 얼굴을 피하면서 허점을 빠르게 읽어 몸통을 틀면서 사내의 손목을 잡아 비틀어버렸다.

몸이 덩달아 비틀어지며 사내는 아악, 악을 썼다. 구경꾼들의 눈들이 일제히 이쪽을 향했고, 춘상은 의젓하게 사람들을 향해 소리쳤다.

"어데 내캉 싸워보겠다는 넘들 죄 이리 온나. 오널 여가 아무리 생각해도 우리 무덤 자리 되는 모양이구마."

　하면서 공연히 거드름까지 피웠다 이렇게 심리적으로 상대를 제압하고자 가장을 해서 소리쳤지만 사실 춘상도 속으로 떨고 있었다. 제발 춘상의 깡에 덤비는 놈이 없어야 앞으로 경성 바닥에서 장사를 맘껏 해먹을 수 있겠다는 생각은 했지만 기분 나쁘게 우려했던 사내 하나가 말자루를 날렸다.

　"그짝 보이 마 같은 경상도 보리문둥이 같고 마. 제법 몸을 쓰는데 내란 사람은 경상도 댓방 권종희라 카이. 내 얼마 전 소록도란 데서 일본 넘들한테 쎄리 맞고 쫓겨 온 몸인데 너 같은 조선 놈한테 무실 당하이 마 서럽고 마. 우리 주먹 자랑 같은 거 버리삘고 깡이 누가 쎄나 한 번 겨뤄보자."

　춘상은 권이란 사내의 말에 뒤통수를 한 대 얻어맞은 듯이 정신이 번쩍 들었다. 말로만 듣던 소록도에서 일본 놈들한테 쫓겨났다는 말에 입술을 말아 올리고 뚫어지게 쳐다보았다. 춘상이 처럼 나병에 걸린 사내라는 생각을 하니 무찔러야 할 적이 아니라 동지처럼 생각되었다. 하지만 주위의 보는 눈들이 많아 호기를 꺾지는 않았다.

"늬가 댓방이모 내넌 댓방 아부지다. 깡이든 뭐든 사내답게 상대해 주마."

춘상의 말이 야유처럼 들렸던지 주위 사람들이 우~ 소리를 했고 이런 분위기에 들떠 권은 더욱 야멸찬 말 펀치를 날렸다.

"뭐라? 늬가 내 아부지라 캤나? 이런 씨방새 봐라, 감히 내 아부질 모독을 하다이 엉간히 겁대가리 없는 놈이꾸마."

하며 권은 부하로 보이는 청년들에게 손짓을 해서 돌 멩이를 가져오게 했다. 그리고 사이를 보이지 않고 편편한 나무탁자 위에 손가락을 얹더니 세차게 내리치는 것이었다.

"아이고매, 댓방, 살살 하이소. 그러다 팔뚝 달아나것네."

"아이고 성님 참어, 참어. 성님 깡 이만하모 증명 됐구마, 어이, 그쪽. 우리 성님처럼 손가락을 이 돌멩이로 내려칠 수 있겄나?"

춘상은 사내의 다그치는 듯한 말투에 겁을 먹으며 약

간 망설였지만 주위의 구경꾼들이 너무 많아 물러설 여유가 없었다. 바로 이 순간이 경성에서 자리를 잡을 수 있는 기회라고 생각하며 탁자 위에 손을 올리고 돌멩이로 내리쳤다. 퍽, 소리와 동시에 피가 사방으로 튀었다. 권은 물론이고 구경꾼들로부터 와아, 하며 놀라는 듯한 소리가 흘러 나왔다. 춘상은 여세를 몰아 다시 한 번 손가락을 향해 돌멩이를 내리 꽂았다. 그런데 이상한 것은 의욕이 넘치는 때문인지 상처 부위가 전혀 아프지 않았다. 숫제 감각도 달아나버린 느낌이었다. 춘상이 모두 들으라는 듯이 의연한 태도로 소리쳤다.

"조선 놈끼리 싸우는 넘들은 배알이 없는 넘들이라, 쪽발이 넘들 한테 그래 당하고 어찌 조선 놈한테 화풀이 한단 말이고. 너들은 안중근 의사가 하릴없이 목숨 받친 줄 알드노?"

"장사치 주제에 무슨 신소리여? 입에 풀칠하기 바빠 죽겠는디 이깟 팔아 묵은 나라 걱정 하는 놈은 평생 첨이네잉."

하고 팔팔하게 생긴 사내가 거들먹거리고 나왔다. 춘상은 더는 눈싸움도 싫다는 듯이 다시 한 번 돌멩이로

손가락을 내리쳤다. 피가 사방으로 튀겨나갔고 아프지
않기 때문에 눈살을 찌푸리지 않았다.

"징한 놈이시야."

"저 깡은 조선 팔도에 최고 아닌가여잉."

춘상은 귓전에 들리는 소리를 새겨들으면서 천천히
돌멩이를 던지고 일어섰다. 장사치 주제에, 어쩌고 하면
서 따리를 붙었던 사내가 헐레벌떡 춘상 앞으로 튀어나
왔다.

"보소, 그짝, 어지간히 멍청한 사람이구만잉. 거 아무
리 그래도 그렇지 자기 팔뚝 찍어대는 못난이가 어데
있소?"

하면서 손수건으로 흘러내리는 팔뚝의 피를 닦고 동
여매주었다. 춘상은 넌지시 폼을 잡으며 눈치너머로 사
내를 살펴보았다. 한걸음 물러나 좌판을 살펴보고 있는
데 권의 패거리들이 일제히 춘상을 향해 다가왔다. 춘
상은 여차직하면 댓방이란 사람을 짓뭉개버릴 생각으로
마음을 준비하고 있었다. 하지만 예상외로 놈들은 춘상
에게 약한 모습을 보여주었다.

"마 그짝 보이 우덜하곤 생판 다른 놈일세, 여서 장

사 해 먹으소 마. 하지만 공짜는 아니고, 잊을 만 하모 쪽발이패들이 난동을 치는데 거 때 넘들 앞에서 깡이나 한 번 보여주소."

권의 말에 춘상은 싱긋 웃어주었다. 난데없이 권의 패거리들이 성님, 어쩌고 하며 춘상에게 손을 내밀었다. 자기 뜻과 달리 놈들의 손을 덥석덥석 잡아주었다. 뜻밖에 춘상이 본정(명동)일대에서 이름을 얻게 되는 순간이었다. 손수건을 꺼내 피를 닦아주고 손가락을 동여매주던 사내가 살갑게 다가왔다.

"보소. 난 말이요, 쩌그 전라도 개똥쇠 김창옥이란 놈이요. 나도 아랫 역에선 힘 좀 썼는디 오늘 본께 그짝 절반도 못 따라가것소. 쌈질은 깡이 쎈 놈이 이기는 것인디 그짝 깡은 어디서 나온당가? 거 혹시 문둥병 걸린 거 아녀잉?"

김의 말에 패거리들이 일제히 야유를 보냈고, 김에게 침을 뱉는 자도 있었다. 춘상은 자연스럽게 본정 바닥에서 전라도 패거리와 경상도 패거리들의 마음을 움직였다. 그것은 춘상의 깡이 놈들보다 세서가 아니라, 조선이란 나라에 대해 시정잡배들과는 뭔가 다른 춘상의 기개에 은근히 감동했기 때문이었다.

춘상은 본정에서 이들을 데리고 장사를 해서 돈을 벌었고, 이렇게 벌은 돈은 독립자금으로 흘러들었다. 비록 적은 액수지만 뜻을 모아 의로운 데 사용할 수 있고, 시장 장사치들도 의미 있는 일에 참여할 수 있다는 데 자부심을 가지게 되었다.

춘상은 심산 김창숙 선생에 대한 소식을 본정(명동)의 마루바루 커피숍에서 들었다. 춘상의 기개에 눌려 일찌감치 꼬붕이 되어버린 권종희와 김창옥은 경상도 댓방, 전라도 댓방답게 냄새도 잘 맡고 소문도 밝았다. 마루바루의 계단을 헐레벌떡 뛰어오는 권과 김의 모습에서 춘상은 뭔 소식 하나 물어왔구나 하는 생각이 들었다. 나이는 분명 춘상이 보다 위이나 숫제 춘상을 큰 형님으로 모시는데 그들은 앞을 다투었다.

"행님예, 심산 선생이라 캤지예?"

"언 짜식. 어찌 그래 숨이 넘어 가노?"

큰 소문 물고 와서 의젓하게 춘상에게 상납하려던 권의 목은 타들었고, 깊게 숨을 몰아쉬며 탁자에 놓여있는 춘상의 엽잔을 들어 마셨다.

"춘상 성님, 김창숙 선생 거처를 알아냈당께요."

"아니 뭐? 정말 심산 어른의 거처를 늬들이 알아냈단 말이라?"

엽잔을 급히 마시다 살에 들려 헐떡거리고 있는 권의 짓이 못마땅하다는 듯 히죽 권을 비웃으며 김창옥이 말의 고삐를 열었다.

"야, 성님, 저 귀잠 빌려야겠응께."

하며 김이 춘상의 귓가에 대고 속삭이듯 말했다.

"저 그 어르신 말여라우. 쩌그 대전 형무소에 있다 혀요."

"아니 뭐여? 대전 형무소?"

김 쪽으로 뺐던 허리를 거둬들이며 춘상이 혼잣말처럼 말했다. 한때, 형무소에 복역 중일 거라는 소문 정도 들었지만 막상 대전 형무소에 복역 중이란 소식은 춘상을 더욱 놀라게 했다. 그러나 아직 놀랄 때가 아니었다. 숨을 고르는 것을 다한 권이 아직 자신의 귀동냥한 정보가 춘상을 위해 남아있다는 듯 김의 입을 가로막아섰다.

“행님, 그란데 말이오, 그 어르신 앉은뱅이 되어뿟다 카대예.”

“뭐야? 심산 선생님이 앉은뱅이가 되야뿟다 캤나 지금?”

“예.”

하고 둘은 동시에 대답했다.

시장주변에서 떠도는 소문은 그저 소문으로 끝나는 것이 아니고 열에 아홉은 근거 있는 꼬리를 달고 있었다. 그 꼬리를 따라가 알멩이를 들여다보면 소문의 진상은 대개 딱 들어맞는 경우가 많았다. 특히 이름이 알려진 인물에 대한 소문은 결코 헛물만 켠 것이 아니라 나름 근거를 지니고 있었다. 춘상의 생각에 심산 김창숙에 대한 소문 역시 믿을만한 정보라는 것을 의심하지 않았다.

춘상은 가슴이 답답하고 몸을 떨었다. 커피숍 마루바루에서 급히 나와 본정 좌판들을 섭렵했다. 본정이나 남촌 지역의 좌판들은 이미 춘상의 나와바리였기 때문에 좌판을 벌이고 돈을 벌어먹는 축들은 모두 춘상의 졸개들이나 같았다. 그들은 평소 춘상을 존경하고 춘상의 일이라면 군말 없이 따르게 되었다. 왜냐하면 춘상의 일이란 것은 나라를 위한 일이며 민족을 위한 일이며, 결국 빼앗긴 나라를 되찾는 일임을 모두 알고 있기 때문이었다.

춘상은 자신이 모은 자금에 결국 십시일반 좌판들이 모은 자금을 수렴해서 경성역에서 기차를 탔다. 대전역에서 내려 대전면 중촌정으로 향했다. 심산 선생을 뵙는다는 생각에 설레고 가슴이 뛰었지만 한편으론 아렸다. 지금쯤 중국 상해나 몽골 국경에서 말채찍을 휘두르며 조선독립을 외치고 있을 것이란 기대를 하고 있었는데 대전형무소에 수감되어 있다니 공허했다. 대전형무소란 어떤 곳인가? 3·1만세 이후 잡아들인 독립투사들을 수용할 곳이 모자라 일제에 의해 확충된 곳이었다. 조선의 역량 있는 독립 운동가들을 바로 이곳에 수감하여 상호 정보교류를 막고 또한 일본을 위한 회유의 공간으로 활용하기도 했던 곳이었다. 이중벽을 쌓아 절대 탈옥할 수 없도록 보안을 강화하고, 일반인과의 접촉도 철저히 차단한 곳이었다.

형무소 앞에서 바라보는 담장 남쪽 모서리의 망루는

고압적으로 보였다. 어깨에 총을 짊어지고 사방을 주시하는 경계병의 시선은 밑에서 보이지 않았지만 망루 자체로 겁에 질리도록 했다. 면회소 문을 열고 들어가자 일반 죄수들의 면회가 열리고 있었다. 남루한 수형자들의 꼴은 이곳 생활이 얼마나 열악하고 억압받는 곳인지 한 눈에 말해주고 있었다.

"면회 신청을 하러 왔습니다."

"수인번호를 알고 있소?"

"그런 건 모르오."

춘상의 말에 사십 줄의 관계자가 삐딱하게 쳐다보았다.

"것도 모르고 면회를 하러 왔단 말이오?"

"거 깡깡하게 이러지 맙시다. 같은 조선 사람끼리~."

하면서 춘상은 안쪽 주머니에 찔러둔 돈뭉치를 슬쩍 꺼내 착, 착하고 손바닥에 내리쳤다. 이런 모습을 보던 관리자의 눈동자가 크게 커졌고, 입가에 미소까지 번졌다.

"누굴 면회할거요? 함자를 말해보시오."

"심산 김창숙 선생입니다."

춘상의 말을 듣는 순간 관리자의 표정이 갑자기 굳어졌다.

“그자는 요주의 인물이요. 그래서 면회가 금지 되었소.”

“어떻게 좀 안 되겠습니까? 몸이 불편하다 들었는데~.”

하면서 춘상은 다시 돈뭉치를 꺼내 보여주고 웃어보였다. 관리자는 살며시 안쪽으로 들어오라고 턱짓하면서 칸막이가 되어있는 간이탁자 앞에 춘상을 앉도록 했다.

“그분과는 어떤 관계시오?”

“아버지 따라 한 번 뵌 적이 있는 분입니다. 몸이 불편하다 캐서 이래 한 번 찾아 왔습니다.”

“거 잠시 기달리시오. 애시당초 안 되는 일인데 저 윗사람한테 얘기해 볼 테니 좀 기달리시오.”

“예, 고맙습니다.”

춘상은 창호지에 둘둘 말은 돈뭉치에서 돈을 꺼내 관리자의 왼쪽 속주머니에 슬쩍 찔러주었다. 관리자는 입을 헤벌리며 의자에 앉아 잠깐 기다리라는 말을 하며 안으로 들어갔다. 저쪽에서 사무를 보던 여자 관리자가 넌지시 뒤를 돌아 춘상을 바라보며 힐끗 웃었다. 이런 일이 은근히 많이 일어나고 있다는 것을 여자의 표정으로 읽을 수가 있었다.

한참 만에 안쪽으로 들어간 관리자가 나왔다. 고개를 끄덕이며 일이 잘 되었다고 말했다. 하지만 춘상의 인적사항을 기록하게 했고, 간수 집회 하에 면회를 할 수 있고, 몸속의 이물질을 반출하도록 했다. 춘상은 늘 품속에 찔러가지고 다닌 작은 나이프를 책상 위에 꺼내놓았다.

"이런 칼은 어째 가지고 다니시오?"

"것 아무것도 아닙니다. 내 경성 본정 바닥에서 과일 장사를 하는 사람이라오."

"그럼, 여기 맡겨두고 안내자가 나오거든 안쪽으로 따라 가시오."

춘상은 고개를 숙여 답례했다. 가슴속으로 사숙하던 심산 김창숙 선생을 곧 뵙게 되다니 가슴이 먹먹할 지경이었다. 곧 안내자가 나왔고, 춘상은 안내자를 따라 쇠창살이 견고하게 박혀있는 형무소 복도를 걸었다. 열쇠로 문을 하나 열고, 또 열쇠로 문을 하나 열고서야 목적지에 닿았다. 앞 번 복도를 지나칠 때보다 훨씬 상태가 심한 듯한 죄수들이 물끄러미 춘상을 바라보았다. 슬쩍 고개를 돌려 들여다보니 황색 기결수복을 입고 수

염이 까칠하게 자란 죄수들이 삼삼오오 앉아 물끄러미
벽을 응시하고 있었다. 복도의 끝, 암울한 기운이 복도
에 가득한 데서 춘상은 멈췄다. 춘상을 따라 일본인으
로 보이는 행정원이 면회일지를 밴드에 펼쳐들고 옆에
섰다. 춘상을 안내한 안내자가 말했다.

"여기서 기달리시오."

곧 휠체어 바퀴 돌아가는 소리가 들렸다. 춘상은 거
기 앉아 눈을 씀벅거리는 심산을 쳐다보았다.

"심산 선생님예, 저 성주 사는 이춘상이라 캅니더."

"이, 춘, 상이라~."

"예, 어르신, 성주 향교에서 뵈었십니더. 저 아부지가
이짜 수짜 봉짭니더."

"오호, 이수봉 선생 자제, 이렇게 의젓한 청년으로 장
성했구먼~. 거 나병에 걸려 요양원에 입소했단 소식은
내 들었는데~."

"예, 경쾌 퇴원 환자로 분류 되가 이래 멀쩡합니더.
선생님, 많이 수척해지셨습니더. 어데 불편한 덴 없습니
꺼?"

심산 김창숙은 한눈에 봐도 하반신을 사용하지 못한

불구였다. 멀쩡했던 사람이 이렇게 앉은뱅이가 되어버린 것은 가혹한 일제의 고문과 폭행 때문일 것이라고 생각했다.

"나야 보다시피 앉은뱅이 신세 아닌가, 날 잊지 않고 이렇게 찾아줘서 고맙구먼, 그나저나 거 뭐냐~."

하면서 휠체어에 앉은 심산이 간수의 눈치를 살피고 있었다. 간수는 바짝 따라붙어 둘의 대화를 기록하고 있었다. 저쪽 복도 끝에서 날카로운 호루라기 소리가 들렸다.

"선생님, 뭐 하실 말씀이라도~."

"거 귀 좀 빌리고 싶은데."

춘상은 허리를 숙여 심산 김창숙의 어깨 너머로 머리를 들이밀었다. 아무래도 뭔가 귓속말을 하려는 눈치였다. 하지만 저만치서 지켜보던 간수가 잽싸게 다가와서 귓속말을 저지했다.

"비밀 얘기는 금지 되어 있습니다."

"거 같은 조선 사람끼리 왜 이러십니까?"

하면서 춘상이 안쪽 주머니에서 재게 지폐 몇 장을 꺼냈다. 간수는 찔러주는 대로 얼른 지폐를 받아 챙기며 뒤로 물러섰다.

"시간은 오래 끌지 마시오."

"고맙습니다."

심산 김창숙의 뻣뻣한 수염이 춘상의 어깨를 찔렀다. 춘상은 살아있는 심산 어른의 호흡을 느끼면서 쓸쓸한 감회에 젖어들었다. 결코 편안하지 않지만, 나라를 찾기 위해 몸을 희생하면서 태연히 허공을 응시하는 심산 김창숙의 기개에 절로 고개가 숙여졌다. 심산 김창숙의 귓속말 첫마디에 춘상은 순간적으로 모골이 송연했다.

"춘상 동지, 우린 이제 동질세."

"예에? 어르신 무슨 말씀이십니까?"

"나랄 위해 힘 써줘야 할 때가 되었다 이 말이네."

"감히 저 같은 게, 나랄 위해 무슨 힘을 쓸 수 있단 말입니까?"

"그런 소리 말게, 조선의 백성은 무지렁이라도 나랄 위해 힘이 될 수 있는 것이네."

"하면 제가 뭘 어찌해야 하겠습니까?"

"자네, 나병에 걸린 조선 문둥이들이 죄 어디에 끌려 가는지 아는가?"

“그야, 저 고흥 소록도란 섬에 끌려간다고 들었습니다. 한데 어째 갑자기 나병 얘길 꺼내시는지요?”

심산 김창숙의 말을 듣고 춘상은 모골이 송연하며 몸이 부르르 떨렸다. 심산 선생의 말씀 가운데 토씨 하나 잊지 않으려고 모든 기억세포를 열어두었다.

제7장 암호(暗號)

대전형무소를 등지고 나오면서 춘상은 스스로 약속했다. 주인 잃은 조선의 산천과의 약속이기도 했다. 이 한 목숨 조선을 위해 바치겠노라고 말이다. 심산 김창숙의 말을 되새길수록 일제의 폭정과 압박에 대한 저항감이 일었다. 조선의 나병환자 1만 2천여 명 중 절반 이상이 소록도에 갇혀 있는데 일제는 그곳에 갇힌 나환자들을 대상으로 온갖 실험을 하고 있으며, 소록도에 입소한 순간 노예처럼 일을 해야 하며, 살아서는 소록도에서 빠져나올 수가 없다는 것이었다. 일제의 이러한 만행을 세상에 밝히기 위해 일제의 만행을 폭로할 수 있는 증거물을 채취하는 일이 무엇보다 시급하다고 하였다. 춘상은 형무소 정문을 빠져나오면서 입구의 왼쪽에 있는 우물에서 두레박에 물을 받아 꿀꺽꿀꺽 삼켰다. 그러면서 목숨보다 소중한 심산 선생의 당부를 되새겼다.

"조선은 반드시 우리가 되찾아야 하네. 조선에는 빼

앗긴 나라를 되찾으려는 데 뜻을 두고 있는 젊은이가 많지. 그저 무지렁이처럼 보이고 투박한 아낙처럼 보일지라도 그 가슴에는 조선에 대한 애국심이 불타고 있다네. 우리가 상대의 뜻을 확인하는 방법이 있네.

"게 뭡니까?"

"일종의 비밀구호인 셈인데 내가 이미 점조직으로 소록도에 보낸 동지들이 있다네. 이 동지가 소록도에 들어가게 되면, 소록도의 겨울은 따뜻합니까? 이렇게 묻게나."

"소록도의 겨울은 따뜻합니까? 예, 좋습니다."

"그러면 우리와 같은 뜻을 가진 동지라면, 조선반도가 다 같지 않을까요? 이렇게 대답할 걸세."

"조선 반도가 다 같지 않을까요? 예, 잘 알아들었습니다, 어르신."

춘상은 우물가에서 연신 갈증 난 목을 축였다. 심산 김창숙을 만나고 나니 자신이 마치 안중근 의사 같은 독립군이 되어버린 느낌이었다. 기차에서 경성으로 올라오면서 춘상은 내내 열심히 장사해서 독립자금을 마련하는데 더욱 분발해야겠다는 생각을 했다. 더구나 심

산 김창숙 선생을 저토록 힘들게 형무소에 있게 할 수
는 없다는 생각이 들었다. 숨 쉬기도 고통스럽고, 저리
되다가 얼마 못가 목숨을 잃을지도 모르기 때문이었다.
춘상은 부지런히 돈을 벌면 모든 일을 수행하는 데 크
게 도움이 되리라고 믿고 있었다. 독립군들을 붙잡아
들여 독방에 가둬 놓고 온갖 악행을 저지르면서도 돈
앞에선 그만 무너져 버리는 모래성 같은 일제의 담장을
넘을 유일한 방법이었다.

춘상은 이후 몇 차례 더 심산 김창숙을 만나볼 수가
있었다. 그리고 행운인 것은 심산 김창숙을 병보석으로
출옥시킬 수가 있었다는 점이다. 춘상은 은밀히 형무소
측 관리자와 간수 등과 거래를 터서 심산 선생의 병이
위중하오니 출옥시켜달라며 부산, 대구, 경성 등지의 동
료들로부터 모금한 돈을 들이밀었다.
심산 선생이 이미 고문의 후유증으로 반신불수가 되
었고 목숨 하나 부지하자고 관리에 신경을 곤두세워야
하는 탓인지 극적으로 해결되었다. 심산 김창숙은 성주
의 고향마을인 칠봉 사월리에 은거하기 시작했다. 일제

의 고문으로 앉은뱅이가 되어 〈벽옹〉이란 벽호를 붙여
사람들은 심산 김창숙을 불렀다.

　심산 선생은 오직 조선이란 나라가 중심에 박힌 독립
투사였다. 춘상은 이제 지근에서 심산 선생을 뵐 수 있
어서 한층 독립의 끈을 옥죌 수가 있었다. 아버지 살아
생전에 비록 나환자라 해도 굴복하지 말고 조선을 되찾
는 일에 일신(一身)을 바쳐야 한다고 수없이 되 뇌이던
기억을 떠올렸다. 심산은 십여 년 이전에 지병이 악화
되어 상해의 공제병원에 입원 치료 중에 맏이의 사망
소식을 들었는데 자식을 여읜 부모의 아픈 심경도 잊고
오직 조선의 독립을 꿈꾸는데 여념이 없었다. 맏이 또
한 일본순경에게 체포가 되어 모진 고문 끝에 출옥 후
죽었다는 소식을 접하고도 의연했고, 자신 또한 일제
첩자의 모함으로 상해에서 체포되어 부산을 거쳐 대구
로 압송되면서 어떤 회유에도 뜻을 꺾지 않았었다.

　춘상은 심산 김창숙으로부터 회한처럼 지난 이야기를
전해 들으면서 가슴에 올곧은 심지를 키웠다. 그 심지
에 날마다 기름을 부어 뜨거운 불을 지피리라 굳게 다
짐했다. 가장 먼저 처단해야 할 대상이 일제 첩자라는

것을 심산 김창숙은 골수에 사무치듯 입에 담았다. 심산 선생 역시 일제첩자의 모함으로 체포되었고, 장남 역시 독립운동 중에 첩자의 모함으로 체포되어 옥살이 중에 죽었기 때문이었다.

조선 민족끼리 칼을 겨눠야 하는 것이 가장 가슴 아픈 일이지만, 첩자를 제거하지 않고서는 독립의 길이 요원할 수밖에 없었다. 춘상은 대구 애락원을 찾아오신 아버지의 마지막 말씀을 아직도 또렷이 기억하고 있었다.

― 비록 문둥이라도 사람답게 살아라.

― 늬는 누가 뭐라 캐도 조선의 장한 핏줄이다.

이런 말씀 중에 썩은 몸뚱이로 나약하게 죽지 말고 밀정 하나를 쳐 죽이고 일본 놈 하나를 찔러 죽여라는 의미심장한 말도 들었다. 춘상은 인생이란 단 한 번 세상에 왔다가 결국 단 한 번 죽을 운명임을 일찍 깨달았다.

심산 김창숙을 만나면서 춘상의 뇌리에는 여러 가지 생각들이 가지를 쳤다. 의로운 일에는 뜻밖에도 뜻을 같이하는 동지들이 많았다. 비록 문리가 어둡고 세상 이치에 투박해서 무지렁이처럼 살아도 조선이란 나라를 되찾아야 한다는 진리 앞에서는 뜻이 나뉘지 않았다.

　　춘상은 부지런히 부산, 대구, 경성 등지를 떠돌며 장사를 독려하고 자금을 모집해서 활동하는데 어려움이 없도록 했다. 그러던 어느 날, 문득 꿈속에서 영희의 모습을 보았는데 영희가 애절하게 손짓을 하고 있었다. 꿈에서 깨어나 윗목 자리끼를 마시면서 춘상은 고개를 저었다. 이제 모두 지나간 일, 영희는 다른 사내의 내자(內子)가 아닌가? 하지만 꿈속에 나타난 영희의 태도는 너무 간절했다. 그저 심신이 약해져서 심약한 꿈을 꾸었을 것이라고 생각했다.

　　그런데 며칠 뒤에도 영희가 꿈속에 나타나서 너무도 간절한 태도로 춘상에게 손짓을 하고 있었다. 춘상은 담장 밖에 떠도는 달을 쳐다보며 눈시울을 붉혔다. 대체 어찌하여 이런 절박한 꿈을 꾸게 되는 것일까?

　　춘상은 이튿날, 동이 트자마자 경성을 떠날 채비를 했다. 차라리 잘 되었구나, 겸사겸사 해서 영희도 만나보고 인근의 심산 김창숙 선생도 만나보면 일거양득이 될 것 같았다. 춘상은 품속에 돈을 둘둘 말아 감싼 보자기를 두르고 경성역에 당도했다. 일본 순사들의 모습을 보면 이상하게 가슴이 끓었다. 당장에 칼로 목을 따버리고 싶은 충동이 일었지만, 이렇게 쉽게 목숨을 버려서는 조선의 장한 핏줄이 되지 못할 것만 같았다.

고위 관리가 이동하는지 검문이 강화되고 있었다. 춘상은 품속에 찌르고 다니던 칼을 순간 꺼내 허벅지 뒤쪽에 묶었다. 심호흡을 하며 가방을 어깨에 두르고 역사를 향해 걸었다. 다행히 순사의 검열은 형식적으로 춘상을 불러 세우지 않았다.

기차를 타고 잠을 청했다. 뛰이~ 뛰이~ 경적소리는 이상하게 슬펐다. 경성을 뒤로 밀어내며 철교를 달리는 기차소리가 아스라이 들렸다. 춘상은 피곤에 지쳤던지 깊은 잠속으로 빨려들고 있었다. 깊은 잠속에서도 이상하게 영희의 꿈을 꾸었다. 대체, 이상한 일이로구나. 영희가 어찌 이렇게 꿈속에서 춘상을 간절히 부르고 있다는 말인가? 춘상은 창가에 이마를 가져다 댔다. 차가운 기운이 뇌리에 생각의 빗금을 그으며 지나갔다.

일본 첩자 밀정을 남편으로 둔 영희의 처지가 떠올랐다. 분명 영희는 위기에 처해 있을지도 모른다. 혹여 영희에게 무슨 일이, 아님 영희가 잘못 된 것은 아닐까? 생각하다가 고개를 절레절레 흔들었다. 절대 영희한테 무슨 일이 일어나면 안 되는 것이었다.

영희의 마을에 당도한 것은 이튿날 저물녘이었다. 대가면의 양부잣집은 서서히 불을 밝히고 있었고, 하인들이 일을 마치고 대문으로 들어서고 있었다. 춘상은 멀찍이 떨어져서 양부잣집 동태를 살피고 있었다. 하인들이 열심히 들락거렸고, 누군가 지체 높은 어른의 호통 치는 소리가 들렸다.

양부잣집 하인이 밀정이라면, 당연히 양부잣집 양씨 어른 역시 같은 길을 걷고 있을 터이다. 춘상은 어깨에 메고 있는 가방을 내려 바닥에 깔고 몸을 낮췄다. 아직까지 영희의 모습이나 일제 첩자 박 포수의 낌새는 알아차릴 수가 없었다. 아무리 기다려 봐도 영희의 자취는 보이지 않고, 낯모른 사람들만 왕래하고 있었다.

영희가 혹 잘못 되어버린 것은 아닐까? 춘상은 여기 이렇게 자리에 앉아서는 그 어떤 소식도 얻어듣지 못할 것이라 생각하며 불끈 자리에서 일어나 대문을 향해 다가섰다. 대문이 완전히 닫히지 않은 것으로 봐서 아직 돌아올 하인이나 식구들이 남아있는 모양이었다.

"거 누군데 넘에 집을 도둑고양이처럼 기웃거리는 교?"

춘상의 뒤에서 출삭대는 듯 단정치 못한 목소리가 흘러나왔다. 춘상이는 부뚜막의 뜨거운 솥뚜껑에 엉덩짝을 댄 고양이처럼 화들짝 놀랐다.

"어허, 도둑고양이가 맞는갑지러, 이래 놀래키는 거 보이 마~."

"말 좀 여쭙겠습니더. 여 혹시 저 용흥리서 시집 온 영희 누부 사는 데가 맞지예?"

"맞긴 맞는데~ 영희 누부라꼬?"

"예, 같은 말 사는 동생이라예. 거는 누구십니꺼?"

"나는 여 하인인데 영희 성수(형수) 만날라믄 번지수 잘못 찾아 왔고마~."

"예? 번지수 잘못 찾어예?"

"같은 말 사는 동생이라 카믄서 영희 성수 소식도 못 들었능교?"

"예, 객지에 있다 말(마을)에 안 들어가고 여게로 바로 왔다 아입니꺼. 영희 누부한테 무슨 일 있십니꺼?"

춘상은 입이 바싹 타들었다. 제발 영희한테 무슨 상

서룹지 못한 일만은 없어야 할 터인데 하고 생각했다.
하인은 춘상을 여전히 위아래로 훑어보면서 대답했다.

"그 성수 여 없다. 문둥병 걸려가꼬 저 소록도에 붙들려 갔대이. 하마 살아선 못 나온 데라하지~."

"소, 소록도에 붙들려 가예? 누부가 문둥병 걸리가 꼬예?"

"하모, 눈썹이 빠지고 코피도 흘리고 등짝에 진물도 나고 마 언캉 심들어 했고마."

"근데 우째 소록도에 붙들려 갔단 말인교?"

춘상이 속으로 영희와의 서낭당 일을 후회했다. 영희가 문둥병에 걸렸다면 이는 반드시 춘상으로부터 옮았을 것이라고 생각했다. 까닭모를 슬픔과 깊은 허기가 일시에 몰려왔다. 하인도 춘상의 옷소매를 저쪽으로 잡아끌더니 자신도 영희를 생각하면 가슴이 답답하다고 하소를 했다.

"보소, 거가 영희 성수하고 어쩐 관곈 줄은 모르것다만 마 그 성수 참 고생 많이 혔제. 여 못된 서방 만나가 그 성수는 신세 조진 거라."

"박 포수 말이지예? 거 일본 넘들 앞잡이라카던~."

하인이 춘상의 입을 틀어막았다. 춘상은 저도 모르게 입을 단도리 했다.

"여서 그런 말은 하모 안 된대이. 주인어른하고 거 박 포수하고 일본 넘들 앞잡이를 하다못해 독립군 사냥질에 정신 없제. 하마 저 사월리 심산 어른 목을 딸라 꼬 기를 쓰는 모양이더마."

춘상은 입이 절로 벌어졌다. 여기에서 심산 김창숙의 마을까진 반나절이면 당도하는 지근거리였다. 하인은 가슴 속에 심산 김창숙을 존경하는 마음자락이 하나 걸려있는 느낌이었다. 하인은 목소리를 한껏 낮춰 춘상을 향해 말했다.

"나 같은 무지렁이도 나라 귀하단 것을 아는데 여 놈들은 나랄 팔아가 한 몫 챙길라 카는 넘들 아이가. 거 감옥에서 병신 되가 나온 훌륭한 독립군을 무슨 억하심정으로 해칠라 카는지 원~."

"예, 알겠습니더. 벽옹 어른신을 좋게 봐주셔서 고맙습니대이."

"아녀, 아녀, 생각해 보라 마. 나라 없는 설움. 이거는 마 일본 넘들한테 당해보지 않는 사람은 모르는 거

라. 한데 거짝이 어찌 벽옹을 아는교?”

“예, 우짜다 보이 마 그 어른 알게 됐십니더. 일본 넘들이 잡아 들일라꼬 벽보에 화상을 그려 내걸었을 때부터 알고 있었니더. 한데 여 주인 어르신하고 박 포수란 사람은 지금 어데 있습니꺼?”

춘상은 갑자기 서슬 퍼런 마음의 날을 세우고 있었다. 아버지의 마지막 당부라면 자신이 당장 해치워야 하는 것들이 주인과 박 포수 놈들이었다. 춘상은 입술이 바싹 타들었다. 언젠가는 모질게 마음먹고 실행에 옮겨야 하는 일인데 그깟 시간이 앞당겨진들 이상할 것은 없었고, 설령 춘상에게 무슨 좋지 않은 운명이 닥친다 한들 아쉬울 일도 아니었다.

“마 벽옹 그 어른 목을 딸라꼬 거 사월리 인근에서 얼쩡거리는 모양인데 치잇, 벨도 없는 넘들 아이가? 나랄 찾는데 도움을 못줄망정 그런 해괴한 일얼 저지를라꼬 하니 마 이넘 속도 엉간히 쓰리구마.”

춘상은 갑자기 하인이란 사람이 존경스러워 보였다. 조선의 지천에는 드러내놓고 독립운동 하지는 못해도 심중에 나라 빼앗긴 울분을 삼키고 있는 애국자들이 많

다는 것을 여실히 보고 있었다. 춘상은 하인으로로부터
많은 사실을 알게 되어 더욱 다부지게 마음을 새기면서
마을을 떠났다.

영희가 문둥병에 걸렸다는 사실에도 놀랐지만 소록도
에 붙들려갔다는 소식에 더욱 놀라고 말았다. 더군다나
소록도에 붙들려가게 된 연유가 남편인 박 포수의 밀고
때문임을 알고 춘상은 걸음을 서둘러 사월리로 향했다.
우선 심산 김창숙을 찾아뵙고 안전을 지켜드려야 할 것
같았으며, 벽옹을 노리는 밀정들이 주위에 잠입해 있을
지도 모른다는 것을 빨리 알려주고 싶었다.

피곤에 지쳐 밤새 걷는데도 걸음은 더뎠고, 숲가에
선잠들은 빗새들의 날개 짓이 슬피 느껴졌다. 둥지로
돌아갈 데가 있는 새들은 그래도 행복한 존재로구나.
하지만 저 새들조차 맘껏 날아다니지 못한다는 것은 박
포수 같은 협잡꾼들의 총질이 낮이나 밤이나 끊이지 않
기 때문이리라. 총소리에 몸을 떨어야 하는 존재는 인
간뿐만 아니라 조선의 기슭 어디에나 둥지를 틀고 살아
보겠다는 작은 생명체들도 마찬가질 것이다.

사월리 심산 김창숙의 집 앞에 당도하니 새벽 어스름

이었다. 춘상은 심산 선생을 해가 뜨기 전에 뵐 수 있었다. 심산 선생의 집에는 젊은 청년들이 동거하고 있었는데 춘상이 나타나자 경계하는 기색이 역력했다. 춘상은 자신의 신분을 말했고, 안으로 들어간 젊은이가 곧장 다시 뛰어 나오더니 반갑게 춘상을 맞았다.

춘상은 대전형무소에서 마지막 뵙고 일 년이 지나 심산과 재회했다. 심산은 춘상을 따뜻하게 맞아주었고 편안하게 이곳에서 얘기를 나누었다. 심산은 소록도에서 자행되고 있는 일제의 만행에 대해 춘상에게 낱낱이 주지시켰다. 형무소에서 짧은 시간에 들었을 때와는 달리 일제의 목불인견(目不忍見)하는 횡포와 만행을 생생히 들을 수가 있었다. 춘상은 어떻게든 소록도에 잠입해야겠다는 각오를 새삼 다지기 시작했다. 특히 영희가 소록도에 붙들려갔다는 소식은 이런 각오를 다지는데 일말의 망설일 여유가 없도록 만들었다.

"일제의 만행을 어찌하면 조선 천지에 알릴 수 있겠습니까?"

"자칫 잘못 덤볐다간 일을 그르칠 수가 있다."

심산 김창숙은 하반신을 움직일 수가 없어 바람벽에

등을 기대고 보료 위에 앉은 채로 심호흡을 했다.

"심산 어르신, 제가 거기 잠입해서 뭘 어찌해야 놈들의 만행을 방방곡곡 알릴수가 있겠습니까?"

"조선의 나환자들이 노예처럼 일을 하고, 짐승처럼 채찍을 당하고, 노역한 임금도 착취당하고 것도 모자라서 시체를 해부 당하고 뱃속에 있는 아이들까지 긁어내서 유리병에 담아두고 무슨 생체실험까지 한다는데~."

"이런 쳐 죽일 놈들, 어르신, 당장 명령만 내려주십쇼. 일본 놈들의 횡포를 조금이나마 세상에 알릴 수 있다면 이 한 몸 기꺼이 바치겠습니다. 아부지의 유언 아니십니까?"

"음~ 이 동지가 소록도에 잠입한다면 반드시 놈들이 생체실험을 하고 있다는 증거물을 수집해야 하는 긴데 어찌해야 좋을지 때를 봐야하지 않겠나, 급히 덤볐다간 일을 숫제 그르칠 수도 있으니 신중에 신중을 기해야 할 것이고……."

심산을 존경하고 따르는 청년들이 은밀히 심산의 집을 호위하고 있어서 적잖이 안심은 되었다. 하지만 이런 사실 또한 일제나 첩자들한테 노출되었다가는 낭패가 아닐 수가 없을 것이었다.

"어르신, 어저께 제가 대가면 양부잣집에 다녀왔습니다. 근데 거기서 하인한테 이상한 소문을 들었단 말입니다."

"이상한 소문이란 무엇이더냐? 대가면 양부잣집이라면 일제 앞잡이 아니더냐. 박 포수라는 놈하고 한패가 되어 독립군 때려잡는데 혀를 빼고 다닌다는 소문쯤이야 나도 들어 알고 있지."

"심산 어르신의 목을 따겠다고 여 사월리 주변을 어슬렁거린다는 귀띔을 거 하인 하나가 해주더란 말입니다. 각별히 주의해야 하지 않겠습니까?"

"이래 하반신 불구를 만든 놈들이 또 밀정 시켜 목까지 따겠다고 들면 무슨 수로 막겠노? 하지만 그런 게 두려운 거는 아니다. 다만 소록도에서 벌어지고 있는 만행을 우리가 증거로 잡기 전에 놈들이 눈칠 챌까 제일 겁이 나는 게지~."

춘상은 심산 김창숙의 고민이 무엇이고 당장 이루고 싶은 숙원사업이 무엇인지 말을 하지 않아도 대번에 짐작할 수가 있었다. 춘상은 생각을 깊이 가다듬으며 소

록도로 끌려갔을 영희를 생각하고 있었지만 심산 김창
숙에게 영희에 대한 얘기를 일언반구도 꺼내지 않았다.
비단 영희 뿐만 아니라 조선의 나환자들이 폐쇄된 소록
도란 섬에서 겪고 있을 고통과 짐승 같은 학대를 생각
하면 절로 피가 부글부글 끓어올랐다.

춘상은 경성에 올라와서 얼마 지나지 않아 심산 김창
숙으로부터 은밀한 편지를 받았다. 인편에 전해 받은
편지에는 조선의 처녀들이 닥치는 대로 잡혀가서 어디
론가 사라지고 있는데 일본으로, 중국으로 끌려가서 위
안부로 전락되고 있는 모양이라 했다. 또한 흉년이 든
데다 일본이 전쟁을 치르느라 조선의 백성들로부터 공
출을 하기 시작했다는 것이었다. 식량사정이 악화되어
백성들이 먹을 식량까지 헐값에 강제로 공출을 시킨다
고 했다. 온갖 채소, 산채 나물, 면화, 보리 등 가리지
않고 강압에 의해 공출제도를 확대하고 있다며, 이런
시기에 더욱 자금의 마련이 필요하다는 것이었다. 춘상
은 밤이 깊어도 잠을 이룰 수가 없었다.
　세상은 어쩌자고 하염없이 눈까지 내리는지 백성들의

마음은 검게 타들어 가는데 속절없이 눈이 내리고 있었다. 춘상은 부지런히 부산과 대구, 경성 등지를 왕래하며 하루라도 속히 나라를 되찾을 수 있도록 힘을 보태고자 하였다.

그러다가 눈도 그치고 멀리 남해에서 봄소식이 전해질 무렵, 춘상에게 위기가 닥쳤다. 아니 어쩌면 절호의 기회일지도 몰랐다. 위기도 기회로 만들면 위기 역시 대단한 기회가 된다. 위기에는 당연히 위험이 따르게 되는 것, 춘상은 본정에서 다시 한 번 나와바리 쟁취를 두고 패싸움을 벌이게 되었는데 그만 현장에서 본정 경찰서 순사들에게 붙잡히고 말았다.

청계천을 중심으로 활동하고 있는 남촌파 건달들이 수표교 아래에서 싸움을 걸어왔다. 춘상의 패거리들과 남촌파 패거리들이 일시에 뒤엉켜 패싸움을 벌였는데 미리 상황을 파악한 본정경찰서 순사들이 일시에 덤벼 일망타진해 버린 것이었다. 그래서 춘상은 결국 서대문 형무소에 갇히게 되었는데 춘상의 부하들 절반이 포승줄에 묶여 굴비 엮듯 끌려갔다.

경성지방법원은 춘상에게 온갖 명목을 갖다 붙여 징

역1년을 선고했다. 뜻밖에 절도죄를 들이댔고, 교사 및 장물수수라는 죄목을 들어 벌금 50원까지 명령했다. 춘상은 서대문 형무소에 갇히면서 절망에 빠졌다. 20호 감방은 복도 입구 우측이었는데 예닐곱 명의 죄수들과 짐승처럼 뒹굴었다. 일제는 죄수들을 회유해서 자유를 주는 댓가로 일본식 이름에 서명하게 했다. 죄목이 무겁고 형량이 무거운 죄수들은 일제가 들이민 서류에 서명을 하고 감방에서 나갔는데 나중에 들려오는 소문에는 이들이 모두 전쟁에서 총알받이가 되거나 근로보국대가 된다는 것이었다. 춘상은 일제가 하사한 '호시야마 춘상, 이란 일본식 이름에 서명하지 않았다. 감옥에서 차라리 죽을지언정 자존심을 일제에게 꺾이지 않고 싶었기 때문이다.

　서대문형무소 입소는 춘상에게 행운이었다. 춘상은 밤마다 벽을 마주해 무릎을 꿇고 조선독립을 위해 기도했다. 춘상이 형무소 감방 20호에 있는 동안 청년 죄수들이 여럿 죽어나갔다. 학대에 못 이겨 저항하다 죽고 조선의 현실이 슬퍼 혀를 깨물어 죽고 어떤 청년은 고문을 받다 죽었다. 나무 상자에 갇혀 못에 찔려 죽고,

벽에 관처럼 서서 눈을 뜨고 죽은 청년도 있었다. 다행히 춘상은 독립군과 연결되어 있는 정보가 아직 새나가지 않았기 때문에 독립군처럼 혹독한 고문은 면할 수가 있었다. 하지만 채 두 달도 되지 않아 춘상에게 이상한 일이 발생했다. 불행이라면 불행이요, 행운이라면 행운이었다. 춘상의 입장에서 보면 하늘이 내린 절호의 기회였다.

춘상의 몸에 다시 나병의 징조가 나타나기 시작했다. 코피가 터져 사흘이 멀다 하고 소란을 떨었다. 더군다나 몸에 진물이 나기 시작했고 밤마다 온몸을 긁어 동료 죄수들에게 피해를 끼쳤다. 춘상의 이러한 증세에 대해 동료 죄수들은 불만들을 토로했고, 결국 동료들은 춘상과 같이 감방을 허용하지 않도록 해달라는 청원을 넣었다. 형무소 취조원이 늦은 밤에 춘상을 밖으로 불러냈다.

"너, 대구 애락원 출신이야?"

"그렇소."

"그럼, 네 증상은 네가 잘 알겠구나."

"그렇소, 아무래도 나병이 재발한 모양이오."

"라이뵤칸자(나환자)! 당장 저리 꺼지라!"

춘상은 자신의 의지와 관계없이 서대문 형무소에서 소록도 형무소로 이감되었다. 소록도 형무소는 구북리 뒷산 높은 지역에 자리 잡고 있었다. 춘상은 무엇보다 이런 사실을 심산 김창숙에게 알려야 한다고 생각했다. 조선 곳곳에는 이름 모를 사람들이 나라를 위해 은밀히 독립군으로 활동하고 있었다. 소록도에도 사람을 심어 놓았다고 하였지만, 독립군들의 특성상 함부로 누구라고 발설하지 않았으며, 아는 사람들끼리도 속내를 완전히 드러내지 않았다. 밀고 당기며, 어제의 동지가 내일의 적이 된다는 데가 이런 은밀한 영역이었다. 춘상 역시 심산 김창숙으로부터 소록도에 가면 누구를 만나야 한다는 해답은 주지 않고 다만 비밀 구호만을 하사 받았었다.

춘상의 뇌리에 밤마다 떠오른 얼굴은 당연히 영희였다. 소록도에 잡혀 들어온 영희는 지금 어떻게 살고 있을까? 춘상은 작업하는 시간이면 목을 늘어뜨려 저 아래를 내려다보았다. 벌떼 같은 나환자들이 마치 벌레처럼 움직여 일을 하는 모습이 보였다. 소록도 형무소에는 간수들이 대 여섯 명이 있었고, 조선인 간수도 있었다. 춘상은 작업장으로 나가던 길에 조선인 간수에게 넌지시 물어보았다.

"소록도의 겨울은 따뜻합니까?"

"뭐야? 임마, 여기서 웬 겨울타령이야? 소록도는 조선에서 제일 아름다운 지상낙원이란 말이다."

춘상은 조선인 간수를 향해 씨익 웃어주었다. 너 같은 놈이 독립군 임무를 띠고 있을 턱이 없지, 춘상은 속으로 침을 뱉었다.

춘상이 감옥에서 바깥으로 나가는 경우는 운동시간과 작업시간 뿐이었다. 춘상은 운동하는 시간보다 작업장에 나가는 시간이 더욱 좋았다. 몸을 열심히 움직여서 건강을 보살피는 것은 물론이고 혹시 뜻을 같이 하는 사람을 만날지도 모른다는 기대감 때문이었다. 특히 영희에 대한 소식을 들을 수가 있을지도 기대 되었고 더욱 운이 좋다면 영희를 직접 마주칠 수도 있을 것이기 때문이었다.

하루는 구북리 야산에 서낭당을 짓고 거기에서 열심

히 비손을 하는 여인을 보게 되었다. 작업을 하기 위해 해안으로 이동하던 중에 그 여인을 보게 되었는데 설핏 마주친 눈빛에는 날카로운 기운이 흘렀다. 그 눈빛은 비록 무당처럼 보여도 강렬한 정신의 소유자임을 보여 주는 것만 같았다. 일주일에 한 번은 이곳 야산에 올라 와 비손을 한다는 여인의 이름이 '금화, 라는 것은 간수 로부터 들었다. 춘상은 혹시 모르는 일이라서 기회가 되면 여인과 마주할 수 있는 기회를 잡으려고 노력했다. 그러다가 간수의 감시가 느슨해졌을 때, 춘상은 지나가듯 서낭당 곁으로 다가서며 말을 붙였다.

"소록도의 겨울은 따뜻합니까?"

춘상의 서두르듯한 말에 금화는 뚫어지게 쳐다보았다. 계면쩍어 고개를 흔들면서 춘상이 왔던 길로 빠르게 걸었다. 그런데 금화가 다급히 춘상을 불러 세웠다.

"사람이 어째 진득허질 못하다요? 먼 볼일 있어서 온 것이 맞는디 그렇구롬 낯짝 살피지도 않고 돌아선다요?"

"아, 아니라예, 금화, 라고 얘긴 들었습니더, 저 형무소 간수한테~."

“이깟 년 이름 알아서 멋할라고 그러요, 근디 아까 소록도 겨울은 따뜻하냐고 물었지라우?”

“예, 뭐, 그냥 한 번 물어본 소리라예.”

“그냥 물어본 소리는 아닌 것 같은디~ 뭔 야로가 있는 중 모르겄지만 이년한테 그렇게 물어왔던 처자가 또 있었응게요.”

“아니, 뭐라캤지예? 아, 아니라, 그냥 소록도 바닷가에서 한 평생 살라니까 궁금해서 안 물었겠는교? 한데 누가 그렇게 묻더란 말입니꺼?”

“저 구북리 사는 여자지라. 순임이란 여자가 날 처음 만났을 적에 그렇구롬 묻더란 말이요.”

춘상은 금화의 대답에 가슴이 설렜다. 순임이란 여자가 그렇게 물었다면 아마 심산 김창숙이 은밀히 심어놓은 사람일지도 모른다는 생각이 들었다. 아니, 어쩌면 독립군이 되어 임무를 수행하고 있을지도 모르는 일이었다. 나환자라고 해서 빼앗긴 나라를 되찾는데 두 손 놓고 있을 수는 없는 일이요, 비록 소록도란 섬에 갇혀 살다 죽을 바에 조선을 위해 한 목숨 바치는 것이 훨씬 가치 있다는 생각이 들었다.

춘상이 금화로부터 중요한 정보를 입수하고 있던 순간 간수가 호루라기를 불었다. 춘상은 아쉽지만 당장 작업 대열을 향해 뛰어 내려갔다. 이후, 춘상은 기회가 되면 금화와 마주하려고 애를 썼지만 끝내 다시는 금화를 만나지 못했다. 간수들은 죄수들이 다른 사람들과 만나는 것을 완전히 차단시켰고, 감옥 밖의 소식들 역시 완전히 은폐시켰다. 춘상은 소록도 형무소에서 수용 생활을 하는 10여 개월 동안 바깥소식을 듣지 못했고, 소록도 우편소에서 편지를 각 호사로 배달하는 병우란 소년에게 단말마 같은 정보를 습득하는데 그쳤다. 병우라는 소년은 '또덕' 이란 이름으로 불렸는데 약간 바보처럼 보이는 아이였다. 하는 짓이 우습고 바보 같아도 문득 문득 마주치는 또덕의 눈빛은 강렬했다. 몇 번 마주친 이후 춘상이 소록도의 겨울은 따뜻하냐고 물었을 때 또덕은 이렇게 대답했다.

"여그는 1년 내내 아지랑이가 펴요, 겨울이 없당께요."

춘상은 그런 또덕에게 환하게 웃어주었을 뿐이었다. 비밀구호라는 것도 아무데서나 소용이 되는 것이 아니라 반드시 필요한 장소, 그런 순간에 소용 되는 법이었다.

소록도 형무소에서 형기를 마치고 춘상은 소록도갱생원에 수용되었다. 나병이 재발했기 때문에 춘상은 운좋게 소록도에 머물 수가 있었다. 춘상은 동생리10호사에 배정받았다.

"수고 많았소, 우린 이제 한 식굽니다."

춘상을 안내하던 사람은 나병으로 시력을 잃은 환자 대표 박순주였다. 박 대표를 두 명의 가벼운 환자가 부축하고 있었다. 춘상이 동생리10호사에 배정 받자, 벌써 소문이 돌았는지 바보 또덕과 방구를 잘 낀다는 방개라는 녀석들이 가장 좋아했다.

"잘 생겼다. 히히, 눈, 코도 있고~."

"팔, 다리도 멀쩡하네. 히히, 성님은 좋겠다."

또덕과 방개가 한 마디씩 거들었다.

춘상은 이튿날부터 노역에 동원되었다. 새벽부터 해안가 작업장에 나가 새벽의 찬바람을 맞았다. 천여 명이 넘는 작업자들 모두 열심히 일을 했다. 병증이 심한 환자들은 일을 하다가 손가락이 떨어져 나갔고, 달아난 손가락을 동료들이 땅을 파고 묻어주었다. 발가락이 달아나고, 팔목이 달아나고, 발목도 달아났는데, 나병이 심한 경우에 그랬다. 나병의 치료약이 DDS 라는 것인데 그래서 DDS가족이란 소록도에서 새롭게 맺어진 가족이었다. 누이가 되고 오라비가 되고 어미 아비가 되어 서로를 위로했다.

춘상은 동료들의 동태를 살피고 작업을 하면서도 동료들로부터 많은 소문을 주워들었다.

"충성담보금을 내라는데~."

"뭐여? 충성담보금이 뭐라는데~."

"일제에 충성한단 뜻에서 우리가 부담하는 돈이랴."

"썩을 놈들, 먹고 죽을 약도 없어 이놈들아."

어디선가 날쌘 동작으로 채찍을 휘두르며 작업장을 휘젓고 다니는 사람은 '사또, 라는 간호주임이었다. 사또는 소록도 원생들이 가장 무서워하는 존재였고, 자칫하면 바람보다 빨리 달려와서 채찍을 휘둘렀다. 사또의 채찍과 곤봉에 허리가 성한 환자들은 단 한 명도 없을 것이라고 푸념처럼 늘어놓았다.

춘상은 이 정도의 악귀에 기죽을 사람이 아니었지만,

소록도에서 자행되고 있는 온갖 횡포와 만행을 밝혀, 온 천하에 알리기 위해 몸을 한껏 낮췄다. 춘상 역시 사또의 채찍에 맞아 여러 번 등허리에 빨간 줄이 생겼다. 춘상은 그럴 때마다 마음속으로 곱씹으며 어금니를 깨어 물었다. 그동안 연약한 나환자들이 짐승처럼 얻어맞고 노예처럼 취급받고 버텨왔을 것을 생각하면 피가 절로 거꾸로 솟아오르는 느낌이었다.

춘상은 틈이 날 때면 가장 먼저 영희에 관한 소식을 들으려고 이 곳 저 곳 기웃거리고 다녔다. 수호원장이란 자는 소록도를 세계 제일의 낙원동산으로 만들기 위해 사또를 앞에 세워 나환자들의 노동력을 착취했다.

심산 김창숙 선생으로부터 춘상이 들은 애기는 나환자들을 대상으로 생체실험을 한다는 것이었다. 파상풍 주사 실험도 하고, 여자의 뱃속에서 갓 나온 아기의 배를 갈라 나균의 감염 여부도 실험하고, 죽은 자의 시체를 해부하여 내부 장기들을 검사하고 급기야는 화장해서 바다에 뿌려버리기까지 한다는 것이었다. 춘상은 마음을 가다듬고 소록도 일제의 만행을 낱낱이 파헤치기 위해 한껏 자세를 낮췄다.

"혹시 이 마을에 영희란 환자가 있습니까?"

춘상은 우연히 남생리를 지나면서 동료 환자로 보이는 나이 지긋한 여자에게 물어보았다.

"영자라는 환자는 있는디 영희란 환자는 못 들어 봤소."

춘상은 마음을 급히 먹지 않았다. 소록도에 들어온 이상 살아서 나갈 수 없다는 말이 얼마나 위로가 되었는지 모른다. 인간은 참 이기적인 존재로구나. 춘상은 마음속으로 되뇌었다. 살아서는 나갈 수 없다는 사실을 두고 안도하는 인간의 이기성은 성토 받아 마땅할 터이지만, 문둥병 걸린 여자가 어디에 간들 사람답게 살 수 있을 것인가?

"혹시 영희라는 환자 들어 봤습니까?"

서너 명의 여자 환자들이 절뚝거리며 구북리 자혜의원 쪽으로 걸어가고 있을 때 춘상이 물었다. 여자 환자들은 시무룩이 고개를 저을 뿐이었다.

"여 들어온 환자가 천명도 넘는데 달랑 영희라는 이름 갖고 어떻게 찾겠소?"

"그려 맞어. 김가도 있을 테고 박가도 있을 테고 이가도 있을 테고 문 씨도 있을 테고."

"그만 읊어. 읊다 해 넘어 가긋다. 넌 꼭 잘 나가다 가 지랄을 떨어. 문 씨가 뭐여, 문 씨는 우리 같은 문 둥이 보고 말하는 겨 이년아. 어여 가자, 바뻐~."

춘상은 절뚝절뚝 멀어지는 여자 환자들을 우두커니 바라보았다. 저들의 말이 백 번 옳은 말이라 생각했다. 한 둘도 아니고, 경성 가서 김 씨 찾는 격이었다. 춘상은 멀어지는 여자들의 모습을 오래 바라보았다. 영희는 어떻게 변했을까? 영희를 만나면 무슨 말부터 해야 할까? 영희는 춘상을 얼마나 원망하고 있을까? 별의별 생각들을 하면서 춘상은 동생리 10호사로 돌아오고 있었다.

하루 내내 선착장 공사에 원생들은 기력을 쏟았다. 새벽부터 늦은 밤까지 노역에 동원되고 벽돌을 찍고 호사마다 가마니 치기를 했다. 기력이 다해 절로 쓰러지는 환자도 부지기수였고, 이런 삶이 힘이 들어 헤엄쳐 도망치다 그대로 수장되는 사람도 많았다. 뗏목을 몰래 만들어 도망치다 붙들려서 감금실에 갇히고, 감금실에 갇히면 죽는 길 밖에 없었다. 감금실에서 살아나오는 길은 오직 한 가지, 단종(斷種)밖에 없었다.

사내는 감금실을 나가기 위해 의무적으로 불알을 깠고, 여자도 불알을 까버렸다. 이른바, 단종 수술, 일제는 조선에 나환자 하나가 늘어나는 것을 제국의 수치로 여겼다. 나병은 당시 유전병으로 잘못 인식되고 있었는데 단종을 해야 만이 조선의 나환자가 늘어나는 것을 막을 수 있다고 일제는 판단하고 있었다. 특히 수호 원장은 세계 나학회를 이끌어갈 역량 있는 사람으로 존경받기 위해 원생들을 대상으로 온갖 실험을 자행했다. 그리고 소록도를 인류 최고의 낙원동산으로 만들겠다는 일념으로 나환자들의 노동력을 착취하고 임금을 착취하고 목숨까지 좌지우지했던 것이다.

영희에 대한 소식은 한동안 듣지 못했다. 춘상은 마을마다 다니면서 영희의 소식을 물었으나 영희라는 환자가 입소해 있다는 사실도 확인하지 못했다. 춘상은 영희 문제보다 더욱 시급한 것이 일제의 만행을 확인해서 이를 기록하고 이런 소식을 외부에 알리는 일이었다. 금화라는 무당한테 소록도의 겨울은 따뜻하냐고 물었을 때 불쑥 구북리 사는 순임이란 여자가 자기더러 그렇게 물었다는 얘기를 들었지만 까닭 없이 순임이란 여자를 만나는 것이 두렵게 여겨졌다. 독립군의 지시를 받고 있다면 당장에 만나 수인사를 하고 정보를 공유하고 일제의 만행을 파헤치는데 온 정신을 쏟아야 하는 것이었다.

춘상은 작업을 마치면 버릇처럼 몰래 동생리를 빠져나와 이 마을 저 마을을 기웃거렸다. 소록도의 작은 섬을 끼고 대 여섯 부락이 올망졸망 앉아 있는데 6천여 명의 나환자가 수용되어 있다 보니 마을마다 북적거렸다. 더군다나 수호 원장은 악종이어서 환자들을 사람 취급 하지 않고 짐승취급을 했다. 비록 치료를 위해 상처를 어루만진다 하더라도 일신의 영욕을 위한 일이었고, 한센인 연구에 대한 자신의 업적을 쌓기 위한 요식행위에 지나지 않았다.

춘상은 밤이 늦으면 은밀히 숙소를 빠져나와 구북리로 향했다. 구북리는 춘상이 소록도형무소에 있을 때 자주 지나다니던 길이어서 낯설지 않았지만 부락의 심장을 거닐게 되는 그로서는 감회가 남달랐다. 더군다나 순임이란 여인이 구북리에 살고 있다는 소문을 들었기 때문에 춘상은 자연스레 구북리를 야심한 밤에 찾을 수

밖에 없었다.

구북리의 뒤쪽 해안가에서 그리 멀지 않은 곳에 우물터가 있었다. 두레박으로 물질을 해서 빨래를 하고 먹을 물도 길렀는데 밤이 이슥해서 우물가에 환자들이 나오는 경우는 희박했다. 춘상은 우물 속에 비친 환한 달을 한동안 내려다보았다. 이상하게 하늘에 떠있는 달보다 우물 속에 담긴 달이 정겹게 느껴졌다. 저 멀리에서 쏴아~ 하고 파도소리가 밀려왔다. 춘상은 자박자박 발자국 소리에 우물 속에 빠진 시선을 거둬들였다.

가녀리게 들리는 발자국 소리는 춘상이 있는 바로 앞에서 멈춰 섰다. 머리에 흰 수건을 두른 여자의 향기는 비누 냄새였고, 춘상의 예민한 콧구멍을 그 냄새가 자극했다. 까닭 없이 춘상 앞에 멈춰선 여자를 보며 춘상은 한편으론 설레었고 한편으론 두려웠다. 춘상과는 까닭모를 인연의 끈으로 연결된 듯한 묘한 느낌의 이 분위기에 순간 압도당했다.

"소록도의 겨울은 따뜻합니까?"

"조선반도가 다 똑같지 않을까요?"

춘상의 심장이 멈추는 듯했다. 그토록 누군가에게 듣

고 싶었던 대답이 바로 조선반도라는 대답이었다. 춘상은 불쑥 손을 내밀었다. 비록 진물이 나는 손이지만 기쁜 마음에 망설일 여유조차 없었던 것이다.

"반갑습니다. 이춘상이라고 합니다."

"반가워요. 정순임이예요."

달빛이 이마를 가렸지만 춘상의 보기에 순임이란 여자는 매우 아름다웠다. 춘상은 환하게 눈이 부시는 듯한 순임의 얼굴 쪽으로 쑤욱 고개를 들이밀었다.

"금화라는 여자한테 순임 씨 애기 들었습니다."

"어머, 금화 언닐 어떻게 알고 있는지요?"

춘상은 저간의 애기를 우물가에 앉아 들려주었다. 춘상의 애기에 순임은 긴장을 풀고 몸을 털고 일어서며 두레박으로 물을 길어 올렸다. 달빛이 하얗게 풀려 두레박에 담긴 우물물은 정겹게 느껴졌다. 춘상이 두레박의 우물물을 벌컥벌컥 들이켰다. 춘상은 무슨 힘에 이끌리듯 우물가에 서성이고 파도소리 뿐인 텅 빈 밤에 마시는 우물물은 달디 달았다.

"이 섬 구조를 조금 알고 싶습니다."

"며칠 여유를 두고 알아가도록 하십시오. 여긴 말로

는 자유로운 것 같지만 자유롭지 못해요. 모두 노예나 마찬가지랍니다."

"알고 있습니다. 그래서 마음이 더 급하단 말입니다."

춘상은 이상하게 순임이 앞에서 용기가 샘솟고 의욕이 넘쳤다. 순임이라면 이상하게 무엇이든 해쳐나갈 수 있을 것만 같았다. 그런데 어째서 이런 생각이 드는 걸까?

"너무 서두르지 마세요. 한데 어디가 아파서 여기 온 거예요?"

"예, 문둥병 뻔하지요 뭐. 대구 애락원 시절에 완쾌되어 퇴원까지 했는데 병이 재발해 이렇게 오게 되었습니다. 잘 된 일이지요."

"아무런 연락 취할 때도 없고 감시가 치밀해서 답답했는데 그쪽을 만나게 되니 힘이 솟네요. 그럼, 오늘은 이만 들어가야겠어요."

"제가 물지겔 짊어다 드리겠습니다."

춘상은 물지게를 정말 짊어질 태세로 손을 탈탈 털면서 준비를 했다. 그러나 순임은 그런 춘상을 가로막았다.

“아녜요. 여긴 말이 많은 데랍니다. 남녀가 우물터에서 만나는 시간은 사흘에 한 번예요. 그쪽 빨랫감을 제가 빨아드릴게요. 그때 가져 오세요. 참, 소록도에 대한 심산 선생님의 계획을 그쪽이 알고 있는지요?”

“아, 아닙니다. 차차 말씀 드리도록 하겠습니다.”

순임은 물지게를 짊어지고 건들건들 걸어가기 시작했다. 춘상은 당장 물지게를 빼앗아 자신이 짊어지고 싶었지만 절제할 수밖에 없었다. 순임이라면 힘을 합쳐 충분히 소록도의 비밀을 밝혀 세상에 폭로할 수 있으리라 생각했다. 춘상은 순임의 모습이 보이지 않을 때까지 우물가에 오래오래 서서 달빛에 젖고 있었다. 저만치에서 바닷물이 달빛에 목욕을 하듯 수줍게 칭얼대고 있었다. 춘상은 이토록 감미로운 밤에 까닭 없이 예민해지는 자신을 느끼면서 천천히 동생리 10호사를 향해 몸을 낮춰 걷기 시작했다.

춘상은 이튿날 구북리의 뒷산에 올랐다. 또덕이와 함께였다. 또덕이는 춘상의 길잡이 노릇을 자청하며 바보처럼 히죽 히죽 웃으며 앞장서서 산에 올랐다. 가장 높은 봉우리에 오르니 섬을 에워싸고 아기자기한 마을들이 불쑥불쑥 눈에 들어왔다.

"또덕아, 누가 나한테 너를 보냈드노? 사실 나를 도와줄 누군가가 필요했는데 말이라~"

"헤헤, 순임이 누나가 형님한테 보냈지라우. 형님이 궁금한 것이 많을테니께 빨랑 가서 도와드리람서요잉."

또덕은 뭐가 그렇게 좋은지 싱글벙글 웃음기를 매달면서 주절거렸다. 춘상은 눈을 갠소롬히 떠서 낮은 데를 바라보며 순임을 생각하고 있었다. 뜻밖에 속이 깊은 여자라는 것을 미루어 짐작할 수가 있었다.

"근데 또덕이 너는 왜 바보 흉내를 내는 거냐?"

"히이, 그래야 관심을 덜 받거든이요. 나가 바보가 되니까 이렇게 자유롭게 돌아다닐 수도 있지라우. 쩌그 관사지대도 나는 자유롭게 돌아댕길 수 있구만요잉."

"그래, 장하구나 또덕아. 형 하고 있을 때는 그래도 바보 흉내 내지 말어라. 너 똑똑한 놈이란 거 다 알고 있다."

춘상의 말에 또덕이 기분 좋은 표정으로 씨익 웃었다. 비록 나환자가 되어 이런 섬에 유폐되어 있어도 저 속내는 얼마나 알차고 깊은 속인지 짐작이 갔다. 또덕이 약간 숨을 가다듬으면서 손짓으로 아래를 가리키며 말했다.

"쩌기 보이는 철책 우측은 병사지대로 우리 같은 DDS들이 사는 곳이고 쩌쪽 저 좌측은 관사지대라고 일본 놈들이 사는 곳이여라우."

관사지대는 일반 환자들이 함부로 들어가지 못한 금지구역이라는 것을 춘상 역시 들어서 알고 있었다. 또덕이 침을 찌익 갈기며 말을 이어나갔다. 춘상은 또덕의 손짓을 따라 눈을 가늘게 떠가며 소록도 경내를 살피고 있었다.

"저게 종루고 그 옆이 납골당이지라우. 납골당에 가면 여기서 죽은 문둥이들이 집에 가지도 못하고 그냥 쬐끄만 상자 속에 갇혀 있당께요. 납골당에서 저짝 왼쪽으로 바다 끝에 있는 것이 화장터요. 거기 가면 그냥 시체 타는 냄새가 짠물에 절여져서 둥, 둥 떠다니지라우."

또덕은 제법 소록도의 지형을 꿰고 있는 모양이었다. 상세하게 춘상에게 소록도 경내의 시설들에 대해 설명하면서 간간히 일본 놈들에 대한 분통을 드러냈다. 또

덕의 눈썹은 비뚤어진 새의 깃털처럼 부풀어 올랐다가
한쪽 이마 끝으로 치달았다. 송충이 털처럼 짙은 또덕
의 눈썹은 아무래도 나병과 관련이 있을 것이라고 춘상
은 생각했다.

"저 형님, 쩌그 오른쪽 해안 쪽 보이지라우. 사람들
오락가락 하는데요."

"어디, 쩌어그? 어 그려 보여. 거가 뭐 벽돌공장이라
지?"

"야, 소록도 원사가 조선에서 젤 좋다요. 그래서 여그
서 만든 붉은 벽돌은 죄 일본으로 수출을 한다 그래라
우."

"일본으로 수출을 한다고?"

춘상 역시 얼핏 내막을 들어 알고 있었지만 자기도
모르게 이렇게 물었다. 소록도의 모래가 아무리 좋다한
들 나환자들이 찍은 벽돌을 일본에 수출을 한다는 것이
이해가 되지 않았다. 대체 누가 이런 짓을 저지른단 말
인가.

"씨발놈들, 문둥이 등골 빼먹는 짓거리나 하고~ 말이
사 그렇게 번 돈으로 지상낙원을 만들겠다 설레발을 치

는 모양인디 흥, 누굴 위한 지상낙원이냐 이 말요, 내 말은. 어메 그냥 저놈들 생각만 하면 답답해서 죽겠당께라우."

"또덕아, 참어라, 참어. 우리가 화를 낸다고 뭐가 달라지는 것도 아니잖냐."

"야, 참고 산께 이나마 살아 있제라우. 안그러면 소록도 문둥이들은 진즉 고기밥 되었을 것이요. 근디 성님, 바깥세상은 어찌 돌아간다요잉?"

뜻밖에 또덕의 관심은 바깥 세상에 머물렀다. 작은 섬에 유폐되어 바깥세상의 소식마저 담을 쌓고 산지 오래일 터이다. 춘상은 자신이 알고 있는 바깥의 소식을 비교적 자세히 들려주었다. 독일이 폴란드를 침공하여 2차 세계대전이 일어났고, 영국과 불란서가 독일에 선전포고를 했으며 일본은 또한 중국과 힘겨루기를 하고 있다는 등의 상황을 은근히 근심을 담아 얘기해 주었다. 춘상의 말을 듣고 또덕은 일본이 망해야 한다는 말을 꼭 꼭 음식을 씹어 먹듯 질기게 뱉어내고 있었다.

산에서 내려와 벽돌공장으로 하는 길목에서 춘상은 세 명의 환자들이 산속에서 튀어나오는 것을 보았다.

"어딜 가?"

하고 또덕이 그들을 향해 물었다.

"씨부랄, 더럽고 치사해서 벽돌 지러 간다."

하고 중년 사내가 말했다. 그들이 모두 저쪽으로 자취를 감추었을 때 춘상이 말했다.

"벽돌 지러 간다면서 왜 숨어서 가는 거지?"

"형님, 벽돌 지러 간단 말은 도망친단 말이라요. 말려 봤자 소용 없지라우. 며칠 지나면 또 도지거등이요."

춘상은 또덕의 말에 고개를 끄덕이며 벽돌공장을 향해 걸었다. 벽돌공장은 일본 순시들이 감시를 하고 있었다. 벽돌을 지게에 짊어지고 어디론가 이동하는 환자들의 모습이 개미처럼 보였다. 쇳소리를 내며 벽돌을 찍어내는 주물들이 쉼 없이 돌아가고 있었고 완성된 벽돌들은 나환자들에 의해 차곡차곡 자리를 잡고 쌓여졌다. 춘상은 또덕과 같이 몸을 비스듬히 숨기면서 벽돌공장을 지켜보았다.

벽돌공장 뒤쪽에서 날렵해 보이는 환자 하나가 간호주임 사또와 서류를 확인하며 실랑이를 벌이고 있었다. 나중에 알게 되었지만 최일봉이란 나환자로 사또와 공모해서 벽돌을 일본에 수출하며 은근히 재미를 보는 작자였다. 최일봉은 오직 돈을 벌기 위해 사또란 간호주임과 원생들의 노동력을 착취하고 있었고 또한 최일봉은 사또의 첩자가 되어 온갖 소록도 내의 나환자 동향을 은밀히 보고하고 있었다.

춘상에게 소록도는 혈기에 왕성해 보였다. 더군다나 바깥에서 춘상의 밑에서 꼬봉 노릇들을 했던 경상도 댓방 권종희, 전라도 댓방 김창옥 등이 역시 절도혐의로 형무소에 수용되었다가 다시 갱생원 환자 마을에 수용된 것이었다. 춘상에게 든든한 조력자들이란 생각이 들었다. 권과 김이야말로 껄렁한 것 같아도 춘상의 뜻을 가장 잘 이해하고 있고 춘상의 뜻에 동참하려는 자들이었다. 이들의 합류로 춘상에게 있어서 소록도는 매우 활기에 차 보였고 실제 활기가 넘치고 있었다.

춘상은 우물터에서 종종 순임을 만났다. 춘상의 의복 빨래를 순임이 맡아주었다. 소록도 나환자들은 우물터에서 남녀들이 만나 한껏 웃고 여기에서 눈을 맞추는 경우도 있었다. 연애질은 공식적으로 금지되어 있었지만 비밀리에 은밀한 만남들을 하고 있었다. 사흘에 한 번, 우물가 빨래터는 북적거렸다. 여자들은 마음에 품은 사내의 빨랫감을 맡아주었다. 빨래를 맡아주면 그것이 남자와 여자와의 은근한 통정이나 마찬가지였다. 그래서 우물터는 활력이 넘쳐났고 부끄러움도 있고 시샘도 있었다. 빨래를 부탁하지 못한 사내는 사내의 자격이 없다고 한탄들을 하며 온종일 신세한탄들을 했다.

춘상의 빨래는 착실히 순임의 손에서 묵은 때를 벗겨내고 있었다. 이런 중에 은근히 춘상과 순임의 마음은 하나가 되어 은근히 마음속에 상대를 품고 있었다. 무엇보다 중요한 얘기를 부담 없이 나눌 수가 있었고 남의 눈치를 보지 않아도 되었고 독립군 조직으로서 임무를 일제의 눈치를 받지 않고 나눌 수가 있어서 다행이었다. 남녀들이 빨래질을 하는지 연애질을 하는지 북적거릴 때 춘상이 순임에게 말했다.

"순임 씨, 관사지대 지도가 필요합니다."

춘상의 말에 순임은 한참동안 쳐다보았다.

"혹시 여기 온 구체적인 목적을 알 수 있을까요?"

춘상은 순임을 뚫어지게 응시하다가 이내 고개를 저

으면서 대답했다.

"때가 되면 알게 되겠지요."

춘상의 대답에 순임은 더는 묻지 않았다. 이런 중에도 우물가 빨래터는 북적거렸다. 저쪽 해안가에서 짠바람이 찐득거렸고, 멀리 바다 가운데는 고깃배들이 불빛을 깜박거렸다. 금산으로 송진채취를 하러 갔던 원생들도 파도에 출렁출렁 흔들리며 소록도로 돌아오고 있었다. 춘상은 한참동안 말없이 빨래를 하는 순임을 바라보고 있었다. 다른 남녀들은 빨래를 마치고 삼삼오오 빨래터를 떠났고 어떤 짝들은 산속으로 들어가 은밀한 짓거리들을 했다. 사람들이 모두 자리를 빠져나갔을 때 춘상이 슬쩍 순임에게 빗을 선물했다.

"어머, 이게 뭐예요?"

"순임 씨, 제 마음입니다. 예쁘신데 꾸미지 않는 것 같아서요. 빗질이라도 착실히 해보세요. 한결 예뻐 보일 거예요."

"아 예에, 감사합니다. 나는 드릴게 없는데~"

"이미 많은 걸 받았습니다. 이렇게 빨래도 해주시잖아요."

어둑한 우물터에서 춘상과 순임이 마주보고 웃었다. 바로 이때, 저쪽에서 여자 환자 하나가 뒤뚱거리며 우물터 쪽으로 걸어오고 있었다. 순임이 그런 모습을 보고 깜짝 놀라며 짧고 낮은 목소리로 외쳤다.

"아이고 복순아, 그 몸으로 여길 나오면 어떡하니?"

"언니, 너무 답답해서 나왔어예. 방에만 있으니 너무 답답한기라요."

"그렇다고 여길 나오면 어떡해? 붙들리기라도 하면 넌 죽는단 말이야. 안 돼, 안 돼, 빨리 들어가, 아니 같이 들어가자. 그럼, 다음에 또 봐요."

하며 춘상을 향해 말을 하면서 순임이 주섬주섬 빨래를 마치고 불쑥 일어났다. 순임은 빨랫감을 옆에 끼고 여자를 데리고 호사를 향해 걸어갔다. 춘상은 겸연쩍어 순임을 뒤따라 걷다가 여자의 배가 표가 나도록 불러오는 것을 느꼈다. 소록도에서는 아이를 낳을 수 없다는 것쯤 이제 춘상도 모르지 않는다. 순임 등을 뒤에 따라 걸으면서 이 여자는 어떤 사연이 있어 이렇게 몰래 아이를 뱄단 말인가? 하고 생각했다.

"복순아, 너 담부터 절대 바깥에 나오지 마라. 이러다

저놈들한테 걸리면 우리 호사 사람들까지 다 폐를 본단
말이야.”

“알았어예, 언니. 정말 방에만 있으니 답답해서 죽겠
는걸....알았어예. 절대 이렇게 몰래 나오지 않을께예.
근데 언니, 저 남자 누구예?”

춘상은 뒤에서 그네들을 따라 걸으면서 그들의 말을
놓치지 않았다.

“복순이 너가 알 필요 없어. 누군 누구겠니, 여 소록
도 사는 문 씨지. 얼른 들어가자. 가서 밤새 가마니를
돌려야 하지 않니? 몇 개나 남았어, 할당량?”

“아직 멀었어예. 오늘 밤새야 할긴데~”

“큰일 났네. 이러다 할당량 못 채우면 작업 임금에서
제할텐데~”

소록도 나환자들은 낮에 작업을 하고 밤에도 할당량
을 받아 멍석을 짜고 가마니를 짜고 있었다. 쉴 틈이
없기에 우물터에서의 시간을 소중히 여기고들 있었고
남녀 간에 눈이 맞은 사람들은 짬을 내어 은밀한 밀애
를 나누고들 있었다. 춘상은 공연히 멋쩍어 뒤를 따라
가다가 순임이 호사로 향하는 골목길에서 우뚝 멈춰 섰

다. 춘상이 멈춘 것은 본능적이었는데 뭔가 뇌리를 스치는 번개 같은 기억 때문이었다. 복순이란 여자의 목소리가 뜻밖에 귀에 익었던 것이다. 경상도 사투리에 머뭇거리지 않고 직설적인 말투, 어디서 이런 목소리를 들었더라? 생각할 때 순임이 뒤를 돌아 작별인사를 건넸다.

"저 여기서부턴 남자들 출입금지랍니다. 다음에 우물터에서 다시 보는 걸로 해요. 몸조심 하시구요."

"예, 오늘 고맙습니다. 빨래 쭈욱 부탁드려요. 괜찮죠?"

"이미 약속 했잖아요. 제가 도울 일이 뭐 있겠어요."

"순임 씬 제 옆에 있는 자체로 도움이 됩니다. 그런 말씀 마십시오. 저한텐 크나큰 힘이 되는 걸요. 암튼 몸 잘 보살펴요."

"그럼 고맙구요. 춘상 씨도 몸 너무 혹사하지 말아요. 큰일을 하려면 몸을 함부로 쓰지 말아야 해요."

"예, 그럼 갑니다."

하고 춘상은 아쉬움을 뿌리치고 단호히 돌아섰다. 춘상이 터벅터벅 뒷모습을 보이며 돌아설 때 복순이란 여자가 순임에게 입을 열었다.

"언니, 저 남자 이름이 뭐라캤제?"

"왜, 저 남자 관심 있어 복순이?"

"아냐, 아냐, 들어본 이름인 거 같아서예."

"같은 이름이 한둘이니?"

"내가 아는 동생 하나도 한때 문 씨가 되었거든예. 나하고 서낭당서 입도 맞추고 배꼽도 마주쳤는데~ 히, 히~"

"복순이 너한테도 좋은 시절이 있었구나. 자, 어서 들어가자."

춘상의 모습이 보이지 않을 때까지 순임은 복순과 같이 심심파적 삼아 말들을 지껄였다. 춘상은 뒷모습을 보이며 한참동안 앞만 보고 걷다가 아무래도 익숙한 목소리에 걸음을 멈추고 서서 담배를 하나 빼어 물었다. 아아, 영희를 닮은 목소리, 영희와는 분명히 너무도 다른 모습이지만 정말 목소리는 닮았다고 생각했다.

소록도 각 마을을 향해 설치된 확성기에서 아침 일찍부터 사이렌 소리가 들렸다. 소록도 나환자들에게 저런 사이렌 소리는 심장을 쥐어짰다. 큰 사건이 벌어진 경우 대개 저런 다급한 사이렌 소리가 들렸기 때문이다. 각 마을의 호사에서 원생들이 일제히 바깥으로 쏟아져 나왔다.

"또 무슨 일이래요?"

"것 참, 누가 탈출하다 또 걸린 거 아닐까요?"

"뻔히 바닷 귀신 될 줄 알면서 누가 간통 크게 탈출을 했겠는가~"

원생들은 제각기 한마디씩 거들기를 마다하지 않았다. 확성기에서는 "각 마을 원생들은 지금 즉시 선착장으로 집합하기 바란다."라는 다급한 목소리가 두 번 반복되었다. 환자들은 여전히 피곤에서 빠져나오지 못하듯 찌뿌듯한 몸으로 대열을 맞춰 선착장으로 나가기 시작했다. 춘상 역시 동생리 대열에 끼어 잔뜩 긴장하며 선착장으로 향했다.

선착장에 당도했을 때 춘상은 절로 입이 벌어졌다. 저번 날, 벽돌공장 가는 길에 만났던 세 사람 중의 두 명이 분명했다. 또덕의 말처럼 탈출하고 싶은 병이 도져 붙잡힐 줄도 알고 바다를 건너가다 수장될지 알면서도 어쩔 수 없이 일어나는 일이 목전에서 일어나고 있었다. 결국 세 사람 중의 둘이 탈출을 감행했다가 사전에 붙잡힌 경우였다. 고초를 당했던 모양으로 사내는 얼굴에 피멍이 들어 있었다. 수호 원장도 검은 색안경을 끼고 탈출한 사내를 노려보고 있었고 사내에게 모든 원생들이 보는 앞에서 본때를 보여주려는 사람은 간호 주임 사또였다. 사또는 마침 몸이 근질근질 했는데 잘 되었다는 듯이 앞에서 설치고 있었는데 원생들이 일시에 선착장에 집결하자 수호 원장의 지시에 따라 사또가 명령했다.

"이놈들은 어젯밤 지상낙원을 탈출하려다 붙잡힌 놈들이다. 들어올 때는 몰라도 허락 없인 나갈 수 없는 곳이 바로 이곳 소록도란 말이다. 물살 세기로 유명한 저 바닷길을 어디 헤엄쳐서 나갈 수 있는지 당장 해보란 말이다."

사또 간호주임의 목소리가 찌렁찌렁 울렸다. 두 사내는 동료들이 일제히 보는 데서 어쩔 수 없이 바닷물에 뛰어 들었다. 여기서 버틴다 한들 빠져나올 재간은 없는 상황이었다. 원생들은 모두 숨을 죽이고 이들을 바라보았다. 몸의 상태도 좋아 보이지 않은 사내들은 처음에는 당당하게 바닷길을 가르며 헤엄쳐 나가는 듯했다. 하지만 십 여분이 채 되지 않아 파도에 휩싸이며 몸들이 출렁거렸다. 남해의 센 물살을 거슬러 1킬로미터를 탈 없이 건널 수 있는 나환자는 흔하지 않을 것이었다. 두 명의 사내 모습이 바닷물 속에 빨려들 듯 자취를 감추자 통통배를 타고 일본 순시들이 그쪽으로 나아갔다. 시체를 수습하기 위해서였다.

"잘들 보았지? 다시 한 번 이런 일이 생기면 그 마을은 열흘 치 임금을 삭감하겠다."

수호 원장의 목소리 역시 쩌렁 쩌렁 선착장을 울렸다. 그리고 호루라기 소리가 길게 울렸고 원생들은 일제히 해산했다. 원생들은 혀를 차며 왔던 길을 돌아올 적에 바닷물에 수장된 동료들에게 공연한 욕설을 내뱉었다. 미워서 뱉어내는 욕설이 아니라 뭍으로 나아가지 못할 자신들의 신세를 한탄하는 욕설이었다. 통통배를 타고 시체를 수습하러 갔던 순시들이 막대로 수장된 시신들을 건져 올렸다. 원생들에 대한 폭력과 고문이 심해질수록 뻔히 죽을 줄 알면서도 이런 무모한 일들이 심심찮게 발생했다.

　이튿날, 이들의 시체는 해부 당한 채로 화장 되었다. 시체를 실은 세 발 손수레를 밀고 순임과 동료 하나가 해부실에서 나왔다. 사내들의 시체는 이미 해부 당해 온갖 실험 관찰의 대상이 되었다. 화장터로 옮겨지기 전에 수호 원장의 말을 조선인 간호사 박은하가 받아 적었다. 박은하란 간호사는 악랄한 여성으로 일제의 앞잡이 역할을 하는 간호사였다.

　반점에 피부 결절, 근육 위축, 말초신경 소실, 외형상 특이점은 없고 십이지장에 나종이 생긴 것으로 사료됨. 대장은 이상 없음.

　박은하는 시체가 순임에 의해 세발 손수레에 빠져 나가기 전에 장기(臟器)를 유리관 용액에 넣으며 간호사한테 명령했다.

"뭐 하니?"

　간호사가 봉합하다 멈칫하며 박은하를 올려다보았다. 박은하가 말했다.

"어차피 화장터로 갈 건데 대충 봉합 해!"

"예."

하며 간호사의 손놀림이 빨라졌다. 구역질을 하는 간호사의 뺨을 박은하가 세차게 올려쳤다.

"이게 어디서 구역질이야!"

"죄, 죄송합니다."

박은하는 바닥에 떨어진 피를 먼저 깨끗이 닦았다. 나머지는 다른 간호사로 하여금 처리하게 했고 순임과 동료 하나가 세발 손수레에 대충 봉합한 시체를 실었다. 순임이 시체를 싣고 화장터를 향할 때 박은하는 유리관을 들고 극비보관실로 향했다. '절대 출입금지'라는 푯말이 붙은 방의 열쇠를 따고 들어가자 유리병에 온갖 희귀한 시체의 머리와 장기들이 일렬로 나열되어 있었다.

하루는 마을 뒤쪽이 소란스러웠다. 춘상은 저녁 무렵에 호사에서 나와 담배를 태우다가 뒤쪽에서 고함치는 소리에 놀라 잽싸게 달려갔다. 나환자들끼리 싸움이 벌어진 모양이었다. 춘상이 가까이 다가가서 보니 경상도 댓방 권종희, 전라도 댓방 김창옥 등과 환자들 사이에서 은근히 세력을 과시하고 있는 최일봉의 패거리들이 패싸움을 하고 있었다.

춘상은 팔짱을 끼고 지켜보았다. 권과 김은 본정에서 장사를 할 때 춘상의 꼬붕들이었기 때문에 춘상은 은근히 최일봉에 대한 적개심을 갖고 있었다. 권과 김이 소록도에 합류하기 전에도 사실 춘상의 눈에 거슬리는 얼굴이 바로 최일봉이란 환자였다. 최는 다른 환자와는 달리 매우 당당했고 일본 놈들한테도 결코 꿀리지 않은 모습이었다. 춘상이 최일봉을 처음 만났을 때 우선 일본말을 잘하는 최일봉이가 남다르게 보였던 것도 우연은 아니었을 것이다. 하지만 춘상은 같은 조선 사람끼리 싸움을 하는 것을 끔찍이 싫어했다.

최일봉이 춘상과 마주칠 때 은근히 제압하려고 폼을 잡는 줄도 알았지만 춘상이 그런 최의 속내에 무릎 꿇을 사람도 아니었다. 춘상이 저번 날에 최일봉 패거리들에게 한번 미친 척 당해준 것도 공연히 그런 것이 아니라 춘상의 뜻은 이런 무지렁이들과 달랐기 때문에 한사코 이들과 싸움을 벌이는 짓들이 부끄러울 뿐이었다. 춘상이 가만 지켜보니 권과 김의 주먹도 만만찮은데 최일봉 패거리들의 주먹에 밀리고 있었다. 멀리 어둑신한 어둠이 해안가에 몰려오는데 치고 박고 먼지를 일으키는 나환자들이 춘상은 한심할 뿐이었다.

"어이 그만들 하소. 조선 놈들끼리 싸우는 짓거릴 나는 마 제일 싫어한다카이."

하며 춘상이 싸움판에 끼어들었다. 춘상을 알아보고 권과 김이 넙죽 달려와서 고개를 숙였다.

"성님이 여글 어쩐 일이다요?"

"어 그래 늬들이 싸움질 하는기 시끄러붜가 이래 안 나왔나. 못난 놈들, 어데 싸울 데가 없어 같은 조선 놈들끼리 치고 박고 싸움질이고?"

"행님, 일마들이 야지를 붙는데 우덜 체면에 마 속 터져 죽겠다 말입니대이."

"종희 늬넌 글타고 절마들한테 쩔쩔 매노. 늬 깡다귀 쎈줄 알았드이 오늘 보이마 언캉 심도 없고 뒷심도 물러졌네."

춘상이 권과 김을 사이에 두고 심상찮은 말을 하는 사이 최일봉 패거리들은 춘상을 잔뜩 노려보고 있었다. 드디어 최일봉이 춘상을 노려보며 소리쳤다.

"어이 그짝은 말여잉. 뭔데 넘의 싸움판에 끼어들어 지랄이여, 지랄이."

"옴마, 이 새끼가 시방 뭐라하나, 울 댓방한테, 일마야, 춘상이 성님으로 말할 것 같으면 경성 본정파 댓방이라 일마야. 일마 겁대가리 없네잉."

"야 씨방새 봐라. 뭐라 지껄이노 시방. 경성 본정 댓방? 아니 경성 본정 댓방이 그렇구롬 심아리도 없다냐잉? 마 한 주먹 밖에 안 되는 넘이~"

"거 보이 마 형씨 오늘 우리 성님한테 실수 많이 한다카이. 우리 성님 화나모 늬들 다 골로 보내준다말이라. 어째 여게서 한번 맞짱 떠블끄나?"

"이런 씨방새는 어디서 굴러먹다 온 씨방새여잉? 덤벼, 덤벼 씨발 놈들아!"

하면서 최일봉의 졸개들 서너 명이 싸울 자세를 취했다. 권과 김이 씨익 쳐다보며 웃음을 쪼개면서 먼저 권이 발길질을 했다. 퍽, 퍽, 하는 치고 박는 소리가 어둠 속에 물컹히 퍼졌다. 먼지는 보이지 않고 냄새가 메케했다. 춘상은 이렇게 모든 눈들이 한군데 모아졌을 때 한번 자신의 힘을 보여줄 때라고 생각했다. 이놈들을

패거리로 흡수하지 않으면 춘상이 여기에서 일을 완수
하는 데 어려움이 있으리라 여기며 춘상이 소리쳤다.

"다들 멈치라. 지금부터 한 놈씩 나한테 덤비라. 권종
희, 김창옥, 늬놈들부터 덤비라. 늬들 나하고 안본 사이
어찌 그래 주먹이 무뎌졌노?"

춘상의 말에 권과 김은 잽싸게 무슨 속셈인지 알아듣
고 권이 먼저 춘상을 향해 발길질을 하며 덤벼들었다.
날렵한 권의 발길질을 춘상이 눈 깜짝 할 사이에 피하
면서 거의 피함과 동시에 뒤에서 권을 걷어차 버리자
권이 저쪽으로 쿵, 나가떨어졌다. 권에 이어 김이 웃으
면서 날렵한 동작으로 춘상에게 덤벼들고 춘상은 그런
김의 허구리를 냅다 차버렸다. 순간적으로 권과 김을
제압한 춘상이 "언 놈이 먼저 덤빌란교?" 하며 최일봉
패거리들을 향해 소리쳤다. 최의 패거리들 중에 껀정한
키의 사내가 발길질을 하고 손으로 크게 허공에 원을
그리면서 덤벼들 때 춘상은 제대로 사내의 빈틈을 짚어
사타구니 쪽을 툭, 치고 빠져나왔다.

사타구니를 제대로 맞았는지 첫 번째 사내가 뒤로 빠
졌다. 연거푸 뒤를 이어 춘상에게 덤벼들자 춘상은 본

정을 손에 넣기 위해 밤마다 수없이 익힌 기술로 상대의 허점을 파고들어 급소까지 공격해버렸다. 놈들은 춘상의 실력이 저번 날과 다르자 고개를 갸우뚱하면서 최일봉의 눈치들을 살피고 있었다.

"일봉이 성님, 성님이 책임져야 하겠소."

"저리 비켜 문둥이새키들아, 몇 놈인디 이깟 놈 하나 못 당하냐. 지랄들 하고 있네잉."

하며 최일봉이 상의를 벗어던지며 춘상을 향해 겁 없이 덤벼들었다. 하지만 춘상은 최일봉의 실력이 빈틈이 있다는 것을 처음 만나 맞장을 뜰 때 이마 간파했던 것이다. 처음에 이놈들에게 져 준 것은 적을 만들지 않기 위해서지만 이제는 이놈들을 이겨야 마음대로 부릴 수가 있기 때문에 순간 사정을 보아주지 않았다.

최일봉은 춘상을 노려보며 공간을 활용하면서 비잉비잉 돌았다. 자칫 비잉비잉 도는 경우에는 상대의 동작에 홀려 반대편을 급속히 과격하면 일격에 넘어지는 경우가 있다는 것을 춘상 역시 충분히 알았다. 최가 비잉비잉 도는 것을 간파하고 춘상은 급히 반대로 방향을 틀면서 공격의 자세를 취했다. 최가 멈칫 하며 다른 자세를 취했고 춘상은 부러 허점을 보이는 전술로 두 팔을 완전히 배꼽 밑으로 내려버린 채로 마치 술이 취한 사람처럼 움직였다.

"야, 이 새키 술 마신 거 아녀잉? 어째 난데없이 방향을 틀고 지랄이여."

하면서 최일봉의 발이 춘상의 가슴을 일격했다. 춘상은 부러 가슴을 최의 발꿈치에 허용해주었다. 최의 힘을 다시 한 번 가늠해 보았다. 실력은 그리 세어 보이지 않았다. 춘상은 공연히 시간을 지체할 필요가 없다고 판단하며 순간적으로 몸을 솟구쳐 최일봉의 목을 두 발로 감싸면서 바닥으로 떨어졌다. 진물 나는 등짝이 아렸지만 최는 숨을 제대로 쉬지 못하고 컥, 컥 대고 있었다.

춘상은 최의 몸을 이용해서 반동으로 상체를 일으켜 세워 마치 모둠 뛰기를 하듯 바닥에 발꿈치를 대며 뒤로 한 바퀴를 돌면서 최의 턱을 향해 돌려차기를 해버렸다. 전혀 이런 동작을 예상 못했는지 최는 악, 소리를 내며 뒤로 자빠졌다. 춘상은 다가가서 발로 최의 목을 눌렀다. 그러나 춘상의 동작은 여기까지였다. 춘상은 발을 풀고 최를 일으켜 세워주었다.

"최일봉이라 캤소? 난 그짝을 싸움질로 이기고 싶지 않소. 우린 조선 사람 아닌교? 우리가 어째 조선 사람끼리 싸워야 되느냔 말이라. 우리가 싸워 이길 놈들은 저 일본 놈들이란 말이다. 내 말 알아 들었는교?"

춘상의 말에 갑자기 우~ 하는 소리가 동시에 터져 나왔다. 권과 김은 물론 최일봉 패거리들 까지 모두 춘상 앞에 무릎을 꿇어버렸다. 춘상은 예의를 갖춰 무릎 꿇은 놈들을 한 놈씩 손을 잡아 주고 등을 두들겨 주었다. 최일봉 역시 춘상에게 급히 자세를 낮추며 무릎을 꿇어버렸다.

늦은 달이 해안선 너머에서 삐쭉 얼굴을 들이밀었다. 춘상은 패거리들과 바닷가 모래밭에 앉아 담배를 흡, 흡 빨았다.

"히히, 난 방개라고 허는디 춘상이 성님이라 불러도 되지라잉?"

"늬 맘이 그러고 싶으면 그렇게 불러라."

"히히, 난 방구를 잘 뀌어서 방개여요잉. 방구 뽕, 소리 나면 이 방개가~"

"야, 방개 너 저리 빠져라잉. 넌 방구만 많이 뀐 게
아녀. 말도 허벌나게 많제잉."

최일봉의 말에 패거리들이 일제히 웃었다. 어둠 속에
멀리에서 파도 소리가 밀려왔다. 파도 소리는 어둠 속
에 풀어져서 환자들의 마음속에 고향생각들을 풀어놓았
다. 말은 아니 한다 해도 다들 고향 생각에 속으로는
훌쩍이고 있었다. 이런 슬픈 마음들을 감추려고 앞 다
퉈 말들을 하고 있는 것이었다.

"근디 그짝 말요잉. 어째 폼은 혼자 다 잡은다요잉?
그짝이 뭐 독립군이라도 된다?"

최일봉의 말에 춘상은 입가에 주름을 잡으며 살짝 웃
어주었다. 독립군이란 말을 들으니 갑자기 심산 김창숙
선생이 떠올랐다. 앉은뱅이가 되어서도 빼앗긴 조선을
되찾고자 희생을 마다하지 않는 훌륭한 정신적 지주 아
니던가.

"옴마, 그런갑네잉. 정말 독립군여잉?

"히히, 독립군이다 긍께 정말 우리 성님 겁나게 멋있
어분다, 히히~"

"아따 방개 너 새꺄 댓방 말하는디 끼어들지 마랑께.

어이 그짝 참말로 독립군 맞는겨잉?”

춘상은 부러 고개를 끄덕이지 않았다. 공연히 이런 데서 독립군 얘기를 꺼내면 일본 놈들의 귀에 이상한 말이 들어가지 않는다고 장담하기 어려웠다. 좋은 일을 하자면 진득한 데가 있어야 하는 것은 당연지사, 가뜩이나 조선을 되찾는 일에 도움이 되려면 한 순간도 방심해선 아니 되는 일이었다.

“조선 땅서 독립운동 한다카는 거는 마 가족 목숨 거는긴데~”

“우리 성님으로 말할 거 같으면 서대문형무소~”

“거 입들 닥치고, 나는 뭐 나라를 위해 조금~”

하는 춘상의 말에 참을 수가 없다는 듯이 잽싸게 끼어들며 최일봉이 말했다.

“오매, 성님, 몰라봐서 죄송허요잉. 오매 그냥 내가 나이는 윈 거 같은디 오늘부터 그짝은 나의 성님이요. 뭔가 다르기는 달랐어. 긍께 어째서 독립군 성님이 여글 왔으끄나잉~”

“어따 댓방요, 문둥병 걸렸응게 왔겄지이~”

“아 새꺄 너는 성님들 말허는디 껴들지 좀 말어야.

저 가서 방구나 끼고 와 어여."

춘상은 이렇게 자연스럽게 환자들의 환심을 샀고 패거리들까지 식구처럼 만들어버렸다. 말들은 거칠어도 환자들의 마음속에는 가족과 헤어진 슬픔에다 나라 빼앗긴 설움까지 아픔이 많았고 그래서 한데 어울려 이렇게 말씨름이라도 하면서 처지를 함께 나누었다.

각자 자기소개들을 하고 고향에 두고 온 가족 얘기도 하고 여자 넘어뜨린 얘기도 하면서 밤이 깊어 갔는데 자정이 넘었을 때 거친 호루라기 소리가 파도소리에 묻어 왔다. 일행은 너도 나도 없이 사방으로 흩어졌다. 춘상 역시 정신없이 뛰었다. 원생들에 따르면 수호 원장 이후 철저히 야간 출입을 통제했고, 야간에 출입하다 걸리면 노역 임금에서 제하거나 상응하는 벌을 받는다고 했다.

이튿날, 들리는 소문에 밤에 바닷가에서 도망치다 걸린 사람은 방개뿐이었고, 방개는 뺨 다섯 대를 얻어맞고 호사로 돌아왔다는 것이었다. 환자들은 나름대로 소록도라는 지옥 같은 환경에서 견뎌낼 수 있는 방식을 터득하고 있었다. 일본 놈들의 채찍과 폭행 등도 동료

들이 이렇게 한데 있어 견딜 수가 있었고, 서로 가족이
되어 형님, 동생, 오라버니로 부르면서 파도보다 거친
풍랑을 이겨내고 있었다.

하루 종일 노동을 하고 선착장에서 돌아오면 녹초가
되었다. 원생들은 움직일 수 있는 사람은 누구나 예외
가 없었다. 특별히 운이 좋거나 일본 사람들 눈에 띄어
편한 관사지대에서 일을 하는 경우를 제외하면 모두 불
편한 몸으로 노역을 한다는 것이 쉽지 않았다. 선착장
에서 일을 하다 손가락이 떨어져 나가고 발가락이 떨어
져 나간 모습을 춘상 역시 여러 차례 목격했다. 누구든
이런 동료들의 모습을 보고 이게 결국 자신의 모습이
될 거라는 것을 직감했다. 나병은 절대 낫을 수가 없는
병이고 전염이 심한 병이고 유전 되는 병이어서 살아서
는 절대 소록도 바깥으로 나갈 수가 없다는 것을 누구
나 깨달았다.

수호 원장의 혹독한 채찍과 사또의 가혹한 고문으로
환자들 중의 상당수가 시달리고 있었고 지레 놈들의 그
림자만 봐도 겁을 먹었다. 춘상은 바깥에서 들을 때보

다 훨씬 소록도의 상황이 심각하다는 것을 깨달았다. 춘상은 나병이 재발한 까닭에 아직 그래도 양 손을 사용할 수 있을 때가 무엇이든 일을 하기에 맞춤해서 마음이 급했다. 가뜩이나 오른쪽 손이 하루가 다르게 피부 색깔이 짙어지고 있었다. 팔소매를 걷어 올려보면 진물이 심한 탓에 냄새까지 올라왔고 밤에는 은근한 통증으로 잠을 이루기가 쉽지 않았다.

춘상은 마음이 급해서 우물터에서 순임을 만났을 때 다시금 절박한 심정으로 요청했다.

"순임 씨, 속히 관내 지도를 부탁드립니다."

"또덕이가 가르쳐주지 않던가요?"

"또덕이한테 저 구북리 뒷산 꼭데기에서 대충 얘기 들었지만 꼼꼼한 지도가 필요합니다. 정확하지 않으면 한순간에 그르칠 수가 있단 말입니다."

"왜 춘상 씬 지도에 목을 매시나요?"

춘상은 하는 수 없이 심산 김창숙 선생으로부터 들었던 얘기를 순임에게 들려주었다. 일본 놈들의 생체실험과 파상풍 실험, 유리병에 넣어둔 인체의 장기에 관한 얘기를 빠짐없이 들려주었다.

“정보가 정확하군요. 저도 알고 있어요. 놈들이 죽은 동료들의 시체를 해부하고 살아있는 동료들을 이용해 파상풍 실험 같은 것도 한다는 것을요.”

“순임 씨, 정말입니까? 바로 제가 여기 있는 이유입니다. 반드시 이에 대한 증거물을 확보해서 조선 천지에 알려야 한다 말입니다.”

“한데 무슨 수로 이 철옹성을 뚫을 건데요? 극비구역을 몰래 본다한들 무슨 수로 이것을 세상 바깥으로 알릴 수 있냔 말예요.”

“다 복안이 있습니다. 순임 씬, 지도만 구해주시면 됩니다. 근데 순임 씬, 어떻게 관사지대에 출입할 수 있게 되었습니까? 시체를 화장터에 옮기는 일도 하시고~”

“저도 모르겠어요. 사또주임이 노역하는 게 힘들지 않느냐고 해서 힘들다 했더니 당장 관사지대 와서 병실 청소도 하고 시체 당번도 하라고 하대요.”

“예, 순임 씨, 얼굴이 예뻐서 그랬던가 봅니다. 순임 씬, 나환자 같지 않잖아요? 눈썹만 빠진다면서요?”

“어머, 수줍게 어찌 그런 말을~”

"근데 그 복순 씨 지금 어떻게 되었습니까?"

"뭐가 말예요?"

"아이를 뱄었잖아요?"

"누가 아이를 배요? 절대 그런 얘기 입에 올리지 마세요."

"예, 무슨 말씀인지 알겠습니다. 입이 방정이네요. 근데 복순 씬 소록도 오기 전에 어디에서 살았답니까?"

춘상은 공연히 궁금해서 저도 모르게 물어보았다. 어둠 속에 봤던 모습은 아니지만 목소리는 정말 영희 목소리였기 때문이다. 소록도에 붙잡혀 갔다는 소문도 들었기 때문에 영희일지도 모른다고 생각했던 것이다.

"춘상 씨가 여자한테 관심이 많은 분이셨군요. 복순 씬 저처럼 고아랍니다. 고아가 여기저기 떠도는 게 일인데 어디서 자리 잡고 살았겠어요."

"혹시 복순 씨 이름이 영희가 아닌지 모르겠습니다. 내가 아는 누부가 영희 누부였는데 목소리가 너무 닮아 있어서요. 영희 누부도 문둥병에 걸려 소록도에 잡혀 왔다는 소식을 들었거든요. 우리 뒷집에 사는 예쁜 누부였지요."

춘상의 말에 순임의 표정이 완전히 달라지고 있었다. 순임은 빨래를 하다가 갑자기 방망이질을 멈추면서 멀뚱히 춘상을 쳐다보았다. 춘상 역시 그런 순임을 물끄러미 바라보았다. 우물터를 찾은 나환자들이 짝을 이루어 연애질을 했고 바닷가에 나가 팔짱을 끼고 백사장을 걷거나 산속으로 들어가는 성질 급한 짝도 있었다.

우물터에서 순임과 같이 얘기를 나누는 시간이 춘상에게 가장 소중했다. 정겨운 시간이며 기다려지는 시간이 되었다. 춘상의 마음속에 어느새 순임이란 여자가 자리 잡기 시작했다. 우물터에서 일어서려는데 순임이 불러 세웠다.

"아까 보니 오른쪽 팔등에 진물이 흐르던데 이거 발라보세요."

"뭡니까?"

"도꼬마리 열매를 갈아서 만든 거예요. 이걸 바르면 고통이 좀 덜할 거예요. 근데 어떻게 춘상 씬 독립군이 되신 거예요?"

춘상은 순임의 물음에 주위를 두리번거리며 살폈다. 다들 사라지고 저쪽 끝에서 한 쌍이 마주앉아 도란거리고 있었다.

"아버지가 자금 모금책을 하셨습니다. 어려서부터 보다 보니~ 한데 순임 씬, 어떻게 우리를 돕게 되었지요?"

"후후, 부끄러운 얘긴데~ 실흔 독립군 손가방을 훔치게 되었어요. 재가 소매치기를 좀 했거든요."

"아 따기꾼을 하셨군요. 저도 그거 좀 할 줄 압니다. 혹시 금화라는 분의 손가방을 따버린 거 아녔어요?"

"예, 어쩜 그렇게 예지력이 빠르네요. 맞아요. 그 언니 손가방을 따게 되었는데 그 언니가 독립군이었지요."

"아니, 정말요? 비밀구호도 모르던걸요. 제가 처음 마주쳤을 때 분명히 구호를 물었는데 순임 씨가 그렇게 묻더란 말을 해주던걸요."

"독립군끼리도 믿을 수가 없으니 그렇겠지요. 첩자들이 너무 많아서 통 믿을 수가 없으니 말예요."

춘상은 순임에 대해 조금씩 알아가는 것이 매우 기뻤다. 마음에 품은 여자가 같은 뜻을 갖고 있다는 것에 마음이 더욱 끌리게 되었다. 더욱 놀란 것은 금화라는 여인이 독립군 일을 하고 있다는 사실이었다. 자신을 철저히 무당으로 위장하며 열악한 섬에서 일본 놈들의 비밀을 파악하기 위해 혼신을 다하고 있는 모습이 존경스러울 정도였다. 어떤 일이든 금화를 통해 외부와 연락이 닿을 수 있다는 말에 춘상은 한껏 고무되었고 소록도의 비밀에 관한 목표를 이룰 수 있을 것만 같았다.

순임과 헤어져 동생리로 돌아오는 길에 춘상은 자꾸 뒤를 돌아보았다. 순임에 대한 그리움 때문이 아니라 누군가 자신을 미행하는 듯한 느낌 때문이었다. 춘상은 나올 때 가슴 속에 품고 나온 칼을 염두에 두고 아차하면 공격할 마음의 준비까지 하고 있었다. 숲길을 지나면서 춘상은 잔뜩 긴장을 하고 있었다. 그런데 숲이 거의 다하는 길에서 불쑥 뒤에서 춘상을 부르는 사내의 목소리가 들렸다.

"보드라고 춘상 성님. 성님이 밤이슬을 맞고 댕긴다는 말은 들었는디 인자봉께 참말이네요잉."

"최일봉이 아녀? 아니 야밤에 어째 남의 뒤를 밟고 그러는교?"

"나가 쪼매 궁금한 거이 있어가꼬. 성님이 어째 야밤

에 구북리 우물터까지 왔다요? 누굴 만날 요량으로잉?”

“이제 보니 나를 일찌감치 미행을 했는 모양인데 그러지 말어라. 너 내 눈에 처음 띄었던 곳이 저기 벽돌 공장이었어. 거기서 사또란 놈하고 무슨 장부 보면서 실랑이질 했지?”

춘상의 말에 최일봉이 깜짝 놀랐다. 춘상은 여세를 몰아 최일봉을 몰아세웠다. 최의 주먹 정도는 걱정할 것이 못 된다는 것을 알고 있기 때문에 자연스럽게 대적할 수가 있었다. 그런데 최의 태도가 돌변하며 갑자기 품속에서 번쩍이는 칼을 빼어들었다. 춘상은 뜻밖에 불거진 일이지만 마음속으로 대비를 하고 있었기 때문에 단박에 발차기를 해서 최의 손에 들린 칼을 돌려 차버렸다. 칼이 쨍겅, 하고 떨어지는 소리가 달빛에서 반짝거렸다.

최는 마치 이성을 잃은 멧돼지처럼 덤벼들었다. 춘상은 침착하게 최에 맞섰고 엎치락뒤치락 끝에 최일봉을 가격해서 바닥에 눕혀버렸다. 춘상은 최를 품속에 지니고 다니던 노끈으로 소나무 둥치에 함께 묶어버렸다. 그리고 담배를 빼어 물며 말했다.

"너, 나에 대해서 어디까지 알고 있냐?"

"성님, 이것 풀고 얘기 합시다. 답답해서 거 숨 좀 쉬자니까요."

"짐승만도 못한 자식, 다신 성님이라 부르지 마라. 그래 같은 동료끼리 뒤를 밟고~ 너가 나한테 정보를 빼내 누구한테 보고를 하는 모양인데~"

"아이고 성님, 그런 말씀은 마십쇼. 나도 조선 놈이랑께요. 나라 빼앗긴 설움도 알고 문둥이 설움도 다 아는 놈이지라우."

"안다는 놈이 할 짓이 없어 동료 뒤를 밟아? 너 정말 내 손에 죽어야 하겠구나."

춘상은 자신의 품속에서 날이 파랗게 서도록 틈만 나면 갈곤 했던 칼을 빼어들어 최의 목에 들이밀었다.

"아이고 성님, 칼 좀 치우고 말 좀 합시다잉. 나 한번만 살려 주시오. 돈도 드릴테니께라우."

"이런 나쁜 자식 보게. 너 이제 보니 동료들이 뼈 빠지게 찍은 벽돌 팔아먹지? 일본으로 수출 한다면서? 늬 놈이 이제 보니 일본 놈들 첩자로구나."

"아녀 아녀 성님, 그것은 전적으로 틀린 말여잉. 내가

사또 그놈 하고 쪼매 거래를 하기는 해도 나 성님 생각
한 것 맨치 그렇게 실없는 놈은 아니랑께요. 아따, 성
님 보다 나이가 많은 내가 어째서 성님을 이렇게 존경
함서 성님, 성님 말끝마다 부른다요. 좆도 저 방개, 또
덕이 같은 병신들 앞에서잉~"

"허 참, 임마, 넌 방개나 또덕이 보다 한참 못난 놈
이다. 어찌 감히 동료들의 피를 빨아 먹어? 것도 모자
라서 내 뒤를 밟고~"

"성님, 그라면 날 죽이든지 아니면 그냥 주먹으로 몇
대 쥐어박아 주시오. 그러면 되겠소? 성님, 이것 풀고
나하고 얘기 좀 합시다잉."

애걸하는 최일봉의 말은 결코 비겁한 말이 아니었고
간사스럽지도 않았다. 최의 말에는 나름의 진실이 담겨
있음을 춘상은 모르지 않았다. 춘상은 긴장을 풀며 묶
은 노끈을 풀어주고 담배 하나를 꺼내주었다. 최가 한
숨을 길게 토해내며 담배를 빨아대고 있었다. 생각하면
최란 놈도 불쌍한 처지는 매한가지, 가족들한테 버림
받고 섬에 갇혀 일본 놈들한테 짐승처럼 당하면서 나름
대로 제 살 길을 찾았을 터였다. 그래도 최가 동료 아

이들을 아끼고 거들먹거리면서도 항상 곁에 데리고 다니는 것을 보면 외로운 놈 중 하나는 분명했던 것이다.

최일봉은 춘상에게 여기에서 무엇을 찾느냐고 물었지만 그런 비밀까지 최에게 말을 하지 않았다. 최의 속내를 완벽하게 들여다 볼 수는 없는 노릇이었다. 춘상은 언젠가 최의 도움이 필요할 때가 있을지도 모른다고 생각했지만 경계 또한 게을리 해서는 안 될 존재라는 것도 알고 있었다. 산속에서 몸을 털고 내려와 헤어질 때 최일봉이 춘상을 향해 어둠속에 말했다.

"성님, 순임이 그 누님 좋아하지라우? 척 보면 알지라우."

춘상은 등을 돌려 뭐라 말을 하려고 했지만 최는 성큼성큼 뛰기 시작했다. 춘상은 최의 모습이 어둠속에 완전히 묻혀 자취가 완전히 사라지고서야 호사를 향해 움직이기 시작했다.

제8장 생체실험(生體實驗)

　구북리에 환갑잔치가 열리고 있었다. 마을 사람들은 물론 소록도의 다른 마을 사람들도 잔칫집에 찾아와 음식을 나누어 먹으며 축하해 주고 있었다. 한쪽에선 춤을 추고 놀고 한쪽에선 그림자로 극을 했다. 나환자들의 손가락이 달아나고 정상이 아닌 경우가 많아서 그림자가 만들어내는 것은 그야말로 예술품이었다. 잔치에 가장 신난 사람은 또덕이와 방개였다. 최일봉 패거리들은 며칠 전부터 이날을 기다리고 있었다.

　축하객들이 모여 있는 데서 전체 부락 대표 박순주가 말했다.

　"이게 다 수호 원장님이 마련해 주신 지상낙원 덕분이야. 그러니 우리가 원장님 동상건립을 위해 5전씩을 보탬이 마땅하지~"

　대표의 말에 사람들이 우~ 야유를 보냈다. 김창옥이 불쑥 나서며 아금받게 소리쳤다.

　"임병할, 나라 뺏긴 주제에 지상낙원이면 뭐한다냐."

박순주가 소리 나는 쪽으로 고개를 돌리며 말했다.

"니들은 가슴속에 여적 못난 조선을 담아두고 있냐. 한 세상 편히 살아 먹을라믄 가슴 속에 박힌 조선부터 내다 버려 이놈들아!"

박의 말에 사람들이 우~하고 야유를 보내고 있었다.

"저놈의 눈 봉사 말하는 것잠 보소. 뭐라꼬? 조선을 내다 버리라꼬? 허 참, 가다가 넘어지모 앞이 안보여서 넘어진다 할낀데 저건 머릿속에 뭐가 들었단 말이고?"

"종희야, 그만 하라."

하고 춘상이 분에 못 이겨 펄쩍 뛰는 권을 막아섰다. 바로 이때, 저쪽에서 비명소리가 들렸다. 춘상이 소리 나는 쪽을 바라보니 배가 잔뜩 불거진 여자를 쏜살같이 납치하듯 끌어가고 있었다.

"야, 야 저 저 복순이 아녀?"

"맞어, 에이 씨발, 저년은 방구석에 처박혀 있어야지 어째 나와가꼬 사단을 만든다냐잉."

춘상은 잽싸게 복순이 일본 순시들에 의해 끌려 나가는 쪽으로 달려갔다. 하지만 춘상이 복순이 있는 데 당도하기도 전에 놈들은 짚차에 복순이를 짐짝처럼 싣고 달리기 시작했다.

"아이고 클났네 클났어. 복순이 저거 뱃속에 애 낳는
다고 애지중지 허던디, 클났네. 저놈들이 어떤 놈들인
디~"

잔칫집은 복순이 일로 울상이 되어버렸다. 사람들은
노래하고 춤을 추는 것을 멈추고 앉아서 도란거리며 얘
기를 나누었다. 박순주 부락 대표 등은 수호 원장의 동
상을 건립하기 위해 각 마을을 다니면서 돈을 각출한다
며 떠나버렸다. 이때, 새가 날아가는 것을 보고 누군가
말했다.

"아따 저 새는 좋겄는거. 가고 싶은 데 날아다닐 수
가 있응께 참말로 좋겄는거."

"어야, 우리 신센 말여 좆 빠진 누렁이 신세만 못혀.
누렁이도 저 좋아하는 년 밑구멍을 쑤시는데 우린 뭐
여. 여자 옆에 가는 것도 눈치 보고 뭐시여 밑구멍 맛
을 볼라믄 불알 까야 하는 신세 아닌가 말여."

"에끼 이 사람, 어째 그런 말을 하는가. 속도 심란해
죽겄는디 누렁이 좆 타령이나 하고~"

사람들이 공연히 우울해서 훌쩍거리기 시작했다. 좆

은 잔칫집이 일순 초상집처럼 되어버렸다. 이것이 다 문둥병 걸린 나환자 신세인 탓이며 나라 빼앗긴 설움 탓이라는 것을 누구나 잘 알고 있었다. 춘상은 쓸쓸한 마음에 담배를 피워 물며 잔칫집에서 걸어 나와 호사로 돌아왔다. 춘상은 품에서 칼을 꺼내 파랗게 날을 세우기 시작했다.

순임은 품속에 관사지대 지도를 숨기고 수술실 쪽으로 걸어갔다. 복순이가 붙잡혀 갔다고 하는데 어디 있을까? 하지만 순임의 예상과 하나도 다르지 않았다. 소록도에서 눈이 맞아 연애질을 해서 아이를 배면 십중팔구 붙잡혀 여자는 수술실에 누워야 했다. 복순이 역시 붙잡혀 왔다면 당연히 수술실일 것이었다. 순임은 청소복 차림으로 수술실 입구에서 안쪽을 은밀히 살피기 시작했다. 안쪽에서 들리는 목소리, 수호 원장 목소리였다.

"태아의 감염 여부는?"

"외형상 특이점은 없는 것 같습니다."

박은하 간호사의 목소리였다. 박은하는 조선 간호사

로 오직 수호 원장과 사또, 일제의 시녀와 다를 바가 없었고, 나환자들에게 혹독해서 원성을 높이 사고 있었다.

"은하 상, 나이프를 주시오."

"하이, 원장님."

순임은 수술실 바깥에서 소리를 듣고도 지금 수술실에서 무슨 일이 일어나고 있는지 알 수 있었다.

"이봐, 타다 과장, 아이의 배를 가를테니 내부 장기를 확인해 주게."

"예, 원장님."

순임은 속이 바싹 타들었다. 복순이 배에서 아이를 꺼내 태아의 배를 칼로 가르고 있다는 것을 보지 않고도 짐작할 수 있었다.

"탯줄은 어떠한가?"

"멀쩡합니다, 원장님."

"척추는?"

"멀쩡합니다."

"이봐, 은하 상, 어서 용기를 가져 오시오."

"예, 원장님."

박은하가 분주히 발품을 들이는 모습을 순임은 상상했다. 출입문을 사이에 두고 순임의 머릿속에 떠오르는 일들이 안쪽에서는 실제 일어나고 있었다.

"작년 나학회 최대 관건이 뭐였는지 기억 나나?"

"태아의 감염을 방치할 경우 초래할 위험이었습니다."

"그래, 타다 과장 기억력은 아직 쓸만 해. 십이지장도 멀쩡하고~ 우리 인류가 이 나균에 대해 실수한 게 있다면 바로 이거겠지. 내 경험으론 나병은 유전병이 아니란 거야."

"원장님, 하지만 아직 공표해서는 안 된다는 걸~"

"당연하지. 이걸 세상에 공표해선 우리가 살아남질 못하지. 우린 너무 많은 생명을 이렇게 해치웠으니깐 말이야. 이게 다 인류의 발전과정이란 걸 명심해. 우린 죄가 없고, 오직 대일본제국의 영광을 위해 일을 한 거란 말이야."

"예, 원장님."

수술이 끝났는지 수술실 문이 열렸다. 순임은 재게 허리를 숙여 청소 하는 시늉을 했다. 수호 원장이 수술실에서 나오고 이어 타다 과장이 수술실에서 나왔다.

순임은 저만치 떨어져서 열심히 바닥을 닦았다. 곧 박은하가 청소를 하고 있는 순임을 불러들였다. 순임은 기회일지도 모른다고 생각하며 얼른 안으로 들어갔다.

"너, 빨리 여기 바닥 정리 해."

"예, 간호사님."

순임과 동료 청소부 한 명이 양동이의 물을 화장실에 가져가서 쏟았다. 빨간 핏물이 역겨운 냄새를 풍기며 수채 구멍 속으로 빨려 들어갔다. 복순이 뱃속 아이의 영혼이 저렇게 피가 되어 바닥으로 사라진다는 생각이 들었다. 순임이 가끔 복순이 뱃속 아이에게 탈 없이 잘 나와라고 배를 다독거려 주었는데 이렇게 속절없이 여린 생명 하나가 놈들의 손에 이끌려 암흑 속에 묻힌다는 생각을 하니 절로 눈물이 나왔다. 복순이는 수술대 위에 여전히 손과 발이 밧줄로 동여매진 채로 움직이지 않고 누워 있었다. 간호사들이 복순이 주위에서 마스크에 장갑, 장화까지 신은 채로 분주히 손을 움직이고 있었다. 순임은 박은하의 움직임을 눈여겨보고 있었다. 핏물을 닦아내고 걸레질을 하면서 박은하가 자신의 자리 서랍을 열어 검은 열쇠를 꺼내는 것을 넌지시 바라보고

있었다. 박은하는 수술실 너머에 '극비보관실'이라 쓰여
진 방에 유리관을 품에 안고 들어가고 있었다. 저 유리
관에는 복순이 아이가 영혼을 빼앗기고 육신을 도둑 맞
은 채로 극비보관실에 유폐되고 있을 것이었다.

　우물터에서 동료들이 모두 빠져나간 뒤에 춘상은 은
밀히 순임을 만났다. 순임의 표정은 다른 날과 달리 많
이 굳어 있었다.
　"순임 씨, 어째 표정이 어둡습니까?"
　"우리 저기 바닷가로 좀 걸어요."
　하며 순임이 빨랫감을 머리에 이고 앞장섰다. 백사장
을 향해 걸으면서 순임은 복순 씨의 뱃속 아기에 대해
숨김없이 얘기했다. 수호 원장을 비롯한 의료진들이 순
임의 배를 갈라 아이를 꺼내고 꺼낸 태아의 생명을 유
기하고 실험까지 하던 과정을 아는 대로 소상히 말해주
었다. 순임은 진작부터 환자들에 대한 일제의 만행을
짐작하고 있었지만 눈앞에서 비릿한 피 냄새를 맡으며
직접 뒤처리까지 하고보니 저들의 행태에 혀를 내두를
정도였다.

"춘상 씨, 우리가 시간을 지체하다가는 안 되겠어요."

"무슨 뜻인지 알겠습니다. 놈들의 의심을 사는 날엔 순임 씨 또한 위험해 처할 수 있습니다. 각별히 유의하십시오."

"여기 부탁하신 관사지대 지도를 어렵게 빼냈어요. 유익하게 쓰이길 바랍니다."

"순임 씨, 정말 고맙습니다. 그런데 이쪽 상황을 바깥에 속히 알려야 할 텐데 방법이 없을까요?"

"말씀 드렸잖아요. 금화 언닐 통해서 외부와 은밀히 연락 취할 수 있다고요. 뭐든 급한 전갈은 저한테 주세요. 바로 연락책을 통해 심산 김창숙 어른 쪽에 쪽질 건넬 수 있을 거예요. 그럼, 몸조심 하세요."

"알겠습니다. 참, 최일봉이란 사람이 저번 날에 날 미행하다 걸렸습니다. 죽일까 했는데 보니 돈맛을 좀 밝힐 뿐이지 사상은 조선 놈이 맞더군요. 순임 씨도 유의하십시오."

"나도 그 사람 경계하고 있습니다. 내 뒤를 캐고 다녔다는 것도 알고 있어요. 산 속으로 도는 사람은 조심해야 합니다. 절대 믿어서는 안 되니까요."

“아, 알았습니다.”

“참, 제가 드린 약 좀 발라 보셨나요?”

“예, 한결 통증이 줄어드는 느낌입니다. 잘 바르고 있어요, 도꼬마리.”

“예, 다행이예요. 팔뚝 지키려면 관리 잘 하셔야죠. 팔뚝이 건강해야 뭐든 임무를 수행할 수 있을 거 아녜요?”

“예, 그렇지요. 순임 씨, 근데 복순 씬 어떻답니까?”

“뱃속에 애기 빼앗기고 제정신 아니겠지요. 죽일 놈들, 소록도 앞바다 파도소리가 어째 애기 우는 것처럼 칭얼대는지 아세요? 세상에 나오지도 못하고 죽은 어린 영혼들이 슬퍼 우는 소리랍니다.”

춘상은 순임의 말에 저도 모르게 한숨을 내쉬었다. 순임과 헤어져 동생리 호사로 돌아오면서 춘상은 공연히 눈물이 흘렀다. 영희의 목소리를 닮은 복순의 처지를 생각하면 창자가 찢어지는 느낌이었다. 춘상은 호사로 돌아오면서 마음만 먹으면 영희의 존재를 알아볼 수도 있을 거라는 생각이 들었다. 소록도에 붙잡혀 들어왔다면 소록도 어느 마을에는 영희가 숨을 쉬며 살고 있을 것이라고 생각했다.

　뱃속 태아의 영혼이 적출당해 유리관 속에 유폐된 이후 복순의 행방에 대해 춘상은 듣지 못했다. 아니 그럴 여유가 없을 정도로 상황이 긴급하게 벌어졌는데 춘상이 알리고자 하는 소록도의 만행에 대해 은밀히 비밀편지를 전달할 수가 있었다. 소록도에서 일어나고 있는 모든 일제의 비리와 만행을 소상히 적어 순임에게 전달하였는데 생각보다 빨리 지휘부의 답장을 받게 되었던 것이다. 금화를 통해 은밀히 전달 받은 비밀답신에는 장차 소록도에서 있을 면회에 대해 상세히 피력하고 있었다.

　심산 김창숙이 직접 일행과 같이 소록도에 면회를 오게 될 거라는 연락을 받은 것이었다. 춘상은 손꼽아 면회 날을 기다리고 있었다. 손에 꼽을 정도로 열리는 면회 일정은 소록도에 갇혀 지낸 나환자들에게 가장 기다려지는 하루였다. 부모님을 만나고 연인을 만나고 형제 자매를 만나고 두고 왔던 아내와 남편을 만났다. 면회가 이루어지는 날 가족이 나타나지 않은 환자는 상당한 기간 고통을 겪을 정도로 고대하던 면회였다.

"이 놈아, 늬가 여자냐? 그렇게 떡칠을 하게잉?"

권종희를 향해 최일봉이 짓까불 듯 입을 놀렸다. 권은 일찍부터 깨진 거울을 보며 회분 칠을 하고 있었다. 권뿐 아니라 춘상 역시 얼굴에 살짝 회분 칠을 했다. 심산 어른을 뵙는 날인데 조금이라도 예쁜 얼굴을 보여주고 싶었기 때문이다.

"개안타, 이거라도 해야 상처는 가릴꺼 아니가?"

권의 말에 최일봉이 춘상을 바라보며 씨익 웃었다. 춘상이 팔에 통증이 일자 얼굴을 찡그렸다. 춘상의 팔은 예전보다 종기가 많고 색깔 역시 거무스름하게 변하고 있었다.

"옴마, 어쩔끄나, 춘상 성님. 썩어가고 있는 모냥인디~"

"일봉이 너가 신경 쓸 일 아니다. 까짓 잘라내면 될 거 아니냐."

"옴마, 세상에 팔뚝을 쳐낸다고잉?"

최일봉의 입을 권의 손바닥이 틀어막았다. 춘상은 이런 모습들을 보며 씨익 웃어주었다. 심산 김창숙 어른을 만날 것을 생각하니 가슴이 콩닥거렸다. 설령 심산 선생이 면회장에 나타난다 하더라도 감시 속에 특별한 얘기를 나눌 수는 없을 것이다. 춘상은 이미 비밀편지에서 독립군 지휘부에서 자신에게 특별한 의무를 주었다는 것을 알았다. 이제 심산을 만나보면 그게 어떤 의무인지 알게 될 일이었다.

춘상은 면회장으로 향하면서 순임을 생각했다. 고아의 신분이어서 면회 날이 다가오면 쓸쓸할 것이다. 면회장으로 가는 길이 분주했고 면회를 오지 못하는 환자들은 신세를 한탄했다.

"울엄니 죽었나 봐. 소식도 없능거 본께~"

"아냐, 바빠서 못 오시 겄지~"

"올 여름도 바쁘셨나? 작년 겨울에도? 이놈에 손가락이 다 떨어져 나가면 오시려나~"

어떤 환자는 문드러진 손가락을 비틀어 모래 속에 파묻으며 신세 한탄을 했다. 춘상은 이런 모습을 보면서 고향에 남은 어머니 생각을 했다.

춘상을 비롯한 면회 일행은 면회실에서 줄을 맞춰 대기하고 있었다. 면회실 밖이 떠들썩한 소리로 분주했다.

면회실로 들어오기 위해서는 반드시 신사참배를 거쳐야 했다. 일본 놈들은 조선 사람에게도 어디서나 신사참배를 강요했다. 신사참배야말로 조선의 정신을 약탈당하는 짓인데 하지 않고는 배기지 못했다. 저들의 채찍과 곤봉은 날카롭게 살을 후벼 팠다. 줄을 잡아 당겨 방울을 흔들고 손뼉을 짝, 짝 치며 허리를 숙여 신사참배를 하고 면회객들은 설레며 소지품 검사를 받았다. 춘상은 심산 김창숙 어른을 뵙는 것도 좋지만 자신이 이들과 같이 은밀히 시행할 일들을 생각하며 가슴 떨리고 있었다. 심산 김창숙은 몸이 불편해서 부축을 받으며 면회장에 들어서고 있었다. 춘상에게 전해 줄 떡상자의 검열을 무사히 끝낸 김창숙의 마음은 춘상의 마음보다 더욱 떨렸을 것이다. 면회장은 중간 지점을 목까지 올라오는 합판으로 차단하고 있었다. 면회를 하는 당사자들의 거리를 일정하게 유지하려는 것이었고 넘어서는 안 될 금지선이었다. 차단벽이 일제는 나병을 전염시키는 최선책이라 생각하고 면회장을 통제하고 있었다.

면회가 시작 되고, 울음바다가 되었다. 몸은 괜찮네? 오마니도 참, 여기가 어디라고 함경도에서 올 생각을 다 했음둥? 이놈아, 그럼 니가 와...흐흐흐, 근데 얼굴이 뭐임매? 일하다 와서 그렇구마. 아이그나, 그럼 죄 일하다 와서 얼굴에 분칠들을 한 거네? 그래 그런 거니 걱정 아니해도 되짐......

춘상은 묵묵히 심산 김창숙의 얼굴을 바라보았다. 말씀은 없이 그저 천천히 고개를 끄덕이는데 춘상의 가슴 속에 심산의 마음이 훤히 들여다보였다. 눈물을 훔치시며 감시원의 시선을 피해 심산이 낮은 목소리로 말했다.

"그래, 확인은 해 보았는가?"

"생각하신 대로 맞는 것 같습니다."

하며 순임으로부터 들은 장면들을 떠올리며 춘상이 대답했다. 심산의 입에서 절로 음~ 소리가 삐져나왔다. 최일봉은 양복을 훤하게 빼 입은 신사와 면회를 하고 있었고 합판에 가려 보이지 않지만 열심히 큰절을 올리는 환자들도 있었다. 호사에서 힘을 뽐내고 동료들을 못살게 굴던 놈들도 가족들 앞에서는 훌쩍거리고 순한 자식이 되었다.

"몸은 좀 어떠한가?"

"아직 견딜 만은 합니다."

"떡이네. 내 하고 싶은 말을 이 떡 속에 담았네."

"예, 어르신. 나 같은 문둥일 생각하는 소중한 마음 잘 간수하겠습니다."

춘상은 심산 김창숙의 심오한 말을 되새기며 자연스럽게 얘기를 나누었다. 춘상이 떡 바구니를 받아들고 자리에서 일어설 때 또덕이와 방개는 면회장 저쪽에서 면회객들 구경을 하고 있었다. 춘상이 떡 바구니를 챙겨 심산 김창숙과 작별을 하고 면회장을 빠져나올 때 어느새 다가와 바구니를 받아들었다.

"히히, 성님, 이게 뭐시다요?"

"어, 떡이다."

"오메, 맛있겠능거. 언릉 가자. 떡잠 먹게."

"그래, 가자. 늬들 면회 안와서 쓸쓸하겠구나."

"울엄닌 작년에 죽었는디 머."

"방개 너 방구 꼈지?"

"에이 씨, 나 뛰어 갈란다."

하며 방개와 또덕이 앞 다투어 뛰어갔다. 춘상은 이런 모습을 보며 활짝 웃었다. 조금은 부족해 보여도 춘상에게 이들은 정겨운 가족이었다. 춘상이 힘껏 뛰어 방개와 또덕을 따라잡았다. 춘상은 떡 바구니를 건네받 았다. 춘상은 호사에 가까이 올수록 가슴이 뛰었다. 십 중팔구 떡 바구니 속에 자신의 비밀 임무가 숨겨져 있 으리라고 믿었다. 하고 싶은 말을 떡 속에 담았다는 심 산 선생의 말을 흘려듣지 않았다. 그래서 소중한 마음 을 잘 간수하겠다는 다소 의미 깊은 대답을 드렸던 것 이다.

춘상은 호사에 도착해서 숨을 고른 다음에 떡 바구니 를 열었다. 방개와 또덕은 당장 떡을 집어 먹을 기세였 지만 춘상은 먼저 문을 닫고 은밀히 바구니를 개봉했 다. 차곡차곡 시루떡을 쌓아 보냈는데 춘상은 꼼꼼히 시루떡을 살펴보았다. 중간쯤에 뭔가 손에 잡히는 물체 가 있었다. 잡아당겨 보니 떡의 곳곳에 비닐에 싸인 물 체가 있었다. 꺼내 열어보니 작은 소형 카메라의 부속 품들이었다. 그리고 메모지에 춘상에게 당부하는 글이 간단히 적혀 있었다. 춘상은 얼른 메모지를 접어 가슴 에 넣고 분리된 카메라를 조립했다. 조립은 간단해서 즉석에서 촬영을 할 수 있을 것 같았다. 춘상은 떡 바구니를 방개와 또덕에게 건넨 다음 각 호사에 나눠달라고 당부했다. 춘상의 마음이 부풀었고 한편 긴장도 되었다. 조선인으로 사람답게 사는 길이 바로 이런 길이 아니겠느냐고 혼자 생각해 보았다.

선착장에서 작업을 마치고 저녁을 뜨는 둥 마는 둥 춘상은 호사에서 나와 구북리 마을로 발길을 향했다. 우물터에서 순임을 만날 일을 생각하면 가슴이 뛰었다. 순임이란 여자가 가슴에 가득 차기 시작해서 그리움 탓도 있었지만 정작 독립군 본부의 임무를 부여받고 그 임무를 순임과 같이 수행해야 한다는 생각에 가슴이 벅찼던 것이다.

구북리 우물터로 향하는 길에 저쪽 산 쪽에서 사람들이 웅성거렸다. 춘상은 고개를 갸웃하며 그쪽으로 걸어갔다. 어둠이 풀리기 시작한 산속에서 서성이는 사람들의 표정을 보니 까닭모를 서글픔이 묻어 있는 듯이 보였다.

"무슨 일들 있습니까?"

"세상에 얼마나 괴로웠으면 목을 매달았겠소."

"누가 목을 매달았단 말입니까?"

"거 애기 빼앗긴 복순이란 여자 말예유. 글쎄, 해넘이 전에 저 소나무에다 목을 매달았다 잖유."

춘상은 왠지 불안해져 더는 말을 하고 싶지 않았다. 더는 복순에 대한 소식을 듣고 싶지 않았다. 이상하게 복순을 생각하면 영희가 떠올랐고 영희를 떠올리면 불안함이 엄습했다. 일본 놈들 첩자라는 나이 먹은 사내를 만나 사랑 한번 받지 못하고 나병에 걸려 소록도에 잡혀 왔다는 영희, 춘상은 영희를 생각할수록 불길한 생각에 상체를 흔들었다.

심란한 마음을 털어 버리고 우물터로 향했다. 우물터에는 벌써 연애질 하는 남녀들로 북적거렸다. 춘상은 허공에 저녁 하늘을 가르며 날아가는 이름 없는 빗새들을 곁눈질하며 순임의 모습을 찾아보았다. 그러나 우물터 어디에도 순임의 모습은 보이지 않았다. 복순이란 여자가 죽었다면 순임이 마음 편하게 우물터에 나올 수가 없을지도 모른다.

"혹시 순임 씬 우물터에 안 나왔습니까?"

춘상이 방망이질을 하는 여자에게 낮은 소리로 물었

다. 여자는 계속 방망이질을 하며 쳐다보지 않은 채로
대답했다.

"관사지대 있을 거야요."

"아, 치료실에 갔던 모양이군요."

"치료실이다 뭐야요? DDS가족이 죽어 화장터에 있갔
지요."

춘상은 더 이상 우물터에 머물지 않고 숲길을 걸었
다. 뱃속의 아이를 빼앗기고 견딜 수가 없어 목을 매달
아 죽은 복순의 영혼이 바람에 실려 떠다니는 느낌이었
다. 관사지대 길목에서 서성이며 춘상은 지도를 꺼내
손에 쥐고 날마다 익힌 관사지대의 중요 시설들을 머릿
속에 떠올려 보았다.

춘상이 순임을 만난 것은 복순이 죽은 다음 날이었
다. 순임이 춘상을 부러 찾아와서 춘상은 의아했다.

"순임 씨, 복순 씨가 죽었다면서요?"

"예, 가엾은 복순 씨~ 근데 춘상 씨, 같이 가야할 데
가 있어요."

"저하고 말입니까?"

"예, 아무 말 묻지 말고 나를 따라 오세요."

춘상은 입을 다물고 순임을 뒤따랐다. 순임이 가는 곳은 평소 환자들이 다니던 길이 아닌 전혀 낯선 길이었다. 춘상은 순임을 따르면서 낯선 곳으로 데리고 가는 순임의 태도에 의아할 뿐이었지만 까닭을 묻지 않았다. 바다가 훤히 내려다보이는 언덕에서 순임이 잠시 걸음을 멈추며 바다 쪽을 바라보며 춘상을 향해 말했다.

"춘상 씨, 내가 왜 그쪽을 이리로 데려온 줄 아세요?"

"글쎄, 생각지도 못한 데라 이상합니다. 어디로 가는 겁니까?"

"저기가 납골당이예요."

"납골당이라고요?"

저 멀리 팔각정 같은 모양이 보였다.

"예, 춘상 씨, 이웃집 사는 영희 누이가 소록도에 붙잡혀 왔다 하셨죠?"

"맞습니다. 복순 씨란 여자가 영희 누부하고 목소리가 아주 닮았다 했잖습니까?"

"예, 그랬지요. 제가 숨긴 게 있답니다. 이럴 줄 알았으면 사실대로 말씀 드렸어야 하는 건데~”

“대체 무슨 말씀입니까?”

“사실 죽은 복순 씨가 바로 춘상 씨 누이 되는 그 영희랍니다.”

“아니 뭐예요? 아니 어떻게 이런 일이~”

“우물터에서 처음 만났을 때 목소리 비슷하다 하셨죠? 한데 복순 씨도 춘상 씨란 이름 어디서 많이 들어 본 이름이라면서 꼬치꼬치 캐묻더라구요. 서낭당에서 입도 맞추고 했다면서~”　　춘상의 얼굴이 붉어졌다. 서낭당에서 입도 맞추고 뜨거운 입김을 빨고 감미롭게 몸의 감촉을 나누었다. 순임의 말을 들으니 영희가 분명했다. 춘상은 아무 말을 하지 못하고 멍하니 바다 쪽을 바라보았다.

“그땐 제가 질투심이 나서 춘상 씨한테 복순 씨의 본명이 영희가 맞다고 말해주지 않았지요. 춘상 씨 입에서 영희라는 이름이 튀어나왔을 때 제가 얼마나 놀랐는지 아세요?”

춘상은 순임을 뚫어지게 쳐다보았다. 영희라는 이름을 춘상이 되뇌었을 때 순임의 놀라는 표정을 아직도 지울 수가 없다. 분명 순임은 영희라는 이름을 듣고 매우 놀랐었다.

"영희 누부가 어떻게 복순 씨가 되었답니까? 모습은 어찌 그렇게 변해 버렸구요?"

"영희 남편 얘기를 들었습니다."

"일본 첩자 노릇 하고 다니는 놈 말입니까? 그 박 포수라는~"

"예, 박 포수가 찾아와서 죽일까 봐 이름을 복순으로 불렀지요. 친하지 않는 사람들은 정말 복순으로만 기억하고 있을 거예요."

"박 포수 이놈을 내 손으로 죽였어야 하는 건데~"

"박 포수가 괜히 잡아 죽인다 하겠어요?"

"그건 또 무슨 말씀입니까?"

순임이 멈췄던 걸음을 다시 걷기 시작했다. 음습한 어둠의 골짜기를 걸어가는 듯이 춘상의 기분은 영 우울하고 슬펐다. 걸음을 조심스레 떼면서 순임이 말을 이었다.

"영희가 주인집 하인 하고 눈이 맞았대나 봐요."

"주인집 하인?"

춘상은 영희를 찾아갔을 때 영희의 소식을 대문 앞에서 일러주던 추레해 보이던 하인을 떠올려보았다. 영희가 정말 그런 하인하고 눈이 맞았을까? 믿기지 않았지만 영희가 얼마나 외로웠으면 그런 시시껄렁한 하인과 눈이 맞았을까? 생각하니 절로 한숨이 흘러나왔다.

"예, 남편이 독립군 때려잡는다고 바깥으로 도는데 그 홀아비 노총각이 억수로 따뜻하게 위해주더랍니다. 그래 같이 도망치잔 약속까지 했다는데 글쎄 문둥병에 걸렸다지 뭐예요? 에그 불쌍한 복순 씨~"

춘상은 순임에게 더는 대꾸하지 않았다. 대꾸할 기력이 없는데다 자신의 처지를 생각하니 체면이 서지 않았다. 복순의 문둥병도 춘상이 옮겨주었고 복순이 하인하고 눈이 맞은 것도 춘상이 때문이라 생각했다. 춘상을 만났을 때 영희가 얼마나 간절히 몰래 도망쳐서 살면 안 되느냐고 매달렸던가.

잔디가 예쁜 납골당 앞에서 춘상은 저도 모르게 눈물을 쏟았다. 아니 눈물은 진작부터 흘러내렸고 견딜 수 없는 괴로움에 울음이 쏟아져 나왔다.

"춘상 씨, 들어가면 왼쪽 끝에 복순 씨 뼛가루 담긴

항아리 놓여 있습니다. 마지막 저 세상 가서 행복하라
고 빌어 주세요."

춘상은 순임이 곁에서 자신의 모든 행동과 표정을 지
켜보고 있다는 것도 잊어버린 채로 납골당 문을 열어젖
히며 뛰어 들어갔다.

"영희 누부야, 어찌 이래 죽었드노? 영희 누부야, 어
찌 이래 죽었드노?"

하염없이 이런 말 밖에 되풀이 되어 나오지 않았다.
짧았던 영희와의 순간들이 주마등처럼 떠올랐다가 사라
졌다.

슬픔을 모두 추스른 다음 납골당 밖으로 나왔을 때
순임은 저만치에서 혼자 쓸쓸히 노래를 부르고 있었다.
이제 다시 가슴 속에 여자 따위 품지 않을 것이다. 이
제 다시 그리움 같은 것을 가슴 속에 새겨두지 않을 것
이다. 문둥이 주제에 여자를 가슴에 품는다는 것은 말
도 안 되는 일이다. 춘상은 터벅터벅 동생리 호사로 돌
아오면서 수없이 되 뇌이고 되 뇌이었다.

제9장 첩자(諜者)

죽은 영희는 잊어야 한다고 생각했지만 결코 잊을 수가 없었다. 잊으려 할수록 자꾸 영희와의 순간들이 주마등처럼 떠올랐다. 영희의 뱃속 아이를 죽인 사람은 수호 원장, 결국 수호 원장이 영희를 죽게 만든 범인이란 생각이 들었다. 수호 원장을 생각하면 춘상은 어금니부터 깨어 물었다. 수호 원장이나 사또 간호주임은 춘상 뿐만 아니라 소록도 원생들 모두에게 적으로 간주되었다. 악랄한 일본인의 표상, 갈기갈기 찢어죽이고 싶은 놈들이었다. 하지만 아직 춘상의 생각에 죽이기엔 너무 일렀다. 소록도에서 은밀히 자행되고 있는 이들의 만횡을 반드시 기록에 남겨 바깥으로 빼내야 한다.

춘상은 순임을 이슥한 밤에 우물터에서 만났다. 빨래를 하는 날이 아님에도 우물터가 순임을 만나는 데는 남의 눈을 의식할 필요 없이 무난했다.

"순임 씨, 모든 수단을 사용해서 극비보관실에 잠입해야 합니다."

“거긴 아무나 들어갈 수가 없어요. 제가 알기로 수호 원장하고 타다 과장, 사또 간호 주임,   그리고 박은하 간호사 밖에 들어가지 않는 데라구요. 공연히 들켰다간 우리 살아남지 못한단 말예요.”

“목숨을 빼앗긴다 해도 들어가야 해요. 그래야 일본 놈들의 만횡을 조선 천지에 알릴 수가 있단 말입니다.”

춘상과 순임은 주위의 눈치를 보며 가만가만 말했다. 비록 다른 사람의 눈에 띄지 않더라도 그만큼 엄청난 얘기였기 때문이다. 춘상은 심산 김창숙의 면회와 관련 해서 떡 바구니 속에 들어 있는 조립식 카메라 얘기까 지 나누었다.

“어떻든 열쇠가 어디에 있는지 알아내야 합니다.”

“알겠어요. 박은하를 이용해서 어떻든 열쇠는 빼내보 도록 할게요.”

“고맙습니다, 순임 씨.”

“팔은 조금 어떤지요?”

“아직 견딜 만 합니다. 통증이 점점 심해지긴 하지만 아직 괜찮아요. 그래서 제가 조금이라도 자유롭게 움직 일 수 있을 때 임무를 완수해야 합니다.”

"네, 노력해 볼게요. 열쇠만 빼내면 되는 거지요?"

"물론 그렇지만 순임 씨가 도와줘야 할 일이 또 있습
니다."

"뭔가요, 도울 수 있으면 힘껏 도와 드려야죠."

"듣자니까 수호 원장이 일본에 들어갔다면서요?"

"예, 수호 원장과 일본 궁성 태후 사이가 각별하다
들었어요. 궁성에 들어갔다 나올 때는 태후의 선물까지
받아 가지고 올 정도랍니다."

"수호 원장 귀국일이 언제인지 알아봐 줄 수 있나
요?"

"그건 어렵지 않겠네요."

"순임 씨, 제가 긴밀히 외부와 연락을 취해야 하는
데~"

"그건 걱정하지 않으셔도 됩니다. 금화 언니를 이용
하면 되니까요. 그건 그렇고 수호 원장 귀국일은 왜 알
려고 하십니까?"

"순임 씨, 거기까진 비밀입니다. 나중에 차차 알게 되
겠지요."

"네, 알겠습니다. 다 우리 나환자들을 위해 하는 일들

이겠죠."

"그렇습니다. 더 나아가선 조선을 위하는 길이죠."

수호 원장은 일본 본국에 들러 직접 조선의 나병에 대해 보고를 올리곤 했다. 특히 일본 궁성 정명태후는 일본뿐만 아니라 조선의 나환자들에 대한 관심이 컸다. 정명태후는 〈나환자를 위하여〉라는 노래까지 만들어 내무성을 통해 소록도 갱생원 환자들에게 하사했다. 갱생원 측에서는 당시 추운 겨울임에도 모든 원생들을 운동장에 집결시키고 배수식 까지 거행했다. 일본 본국에서 수호 원장을 직접 정명태후가 만나겠다는 뜻도 전해왔고 이런 일로 궁성에 자주 왕래한 수호는 다양한 선물들을 받아 소록도에 돌아왔다. 계란과 메추리알도 선물을 받아 이것을 부화시켜 각 병사 환자들로 하여금 번식시키도록 했다. 이렇게 얻은 계란 등을 중증 환자들에게 지급하게 되었는데 정명태후의 인자함을 각인시키려는 행위였다.

춘상은 순임으로부터 수호 원장의 귀국 일을 알게 되었다. 마침 정명태후의 어가비(御歌碑) 제막식이 11월

25일에 열린다는 일정까지 파악했다. 11월 25일에는 오전 10시부터 사무본관에서 낙성식을 하는데 일본의 탁무대신을 대리하여 시무관이 방문하고 후생대신의 대리자, 중국 대만의 낙생원장 대리자, 후꾸다 대구지검 검사정까지 국내외 유수의 200여 명의 인사들이 참여하는 행사가 예정되어 있다는 정보를 확보할 수 있었다.

춘상은 이러한 정보와 함께 수호 원장이 시모노세끼에서 부산항 까지 운항하는 관부연락선을 타고 부산에서 고흥 녹동까지 움직이는 동선까지 꼼꼼히 파악하고 있었다. 이런 정보가 담긴 비밀쪽지를 순임을 통해 금화에게 전달되었고 독립군 측에서는 수호 원장을 제거하기 위해 철저히 비밀리에 거사를 준비했다.

하지만 수호 원장의 귀국일에 독립군의 거사는 실패로 끝나고 말았다. 춘상과 독립군의 치밀한 계획에도 불구하고 수호를 태운 짚차는 독립군이 대기하고 있던 길목에 사건이 마무리 되었을 때 나타났다. 수호를 태운 짚차는 거사가 있다는 것을 알고 수호를 호위하는 호위병들을 먼저 짚차에 태워 보냈고, 그 짚차에 수호가 동석하고 있다고 잘못 판단해서 거사를 결국 그르친 것이었다.

수호 원장은 소록도에 당도해서 사또 간호주임부터 불러 세웠다.

"대체 어찌 된 거야? 어떻게 내 동선이 놈들에게 노출 되었냐 말야?"

"원장님, 곧 조사해서 보고 올리도록 하겠습니다."

사또가 궁색한 말투로 대답했다.

"사또 넌 조선 독립군이 거사를 할 거라는 정볼 누구한테 들은 거야?"

"나환자 중에 제 심복을 하나 심어 두었습니다."

"야 임마, 당장 그놈을 잡아들여 심문하면 알 거 아냐. 그놈이 어디서 나를 해친다는 첩보를 입수했는지~"

하지만 사또 간호주임 역시 첩자로부터 속 시원한 대답을 듣지 못했다. 이틀 뒤에 사또가 원장에게 말했다.

"원장님, 송구스럽지만 제 심복도 그냥 면회실에서 우연히 들었답니다."

"뭐야? 면회실에서 우연히 들어?"

"하이, 원장님."

"하이, 하이, 앵무새 같이 지저거리지 말고 당장 면회

했던 놈들을 잡아 족치면 될 거 아냐."

수호 원장이 구둣발로 사또의 허벅지를 올려 찼다. 사또는 이맛살을 끌어 내리면서 어금니를 깨어 물었다. 심복이 뭔가 아는 눈치지만 절대 누구인지까지 자신에게 노출시키지는 않는다는 것을 깨달았기 때문이다. 조선 놈들은 당최 겉은 알아도 속을 알 수가 없다는 존재란 것을 사또가 모르지 않았다.

"어떻게 하면 좋아요?"

"순임 씨, 너무 염려 마십시오. 이건 목숨 내놓는 독립군들에 비하면 아무 것도 아닙니다. 다 나라 빼앗긴 죄인이니 감수해야죠."

"면회 왔던 사람들 다 잡아 족친다는 데요."

"감금실에 갇혀 실컷 고문당하고 나오겠죠, 뭐."

"춘상 씨, 감금실이 어떤 덴줄 몰라서 이러나요? 거기 들어가면 살아선 못 나온단 말입니다."

"단종(斷種) 하면 나올 수 있습니다. 죽는 게 두려운 것이 아니라 살아 나와야 임무를 수행할 수 있으니까요. 순임 씨, 암튼 너무 염려 말아요. 근데 궁금한 게 있어요."

"뭐가요?"

"아무래도 우리 주변에 첩자가 있는 거 같단 말예요. 저번 거사 계획도 노출되어 버린 것을 보면 말예요."

"글쎄요. 설마 날 의심하는 건 아니죠?"

"순임 씨도 참, 은혜를 어찌 배신으로 갚는다 말입니까? 저는 아무래도 최일봉이 놈이 의심스럽단 말입니다. 자꾸 내 뒤를 밟는 것도 그렇고~"

"저도 그 사람이 조금 마음에 걸려요."

"최일봉이 사또하고 벽돌 가지고 장난친다는 것은 알고 있죠?"

"예, 대충 눈치는 채고 있는데~ 그거야 돈이 탐나서 그러는 거죠. 설마 이런 우리들의 가슴에 박힌 한을 풀려는 일에 고추가리 뿌리고 싶겠나요?"

"사상이 나쁜 사람은 아닌 거 같긴 한데 암튼 누구든지 입 조심 해야 할 것 같아요. 순임 씨도요."

춘상은 순임의 눈을 그윽히 바라보았다. 순임의 눈에서 눈물이 흐르는지 잠시 순임의 어깨가 흔들리고 있었다. 모처럼 은밀히 바닷가에 앉아 찬바람을 맞으며 어

깨를 기대고 앉은 자신의 처지를 생각하면 처량하고 쓸
쓸했다. 이제 곧 감금실에 갇히게 되면 어떻게 임무를
수행한단 말인가? 제발 몸이나 망가지지 말아야 한덴
데~

　춘상을 비롯해서 면회를 했던 나환자들은 모두 불려
가서 고문을 받았다. 특히 최일봉이도 춘상 일행과 같
이 감금실에 갇히게 되었다. 춘상은 최를 의심했는데
이런 상황을 보면 아닌 것도 같아 어리둥절했다. 모두
감금실에 갇혀 고문을 당했고 외부와의 연락을 취하는
자, 거동이 수상한 자를 대라고 취조 받았지만 적발되
지 않았다. 춘상은 끝까지 최를 의심하고 지켜보았지만
감금실에 모진 고문에도 발설하지 않았다. 최일봉 정도
라면 아마 자신을 의심하고 있을 것이라고 춘상은 생각
했다.
　결국 춘상은 단종을 하고 밖으로 나올 수가 있었다.
이렇게라도 살아야 한다. 불알을 까는 것이 슬프지만
문둥이가 자식을 낳아서 어디에 쓰나, 생각하며 자위했
다. 감금실에서 풀려난 동료 가운데 단종을 당하지 않

은 사람은 최일봉이 뿐이었다. 춘상은 마지막에 최일봉이 단종을 당하지 않은 것이 수상했지만 한편 자신을 지켜주는 것으로 고맙다는 생각이 들었다. 사또와 같이 벽돌을 빼돌려 동료들의 노동력을 갈취하긴 해도 최일봉이 동료들을 위해 돈을 적절히 사용하고 동료들을 은근히 보살펴 준다는 것을 알았기에 춘상에게 최는 주의를 게을리 해선 안 되는 존재로 여길 수밖에 없었다.

그러나 며칠 뒤에 독립군의 거사가 실패한 원인이 결국 최일봉이 사또에게 첩보를 제공한 까닭으로 밝혀졌다. 또덕이와 방개가 산속에서 놀다가 발밑에 걸린 전선을 발견한 것이었다. 전선을 따라 가니 굵은 소나무 등걸에 무전기가 걸려 있었고, 이를 이상히 여겨 날마다 밤에 엿보던 중 최일봉이 무전기로 통화하던 장면을 목격했던 것이다.

"최일봉, 너는 우리 6천 나환자들의 원수고 조선의 역적이다."

"성님, 내 말 좀 들어 보시오."

"씨발 놈아, 주둥이 닥쳐."

하며 평소 최일봉의 꼬붕 짓을 했던 또덕이와 방개마저 최를 짓뭉개고 있었다.

"늬 새키들, 내가 늬들을 얼마나 보살폈냐, 야 방개 너 입 조심 해 임마."

"씹아, 니넌 인자 내 댓방 아녀. 니깐 놈이 사또하고 벽돌 팔아서 돈지랄 하는 것 까진 봐줬어 그냥."

"맞어 씨발새키야. 어차피 그 벽돌은 일본으로 실려 가는 거고, 벽돌 값은 우리 문둥이들한테 아무 도움이 안 되니까. 근디 머셔, 우리 성님 거사를 사또한테 까발려야잉. 우린 춘상이 성님하고 약속했어 새캬. 우리 같은 문둥이도 나라를 위해 뭔가 가치 있는 일 좀 하자고야."

또덕과 방개의 공격은 대단했다. 산속에 최를 묶어놓고 춘상이 닦달을 하는데 춘상 보다 놈들이 더욱 열을 올렸다. 평소 최일봉을 고깝게 여겼던 권종희와 김창옥은 팔짱을 낀 채로 최가 애들한테 당하는 모습을 즐기고 있었다.

"오매 씨발놈들, 나가 이럴려고 사또 심복을 했나? 야 이새키들아, 나가 사또 심복을 할 때는 다 늬놈들

사정 봐줄려고 그런거. 오매, 그냥 내 속을 까뒤집어 보여줄 수도 없고 말여잉."

"네가 지은 죄는 최일봉이 네가 더 잘 알겠지?"

"아이고 성님, 당연지사지라. 성님, 나가 어쭈고 해 줄 께라? 나 맘을 어쭈고 해야 알아 주겠소? 요 방개 저놈한테 뺨 열 대를 맞으라면 맞을께라우."

최일봉의 마음은 거짓되어 보이지 않았다. 최는 방개 같은 애들한테 뺨을 얻어맞고라도 자신의 진심을 밝히려고 애를 쓰고 있었다. 하지만 춘상은 최의 자존심을 지켜주면서 방개 등을 모두 돌려보내고 권종희와 김창옥 등도 모두 내려 보냈다. 그리고 묶었던 노끈을 풀어 주었다.

"성님, 참말로 고맙소잉."

"아직 고맙다 하긴 일러."

"오매, 성님, 나한테 뭘 시킬라면 시키시오. 나가 저런 방개, 또덕이 새키들한테 수모까지 당했는디 그래도 성님이 내 체면 세워준 것 본께 참말 성님은 멋져부러."

"최일봉 형님."

"오메, 춘상이 성님이 그 먼 소리여잉. 나한테 형님이라니~"

"형님, 나 그렇게 무례한 놈 아닙니다. 형님이 나보다 나이 한참 위라는 것도 알고 있습니다. 우리 인간답게 조선 사람답게 얘기 한번 합시다."

"차말로 춘상인 멋지다. 그려, 깟거 이래도 한 세상, 저래도 한 세상인디 조선을 위해 먼 짓을 못하겠어? 어여 얘기 해 보소 성님."

"순임 씨하고 힘을 합쳐서 극비보관실 열쇠를 빼내주십시오. 거기 극비보관실까지 내가 들어가서 일을 볼 수 있도록 형님이 한번 도와주십시오."

"내가 그런 어려운 일을 어떻게 할 수 있을지 모르겠는데 성님. 한번 궁리 좀 해 봅시다요. 그 보다 먼저 성님한테 드릴 말씀이 있소잉."

"뭡니까?"

"거 벽돌작업장에 내일 오후 빵 급식이 있을 거시오."

"뭐, 빵 급식?"

"예, 근디 아마도 내가 알기론 말요. 그 빵 중에 이놈들이 무슨 표시를 해가꼬 무슨 파상풍 실험을 한다는 거 같으요잉."

"그 정보 어떻게 믿을 만 합니까?"

"사또 새끼한테 들었으니께 틀림 없겄지라우. 사또가 그러던구만. 벽돌작업장에서 급식하는 빵 절대 먹지 말라고요잉. 설령 받더라도 받아먹는 시늉만 해얀다고라잉."

"사또 주임이 어째 형님한테 그런 배려를 하는 것입니까?"

"그야 뻔하지라우. 내가 없어지면 지놈 주머닐 누가 채워주겄소. 뻔하지라잉."

"암튼 형님, 고맙습니다. 내 마음 속에 항상 형님으로 받들겠습니다. 근데 이것 문제네요. 빨리 우리 동료들한테 벽돌공장에서 빵을 받아먹지 말라고 기별을 해야 할 텐데요."

"성님, 아니어라우. 이번에도 저놈들 비밀이 누설되면 우리가 또 한 번 고역을 치러야 하는데 인자 더 까일 불알도 없고 그냥 감금실서 화장터 행이요."

"쯧, 쯧, 알았소. 암튼 형님 고맙습니다."

"몇 놈은 또 그냥 저놈들 꼬임에 목숨 저당 잡혀야겄

죠 머."

　"이게 우리 같이 나라 빼앗긴 조선 나환자들의 슬픔 아니겠습니까?"

　춘상은 밤이 깊어서야 산속에서 최와 함께 내려왔다. 최일봉은 내려오면서 무슨 결의를 다지기라도 하듯 춘상의 손을 꼭 잡아주었다. 춘상은 내려오면서 더욱 놀라운 얘기를 들었다. 밤길에 어둠을 젖히며 걸으면서 최는 자신이 순임을 좋아하고 있다는 사실을 고백했고, 춘상이 소록도에 왔을 때부터 순임의 곁에 맴도는 것을 보고 춘상을 고깝게 보게 되었다고 고백했다.

　"성님, 내가 여자라는 것을 좋아해 보니께 말여라우. 참 사랑이란 것이 표를 내기 쉽지 않더마요. 나 같은 문둥이가 순임 씨 같이 고운 여자를 사랑한다는 것이 참 거시기 하더란 말이요. 머냐 그래서 내가 순임 씨 그림자가 되어야겠다 했지라우. 순임 씨가 처음 여기에서 선착장이건 벽돌공장이건 송진 채취하는 일이건 엄청 힘들어 했지라. 내 맘이 찢어등마이요. 내 그래서 실흔 사또 그놈을 꼬여 심복이 되었던 것이지라우. 사또 그놈한테 맞지 않는 것만도 어디라요. 그놈 채찍 엄

청 세당께요. 성님도 당해 봤지라이? 그래 내가 사또한
테 사정사정해서 순임 씰 관사지대에서 일하도록 했단
말이라우. 아마 순임 씬 이런 내 맘 모를 거이요잉."

　최일봉과 헤어지고서 춘상은 그날 밤을 꼬박 새웠다.
도저히 잠을 이룰 수가 없었다. 차라리 팔뚝이 아픈 것
보다 가슴이 더욱 아팠다. 춘상은 마음속으로 다짐했다.
순임을 더는 생각하지 말아야지. 최의 말을 듣고 춘상
은 순임의 곁에 다가갈 만한 자격이 없다는 생각이 들
었기 때문이다.

　이튿날, 최일봉의 말처럼 벽돌공장에서 빵 급식이 있
었다. 최일봉 패거리들은 진작에 빵을 받아먹지 않고
구석에 처박아버렸다. 빵을 받아먹은 축들 중에는 멀쩡
한 사람이 있는가 하면 당장 게거품을 물고 쓰러지는
사람도 있었다. 박은하 간호사가 나와 이런 환자들의
상태를 꼼꼼히 기록했고, 수호 원장은 이런 결과를 위
로 보고했다. 춘상은 재빨리 동료들이 버린 빵을 주워
품속에 숨겨 호사로 돌아왔다. 그리고 빵을 조각내서
안을 살펴보았다. 살펴보니 문제가 있는 빵은 속에 액
체가 고여 있었다. 멀쩡한 빵은 방개 등이 먹고 문제

있는 빵은 완전히 압착해서 거기에서 빠진 액체를 한데
모았다. 그 액체가 파상풍을 시험하는 액체였다. 춘상은
이런 사실을 파악하고 순임을 만나 상의했다.

"순임 씨, 바로 이 액체입니다."

"죽일 놈들, 내가 오늘 시체 다섯 명을 치웠어요."

"상태가 어떠했습니까?"

"목이 비뚤어져 죽었어요. 사람에 따라 죽는 경우도
있고 죽지 않고 고생하는 경우도 있나 봐요. 지금도 고
개가 비뚤어져 고생하는 환자들 여럿 된답니다."

"순임 씨, 시간이 촉급합니다. 속히 비밀보관실 열쇠
를 빼내야 합니다."

"춘상 씨, 우리 저쪽 바닷가에서 좀 걸을까요?"

"예, 그러지요. 최일봉이 보면 질투할 텐데~"

해안 쪽으로 걸음을 옮기면서 춘상이 말했다. 순임이
춘상을 힐끗 쳐다보면서 웃었다. 갑자기 순임이 춘상의
허리를 감아왔다. 춘상은 조금 멋쩍었지만 뿌리치지 않
았다. 어떻게 이렇게 곱고 이쁜 여자가 외로운 여자가
되었단 말인가.

순임은 사람의 목숨이 이곳에서 파리 목숨하고 같다

는 것을 알고 있었다. 일본 놈들이 마음만 먹으면 누구든지 덫에 걸려들 수가 있었다. 파상풍 실험을 당해 죽은 동료들의 시체는 해부실로 향하지 않고 바로 화장터로 보내졌다. 시체를 만지는 것도 일제는 꺼려했기 때문이다.

"춘상 씨, 팔이 많이 불편해 보이던데요."

"아직 견딜 만은 합니다. 두 팔을 다 쓸 수 있을 때 빨리 임무를 완수해야 하는데~"

춘상과 순임은 해안의 백사장에 앉았다. 낮이라면 모래 결이 햇빛에 반사되어 눈이 부실 것이다.

"춘상 씨, 무슨 생각해요?"

"예? 아무 생각~"

갑자기 춘상의 입이 순임의 입술로 덥혔다. 순임은 춘상 보다 적극적이었다. 순임은 장차 춘상에게 무슨 일이 일어날 것인 줄을 알기 때문에 자신의 마음을 적극적으로 보여주는 것이다. 둘의 입술이 흔들리고 혀가 감미롭게 얽히면서 춘상의 몸은 뻣뻣해졌다. 순임이 입술을 떼면서 수줍은 듯이 말했다.

"영희 누이 생각했죠?"

"아, 아닙니다. 난 차라리 극비보관실을~"

"후후, 둘러대지 않으셔도 되요. 혹시 심산 선생님의 계획을 말해 줄 수 있을까요? 은밀히 면회 오셨잖아요?"

"뭐 사진기를 비밀리에 건네 주셨습니다. 그래서 극비보관실 열쇠를 빨리 입수해야 해요. 사진기에 담아 심산 선생님 측에 속히 전달해야 합니다."

"좋은 기회가 있긴 해요."

"좋은 기회요?"

"다음 달에 위로 공연이 있잖아요. 그날을 잡아 잠입하면 될 것 같네요. 극비보관실 열쇠 있는 데는 제가 알아냈습니다."

"아, 예. 정말 하늘이 돕는군요, 우리 조선을 말입니다."

춘상은 정말 하늘이 조선을 돕는 거라고 생각했다. 극비보관실의 진상을 사진기에 담아 심산 김창숙 측에 보낸다면 춘상은 죽어도 여한이 없을 것만 같았다.

"그 다음은요? 소록도의 실상을 알린 다음에 우리가 무슨 일을 해야 하나요?"

춘상은 슬쩍 순임을 쳐다보았다. 순임의 몸에서 향긋

한 냄새가 끼쳐왔다. 밤바다의 칙칙함이 멀리 달아나고 춘상의 눈에 주위가 화사해 보였다. 마음속에 품고 싶은 여자, 한 번쯤 안고 싶은 여자라고 생각했다. 하지만 춘상은 마음속으로 절래절래 고개를 저었다. 마음속에서는 뿌리치는데 자꾸 다가가고 싶은 이중성은 뭐란 말인가? 이런 여자마저 마음속에 마음대로 품지를 못하는 자신의 처지가 참으로 처량했다.

"순임 씨가 걱정하지 않아도 됩니다. 나는 소록도에서 내 인생 최고의 날을 만들 겁니다."

"인생 최고의 날이요? 무슨 뜻인지요?"

"뭐, 사람답게 살겠다, 이런 말이지요."

"치잇, 춘상 씨, 오늘 보니 되게 폼 잡네요. 우리 관계는 어디까지인가요?"

순임이 난데없이 깊은 속내를 드러내고 있었다. 춘상은 어둠 속이지만 멈칫하며 가슴이 두근거렸다.

"저, 순임 씨, 최일봉이 좋은 형님입니다."

"어머, 나한테 어째 그 사람 얘길 하는 거예요?"

"최일봉 형님이 순임 씨, 얼마나 좋아하는지 아십니까?"

"춘상 씨 입으로 어쩜 그런 말을 할 수 있나요? 이건 나를 무시하는 거라구요."

"아, 아닙니다. 순임 씬, 아름답고 볼수록 매력 있는 여자지요. 일봉 형님이 순임 씰 멀리서 도와주고 있다는 걸 모르셨습니까?"

"아니 그 사람이 날 멀리서 도와주고 있다구요?"

춘상은 최일봉과 나누었던 얘기들을 순임에게 들려주었다. 순임은 고개를 푹 숙인 채로 듣지 않겠다는지 연신 고개를 흔들었지만 춘상은 하고 싶은 얘기, 아니 들려주어야 할 얘기를 빠짐없이 들려주었다.

춘상의 계획은 은밀하면서도 치밀하게 현실이 되어가고 있었다. 순임의 말처럼 소록도에서 환자들이 펼치는 위문공연이 있었다. 해마다 날을 잡아 환자들이 공연을 했고, 관사지대 사람들이 소독을 하고 들어와서 공연을 관람했다. 춘상의 주위에는 이제 이런 일에 합심해서 참여하려는 나환자들이 늘어나기 시작했다. 하지만 춘상에게 이런 상황은 위험할 수 있었다. 사전에 비밀이 새나가고 춘상 등이 은밀한 사건을 만들고 있다는 사실이 알려지면 엄청난 파장이 일어날 것이기에 춘상은 동료들의 뜻을 모두 받아줄 수가 없었다.

구체적인 행동요령과 극비보관실에 갈 수 있는 환경을 조성하는 방법, 그에 따라 준비해야 하는 사항들을 철저히 점검했다. 공연 가운데 '이수일과 심순애'가 있고, 춘상이 이수일 역할을 하기로 뜻을 모았다. 이수일 역할의 복장은 제복을 입을 수가 있어서 춘상이 군인으로 위장할 수가 있을 것이기 때문이었다. 그래야만 공연장에서 빠져나와 짧은 거리를 이동할 때 일본 군인의 의심을 피할 수가 있을 것이었다. 특히 공연 날에는 감시가 허술하고 수호 원장은 물론 타다 과장, 사또 간호 주임, 간호사 등 대부분이 자리를 비운다는 것을 알기 때문이었다.

극을 할 수 있도록 충분히 연습을 했다. 이윽고 공연 날이 다가왔고 춘상은 이수일 복장으로 갈아입었다. 극의 출연자들이 자기들의 연기를 하고 변사가 변사를 하는 시간적 여유는 20여분, 그 20여분 안에 극비보관실을 열고 들어가야 한다.

가슴을 옥죄며 모든 단원들이 공연장으로 향했다. 공

연 시간이 가까워질수록 공연장이 가득 찼다. 일본인들 중에는 전통 기모노 복장을 하고 공연장을 찾은 관객도 많았다. 발목까지 내려오는 치마에 넓고 길은 소매를 늘어뜨리고 허리에는 띠를 묶은 여성들이 궁둥이를 흔들며 요란하게 들어왔다.

순임과 간호사, 박은하 등은 공연장에 오지 않고 근무 현장에서 일을 하고 있었다. 순임은 만반의 준비를 하고 시간을 가늠하고 있었다. 박은하를 눕혀버릴 계획을 마음속에 되새기며 떨리는 가슴을 지그시 누르고 있었다.

춘상은 공연 시간이 되어 이수일 옷으로 갈아입었다. 공연의 시작과 동시에 무대에 나가 인사를 하고 곧장 변사와 눈짓으로 신호를 보낸 다음 공연장을 빠르게 빠져나왔다. 관사지대의 치료실로 향하는 길목에 군인들이 보초를 서고 있었다. 이수일 복장이 마치 일본 군인의 장교복처럼 생겨서 건성으로 군인들이 춘상을 향해 거수경례를 했다. 춘상은 빠르게 몸을 움직여 체 몇 분만에 본관 치료실로 향했다.

순임은 평소 박은하가 좋아하는 커피에 슬쩍 빵 속에

서 확보한 파상풍 실험 약을 아주 미량 털어 넣었다. 박은하가 저 커피를 평소처럼 마시면 그녀는 천천히 정신을 잃고 두 시간 뒤쯤 고개를 비틀며 깨어날 것이다. 순임은 걸레질을 하며 가슴을 콩닥거리면서 박은하의 동선에 시선을 보내고 있었다.

춘상은 시간을 확인하며 빠르게 몸을 움직여 순임과 약속한 장소에 도착했다. 순임이 고개를 끄덕여 자신이 있는 데로 접근하란 신호를 보냈다. 춘상은 주위를 빠르게 살핀 다음 순임 쪽으로 달려갔다.

"춘상 씨, 빨리요."

"열쇠는?"

순임이 품에서 재게 열쇠를 꺼내 춘상에게 건넸다. 춘상은 열쇠를 받아 치료실을 지나 극비보관실 쪽으로 향했다. 다행히 다른 간호사들은 눈에 띄지 않았고 모두 공연장으로 이동한 상태였다.

춘상은 떨리는 손으로 극비보관실 문의 열쇠를 따고 들어갔다. 순임이 밖에서 청소를 하는 시늉을 하며 망을 보았다. 춘상은 예상대로 엄청난 유리관들로 층층이 싸여 있는 극비보관실을 사진기로 찍었다. 인체의 장기들, 일그러진 나환자의 머리, 갓난아이의 사체, 알 수 없는 물체들이 유리관 속에 진열되어 있었다. 사진을 대충 찍은 다음 용기가 작은 유리관을 하나 품속에 감추고 밖으로 나왔다. 순임이 괜찮다는 손동작을 했다. 정말 짧은 시간에 엄청난 일들이 일어나고 있었다.

변사는 '이수일과 심순애' 출연자들이 대기하고 있는 대기실에 시선을 주었다. 이수일이 이제 등장해야 하는 순간이었다. 여기에서 더는 이수일의 등장이 늦어지면 안 되는 것이었고 변사의 가슴이 타들었다. 변사뿐만 아니라 최일봉, 권종희, 김창옥, 방개와 또덕이 등도 가슴이 뛰었다. 이들이 대기실 사이를 들락거리며 가슴을 조이고 있는데 저쪽에서 사또가 등장하고 있었다. 사또는 환자들이 마련한 극을 보다가 공연히 한번 나와 보는 것이었지만 이들의 가슴은 쩍, 쩍 갈라지는 듯했다.

변사 --- 그리하야 이수일이 모습을 드러내는데~

변사의 말에 배우들이 눈짓으로 아직 안 된다는 시늉을 했다.

변사 --- 아니지, 이수일이 이렇게 쉽게 모습을 드
러내선 안 될 일이지. 이수일, 눈물을 머금고 뒤에서
조금 지켜보기로 마음을 먹는데~

변사가 이를 악물었다. 아직 안 왔냐는 시늉을 해보
였다. 최일봉이 조금 기다리라는 손짓을 했고 변사의
가슴은 더욱 타들었다. 변사, 공연히 시간을 끌고 있다.

변사 --- 나갈까, 말까, 나갈까, 말까~

무대 너머에서 관객들이 빨리 장난치지 말라고 다그
친다. 내빈들이 조금 지루해지기 시작할 무렵, 춘상이
들이닥친다.

변사 --- 수일 씨, 수일 씨 없인 전 못 살아요.

놔라, 김중배의 다이아 반지가 그리도 좋더
란 말이냐!

한창 '이수일과 심순애' 극이 진행되고 있는데 사또는 느낌이 이상해서 치료실로 급히 향했다. 치료실에는 순임이 열심히 바닥 청소를 하고 있었다. 사또 간호장이 말했다.

"박은하 간호사 어디 있지?"

"예, 화장실에 간 모양입니다."

사또는 이상한 생각으로 고개를 갸웃대며 화장실로 향했다. 화장실에서 사또는 입이 절로 벌어졌다. 박은하 간호사가 의식을 잃은 채로 화장실에 쓰러져 있었고, 입에는 거품이 묻어 있었다.

"이런 미친년, 어디 할 게 없어 마약질이니?"

사또의 지시에 따라 순임과 다른 몇의 간호사들이 박은하를 들것에 옮겨 치료실로 들어왔다. 박은하는 여전히 의식이 없이 거품을 흘리고 있었다.

이날, 춘상의 계획은 탈 없이 성공했다. 일본 놈들이 나환자를 대상으로 생체실험을 하던 온갖 증거들을 사진으로 확보했고 춘상은 아주 작은 용기까지 증거물을 확보해 동생리 10호 화장실에 은밀히 숨겨 두었다. 이

제 독립군 측과 시기를 조율하여 접선을 하면 일제의
만행은 세상 바깥에 알려지게 될 것이다.

제10장 절단(切斷)

춘상은 나름의 목적을 달성했다. 이제 문제는 어떻게 소록도에서 확보한 증거물들을 심산 김창숙 편에 전달하느냐 하는 것이었다. 춘상은 극비보관실의 모습을 사진기에 담은 다음 날마다 긴장하며 기회를 만들고 있었다. 하지만 예상 밖으로 춘상의 건강이 악화 되었다. 오른쪽 팔이 참을 수 없는 통증으로 고통을 겪었다.

"성님, 어째 견딜 만 하요?"

"아무래도 팔을 잘라내야 할 것 같다."

춘상을 따르는 무리들이 이구동성으로 소리쳤다.

"성님, 고것은 안 되지라잉."

"오메, 먼 팔을 자른다 그럴까잉, 안 되어 안 되어~"

"네들이 날 걱정해 주는 것은 고맙지만 자르지 않으면 온 몸으로 번질 것 같다. 창옥아, 종희야, 네들이 날 좀 도와줘야 되겠다."

춘상은 팔뚝을 잘라내는 일이 쉽지 않다는 것을 알았다. 갱생원 본부에 의뢰를 한다면 호사다마라고 어렵게

확보한 정보를 밖으로 빼내는 데 걸림돌이 될 수도 있
다. 춘상의 부탁을 받은 권과 김은 머리를 가로저었다.

"성님, 나 고 짓은 못 하겠소. 내 팔뚝을 끊어낼망정
성님 팔뚝을 끊진 못하겠단 말이요잉."

"행님, 나도 창옥이 생각하고 같은교. 내가 존경하는
행님 팔뚝을 끊고 무슨 염치로 살아간단 말인교?"

춘상의 간절한 부탁에도 모두 춘상의 팔을 잘라내는
데는 거절했다. 갱생원 치료실에 의뢰하면 해결할 수
있다는 생각을 모두 하고 있었지만 자칫 일을 그르칠
수 있다는 것도 모두 염려하고 있었다.

"성님, 정말 이래야 쓰겠소?"

하고 최일봉이 끼어들었다.

"자르면 쑤시는 고통은 없을 거 아니냐. 그리고 다른
데 번지면 죽을 수도 있지 않겠냐? 그럴 바엔 차라리
끊어내는 편이 옳다고 생각한다."

"성님, 그러면 내가 한번 해 보겠소."

최의 말에 권과 김이 동시에 최의 머리를 올려쳤다.
최일봉이 눈을 황소처럼 뜨며 권과 김을 올려다보았지
만 적대감에서 그런 것은 아니었다. 춘상은 최일봉의

손을 잡으며 연신 고맙다는 말을 했다. 또덕과 방개는 최를 향해 인상을 찌푸리고 있었다. 최의 존재감은 또덕과 방개에게 많이 약해져 있었는데 최일봉이 사또의 심복노릇을 하면서 춘상의 계획에 차질을 빚도록 했던 일을 알아차리면서 노골적으로 무시하고 있었다.

밤이 이슥해서 달도 기울기 시작하던 밤에 춘상은 동료들을 데리고 산속으로 들어갔다. 팔뚝을 끊어내는 일이 쉬운 일이 아니기에 춘상은 마음이 불안했다.

"성님, 여 한잔 쭈욱 들이켜시오."

최일봉이 어디서 구했는지 술을 들이밀었다. 춘상은 최로부터 술을 받아들어 벌컥 벌컥 들이켰다. 속절없이 멀리 어둠속에 떠 있는 불빛, 등대만이 춘상의 마음을 애석하게 바라보고 있는 듯했다.

"자, 나는 준비 되었다. 네들이 협심해서 잘라라."

"행님, 꼭 이래 해야 되겠는교?"

춘상의 결심을 알고 춘상의 강단진 마음을 알기에 또덕과 방개는 솜뭉치와 알콜, 붕대 등을 마련해서 대기하고 있었다.

"네들, 오늘 보니 형편없는 놈들이네. 또덕이 너 저번 날에 독립군 되고 싶다 했지?"

"야, 성님."

"독립군 되려면 이 정도 정신력은 있어야 한다. 또덕이 네가 내 팔뚝 잘라라."

"아이고 성님, 나 독립군 안 될라요."

"그럼, 방개 네가 잘라라."

"음마, 난 독립군 독 짜도 안꺼냈는디~"

"야 새키들아, 네들 지금 나하고 장난 하냐?"

최일봉, 권종희, 김창옥 등이 머뭇거리는 것을 보고 춘상이 부러 또덕이와 방개를 끌어들이며 화를 냈다.

"성님, 그먼 나 원망 하덜 마시요잉."

"역시 최일봉이여. 맞어, 최일봉이여."

하며 최의 다짐에 힘을 실어주는 듯이 김창옥이 거들 었다.

춘상은 편편한 바위 위에 오른팔을 올려놓고 눈을 감 았다. 선택할 수 있는 최선의 길이 바로 이 길임을 깨 달았기 때문이었다. 어차피 언젠가는 달아날 팔뚝, 하루라도 빨리 쳐내야 고통을 줄이고 속히 아물어야 확보한 증거물을 독립군 측에 전달할 수가 있을 것이었다. 이런 몸의 상태로는 무엇보다 임무를 완수할 수 없다고 생각했다.

최일봉이 도끼를 부여잡고 상체를 흔들며 몸 풀기를 했다. 최는 연신 심호흡을 하며 술병을 들어 벌컥 벌컥 마셨다. 한바탕 기압까지 주며 몸을 풀고 나서 춘상의 팔뚝을 향해 도끼를 높이 쳐들었다. 어두컴컴한 산속에서 권종희가 비추는 플래시 불빛이 강렬히 춘상의 팔뚝을 비치고 있었다. 최의 동작을 하염없이 바라보며 모두 숨을 죽이고 있었다.

"오매 성님, 나 도저히 못 하겠소."

최일봉이 한껏 분위기만 고조시켜 놓고 김창옥에게 도끼를 건네며 뒤로 자빠졌다. 김이 엉거주춤 도끼를 건네받으며 되알진 말을 뱉었다.

"아니 머서 시방, 나한테 억하심정 있는 거여? 어째 도끼가 나한테 오냐고잉?"

"야, 최일봉, 장난 하냐? 너 돌대가리라 소문 났더구만 맞네. 자기 입으로 한 약속을 금방 잊어 먹고, 돌대가리 맞네."

춘상이 최일봉의 화를 돋웠다. 춘상의 이런 속셈은
정확히 맞아 떨어졌는지 최일봉이 곰처럼 덤벼들었다.

"오메 씨발, 내가 돌대가리라고라? 에이 씨발 도끼
이리 줘봐."

하면서 도끼를 받아들고 힘껏 춘상의 팔뚝을 향해 내
리쳤다. 춘상은 아악, 소리를 지르며 그 자리에서 기절
하고 말았다. 춘상의 팔뚝에서 저항하듯 피가 사방으로
튀어 올랐다. 춘상의 아픈 피 맛을 함께 한 패거리들은
모두 달게 받았다.

또덕과 방개가 덤벼들어 달아난 팔뚝 부위를 수건으
로 감쌌고 알콜을 들이 붓고 붕대를 감았다. 권과 김은
끊어진 팔뚝을 수습해 나무 밑에 묻어 주었다. 최일봉
은 춘상의 팔뚝을 끊고 나서 팔뚝 달아난 춘상이 보다
더 아프다고 울었다. 춘상이 기절에서 깨어나 정신을
차리고서 일행은 춘상을 끌어안고 오래도록 흐느꼈다.
새벽 동이 트고 나서 갈매기들이 바다를 깨우며 끼룩
끼룩 울기 시작했다.

춘상의 상처가 아물기 시작하면서 춘상은 사진기와 몰래 빼어낸 극비보관실의 작은 유리관을 외부에 반입하기 위한 작업에 들어갔다. 순임을 통해 은밀히 전달한 편지는 금화를 거쳐 심산 김창숙이 이끌고 있는 독립군 본부에 전달되었다. 답신이 비밀 루트를 통해 소록도 춘상에게 당도하기 까지 석 달이 걸렸다. 춘상은 마치 상처도 아물었고 우측 팔뚝이 달아난 것을 제외하고는 활동하는 데 무리는 없었다.

극비보관실 열쇠를 은밀히 입수해 문을 열고 들어갈 수 있었던 것은 전적으로 순임의 공이 컸다. 순임은 평소 박은하가 극비보관실 열쇠를 어디에 보관하는 지 면밀히 살폈던 것이 큰 힘이 되었고 빵에서 추출한 미량의 액체를 박의 찻잔에 주입한 것이 정확히 맞아 떨어졌다. 박은 사또에게 화장실에서 발각되어 마약을 했던 것으로 치부 되었지만 사또는 갱생원에 이상한 기운이 감도는 것을 넌지시 감지하고 있었다.

극비보관실에서 없어진 작은 유리관 하나의 행방을 수상하게 여긴 것도 사또였고 박은하는 자신이 화장실에서 정신을 잃은 연유를 나중에도 깨닫지 못했다.

“이봐, 최일봉, 아무래도 너희 놈들 중에 수상한 놈들
이 있는 것 같다.”

“사또 주임님, 그 무슨 말씀입니까요? 동료들이 보기
에 수상한 놈이 바로 이 최일봉이 아닙니까?”

최일봉이 지레 짐작은 하면서도 너스레를 떨었다. 팔
뚝까지 잘라내면서 나라를 위해 뭔가 하겠다는 춘상에
게 무슨 일이 일어나선 안 된다고 생각했다.

“임마 네들 눈에 보이는 것 말고, 우리 눈에 수상해
보이는 놈이 네들 중에 있다 이런 말이야.”

“주임님, 문둥이 주제에 무슨 수상한 짓거릴 한단 말
입니까?”

“에이 조선 놈들은 도대체 알 수가 없는 놈들이란 말
이다.”

사또는 고개를 갸웃거리면서 생각을 더듬어 보고 있
었다. 공연장에서도 배우 역을 하는 놈들이 뒤에서 하
는 짓거리들이 이상하다 여겨졌다. 그래서 은밀히 배우
역할 하는 놈들이 자신의 차례를 기다리는 대기실에 들
렀던 것인데 결국 그날 박은하가 거품을 물었고 극비보
관실이 털린 것이다. 사또는 극비보관실의 작은 유리관

을 분명히 기억하고 있었는데 바로 그 유리관이 자취를 감추었다는 것을 기억하고 있었다.

"이춘상이란 놈이 수상쩍다."

"사또 주임님, 춘상이 그놈은 팔뚝까지 달아난 병신 아닙니까? 팔뚝도 하나밖에 없는 놈이 무슨 수상한 일을 벌인단 말입니까?"

"독한 놈들, 조센진은 다 독한 놈들이다. 산속에서 팔뚝 자른 놈들이 바로 네놈들이란 말이다. 이춘상, 이놈을 잡아다 족치면 아마 독립군 끄나풀 하나라도 잡아들일지 모르는 일이다."

"에이, 사또 상, 이거 왜 이러십니까? 자꾸 그러면 사또 상한테도 좋은 일 없을 것이오."

"아니, 최일봉이 네놈이 이제 날 협박까지? 이제 보니 최 상이 문제가 있구나. 너, 언제부터 이춘상 패들하고 한 패가 되었는가?"

"거 사또 상, 너무 그러지 마쇼. 까짓 거 이깟 놈들은 막장 인생이란 말이요. 자꾸 그렇게 나오면 나도 사또 상하고 거래 하지 않을 것이오. 동료들한테 손가락질 받으면서 뒷구멍으로 뻥땅 치고 있다는 거 다들 아는데 이거 왜 이러시나?"

최일봉이 바짝 기죽지 않고 대들었다. 최의 단호한 표정에 사또는 더 이상 이 사건에 대해 거론하지 않았다.

마침내 춘상이 독립군 본부에서 보낸 사람들과 은밀히 만날 날이 정해졌다. 춘상은 열심히 체력을 키웠다. 한쪽 팔이 달아난 몸으로 헤엄을 치려면 엄청난 단련이 필요하다는 것을 알았고 춘상은 틈만 나면 은밀히 바닷가로 나가 파도를 거슬러 올랐다가 다시 파도에 밀려 나오는 훈련을 반복했다.

춘상의 이런 노력을 곁에서 동료들이 적극 응원해주었다. 특히 최일봉의 역할은 단연 컸고, 춘상이 바닷가에서 훈련을 할 때면 사또의 주위를 다른 데로 돌리도록 했고 특별히 최일봉은 돈을 풀어서 일본 순시들의 감시가 느슨하도록 힘을 실어주었다. 최일봉은 진심으로 춘상을 존경하는 몸이 되었다. 순임을 사이에 두고 처음에는 춘상에 대해 적대감을 가졌지만 어떤 면으로 보나 춘상은 보통 사람이 아니었고, 시시껄렁한 나환자가 아니었다.

빼앗긴 조선을 되찾는데 한 몸을 바칠만한 결기 있는 사람으로 여기면서 최일봉은 전적으로 춘상을 도왔다. 최는 소록도에서 제아무리 황제처럼 살아도 언젠가는 결국 나병에 죽어 해부 당하고 화장당하고 납골당에 유폐될 신세라는 것을 모르지 않았기 때문이다.

접선 당일, 춘상은 자신을 도왔던 동료들과 조촐한 시간을 가지고 있었다. 이제 새벽 1시가 되면 춘상은 바다를 거슬러 소록도를 빠져나간다. 삼 십여 분만 바다를 거슬러 올라가면 바다 가운데 춘상을 맞으러 통통배 하나가 기다릴 것이었다.

"성님, 이번에 밖에 나가면 소록도에 다신 들어오지 마시요잉."

"맞대이. 죽어나갈 소록도에 먼 미련 있다고 들어오겠나. 하늘이 기회를 줄 때 성님은 그냥 살길 찾아 가는 기 순리라."

춘상이 동료들과의 감회에 젖어 지난날을 떠올리고 있는데 여기저기에서 서운한 느낌을 말로 드러내고 있었다.

"춘상이 성님, 멋지다. 안중근이 보다 멋지다, 글지 방개야."

"어, 그려. 가슴팍에 사진기 동여맨 거 봉께 안중근이 동생 같네."

다들 한마디씩 주절거리는데 최일봉은 저만치에서 담배만 뿍, 뿍 빨아대고 있었다. 춘상은 권과 김이 검은 띠로 사진기를 가슴팍에 칭, 칭 동여매는 것을 한쪽 손으로 거들면서 자꾸 한숨이 새어나오는 것을 느꼈다. 막상 소록도를 떠나 접선을 시도하는 날이 당도하고 보니 가슴이 뿌듯하기도 하고 공허하기도 했다. 바다를 건너 춘상을 마중 나온 통통배에 무사히 당도하도록 사진기를 안전하게 몸에 부착하고 유리관은 보자기에 싸서 어깨에 걸쳐 메고 시간을 재촉하듯 툴, 툴 털며 일어섰다.

"일봉이 형님, 잠깐 나 좀 봅시다."

춘상은 정중히 최일봉을 대접했다. 최의 가슴에 춘상이 미처 들여다보지 못한 깊은 뜻이 담겨 있음을 춘상은 모르지 않았다. 지금 이렇게 바깥과 들뜬 상봉을 하게 된 것도 최의 도움이 없었다면 쉽지 않았을 것이다.

최가 나쁜 마음만 먹었다면 춘상은 아예 지금 소록도에
살아 숨조차 쉬지 못한 불귀객이 되었을 것이다.

"성님, 정말 돌아오지 말고 바깥에 나가서 사람답게
사시요잉."

"일봉이 형님, 그런 소리 마소. 나라도 없는 문둥이
주제에 어떻게 사람답게 산단 말이요? 너무 염려 말아
요. 나 살아 돌아올 것이니까~"

"음마, 성님, 제발 여긴 들어오지 말라니까요. 성님이
살아 나간 것이 여기 우리 같은 문둥이들 위해주는 일
이란 말이요잉. 우리가 노예처럼 여기서 살다 흔적 없
이 죽어간단 사실을 조선 천지에 좀 알려사쓴께 말여라
우."

"거 오늘 보니, 일봉이 성님 순임 씨 질투하느라고
날 자꾸 바깥에 나가 들어오지 말라 하는 것 같습니
다."

"아이고 성님, 터진 입이라고 그런 말을 합니까요?
우리 같은 문둥이들이 계집질이 머라요? 나는 인자 성
님 맘을 아니께 생각고 그러는 것이제. 정말 성님, 밖
에 나가서 그냥 사람답게 살면 쓰겄소. 우리 억울한 사

정도 좀 풀어 주고잉.”

“일봉이 형님, 형님이 순임 씨 뒷배를 봐줬다는 거 내가 순임 씨한테 얘기 했습니다. 순임 씨가 관사지대에 나가 편히 일할 수 있도록 힘을 써준 사람도 일봉이 형님이라고 내가 사실대로 얘길 했어요.”

“아따 성님 멋 할라고 그런 말씀을 했을까잉. 순임 씨도 심란할 것인디~ 내 순임 씨 맘은 진작부터 아요. 성님, 이러고 있을 시간 없어요잉. 이따 출발 할 적에 쩌그 바닷가에서 우리가 일제히 망도 보고 환송도 해 드릴테니께 빨리 구북리 우물터에 올라 가 보시오. 순임 씨하고 작별 인사는 해야 하지 않겄어요잉? 거 찐하게 입도 좀 마추고라우~”

“일봉이 성님, 우리 사내답게 한번 안아 봅시다. 언제 우리가 이렇게 정겹게 안아 볼 수 있겠습니까? 그 동안 나이도 많은데 하대를 해서 미안합니다.”

춘상은 최일봉과 진심이 담긴 마음으로 포옹을 했다. 최의 선한 마음이 춘상에게 훤히 들여다보였다. 춘상은 최의 숨소리를 들으며 한참동안 포옹한 채로 있었다. 저쪽에서 권과 김, 방개 등이 이쪽으로 걸어오고 있었다.

"일봉이 형님, 순임 씨, 잘 부탁드립니다."

"오메, 성님. 살아 돌아온다고 금방 말한 사람이 시방 그런 말씀 할 때가 아니랑께요잉. 언능 가요, 언능. 순임 씨 그냥 눈 빠지게 기다리겠네잉."

춘상은 최일봉 등을 뒤로 하고 구북리 우물터로 향했다. 권과 김, 최 등은 낮에 엮어 준비한 뗏목을 바닷가에 띄워야 하기 때문에 춘상이 출발할 해안으로 걸음을 옮겼다. 춘상은 공연히 서글퍼져 심호흡을 하며 걸음을 빨리했다. 순임과 만나 무슨 얘기를 나누어야 할까? 순임의 가슴에 상처만 남기고 가는 것은 아닐까? 정말 춘상은 살아서 다시 돌아 올 수 있을까? 뗏목에 의지한다 해도 이런 몸으로 무사히 바다 가운데서 접선을 할 수 있을지도 염려 되었다. 죽는다는 것이 두려운 것이 아니라 춘상이 마쳐야 하는 임무가 있기 때문에 두렵고 염려 되는 것이었다.

춘상은 우물터 옆의 백사장에서 순임을 만났다. 순임은 춘상의 뜻을 알기 때문에 궁색한 모습을 보이지 않았다. 춘상을 다시 만날 수 없을지도 모른다고 순임은

생각했다. 춘상의 달아난 팔뚝이 슬퍼 보였고 춘상을
생각하면 가슴이 아팠지만 표를 내지 않았다. 어둠 속
에서 달빛만이 수줍은 듯 물결을 어루만지고 있었다.

"오늘 이 쾌거는 순임 씨 덕분입니다. 두고두고 잊지
않겠습니다."

"아주 떠날 사람처럼 말하네요. 실은 춘상 씨한테 고
백 하나 하지 못한 게 있어요."

춘상은 순임의 말에 정말 마지막 이듯 순임을 바라보
았다. 아마 순임의 눈가에 눈물이 매달려 있을 것이었다.

"나도 마찬가집니다. 비겁하게 도망치는 것은 아녜요.
나 반드시 살아서 돌아올게요."

"그렇게 믿고 싶어요. 춘상 씨를 주제넘게 좋아한 게
이제야 후회가 되요. 하나이 원장한테 몸을 허락한 주
제에 춘상 씨같이 고결한 분을 마음에 두었으니 소가
웃을 일이죠."

춘상은 뜻밖에 순임이 자신의 치부를 드러내리라곤
생각하지 못했는데 공연히 멋쩍었다. 지난날에 누군가
로부터 순임이 일본인 원장과 사랑하는 사이라고 들었
었다. 일본인 원장이던 하나이가 순임을 사랑하게 되었

는데 얼마나 사랑했던지 사랑의 증표로 둘의 피를 섞어 혈관에 주입했다는 전설 같은 얘기를 들었었다.

"순임 씨, 그런 말씀 마십시오. 우리 같은 사람들은 사랑이란 자체가 사치인줄 알지만 저도 책임질 수도 없으면서 순임 씨를 희롱했잖습니까? 지난날의 바닷가에서 나누었던 순임 씨와의 감미롭던 순간들을 잊을 수 없을 겁니다."

"그럼, 임무 완수하고 살아서 돌아오세요. 춘상 씨 몸도 성치 않은데 이제 제가 곁에서 작은 힘이라도 보태고 싶어요. 꼭 다시 돌아 오셔야 해요."

"그렇게 하도록 노력하겠습니다. 순임 씨, 혹시 제게 무슨 일이 생긴다면 최일봉 형님한테 따뜻하게 잘 대해 드리세요. 그럼, 이만~"

"좀 전의 말은 듣지 않은 걸로 할게요. 춘상 씨, 꼭 돌아오실 거지요?"

"예, 아우들은 제발 바깥에 나가 사람답게 살라고 성화지만 제가 있을 때는 이곳 소록도라고 생각합니다. 여기가 제가 평생 있을 때고 여기가 제 무덤자리라고 생각해요. 이게 제 운명이지 않고 뭐겠습니까?"

　희미한 달빛이 순임의 머릿결에 흘러내렸다. 아아, 이제 떠나야 한다. 춘상은 정말 일이 어떻게 전개 될지를 몰라 불안하고 안타까운 마음이 들었다. 춘상은 자신에게 되물어 보았다. 정말 마중 나온 배를 뿌리치고 다시 소록도로 돌아올 수 있을까? 춘상은 자신조차 믿을 수가 없었다. 어금니를 깨물면서 돌아서는데 순임이 춘상의 한쪽 소매 자락을 붙들어 잡았다. 춘상은 순간 멈칫하며 그대로 움직이지 않았다. 순임이 예전에 그랬던 것처럼 춘상의 몸에 매달리며 입술을 부딪쳤다. 순임의 입술이 영희의 입술을 떠올리게 했다. 영희의 입술이 춘상에게는 여자를 생각할 때 고향처럼 다가왔다. 영희의 입술 속으로 빨려들 때처럼 순임의 입술 속으로 빨려들 때에도 타지에 떠도는 나그네의 고향 하나가 순임의 입술 속에 만들어지고 있다는 생각이 들었다. 춘상은 순임을 밀어내지 못하고 세게 잡아당기며 흐느끼는 소리를 흘렸다. 아아, 반드시 살아서 돌아와야지. 속으로 수없이 되 뇌이며 순임으로부터 한 걸음씩 뒷걸음질 쳐 멀어지기 시작했다.

　“춘상 씨, 팔이 많이 불편하잖아요?”

“예 순임 씨, 괜찮습니다. 한쪽 팔이 아직 남아 있잖아요.”

“꼭 돌아와요. 내가 춘상 씨 달아난 팔이 되어 드릴게요. 꼭이요, 꼭~”

춘상은 순임의 말을 들으면서 가슴 속에서 올라오는 울음의 뿌리를 겨우 누르고 있었다. 춘상이 점점 멀어질수록 순임의 입에서 흐윽, 흐윽 흐느끼는 소리가 들려오기 시작했다. 춘상은 이럴 때일수록 마음을 단단히 먹었다. 사사로운 감정에 흔들려서는 큰일을 이룰 수가 없는 법, 춘상은 고개를 어지럽게 흔들며 뗏목을 풀어 놓은 해안가를 향해 뒤뚱뒤뚱 뛰기 시작했다.

제11장 아름다운 최후(最後)

칠흑의 바다는 위대했다. 배신하지 않고 생명을 지켜준 바다는 춘상에게 파도는 높아도 따뜻한 품처럼 여겨졌다. 춘상은 동료들이 마련해준 뗏목에 몸을 싣고 열심히 한쪽 손으로 노를 저었다. 파도가 몰려오면 뗏목이 출렁이고 춘상은 바닷물에 목까지 잠겼다. 하늘을 우러러 별들을 향해 기도했다.

제발 독립군의 통통배까지만 살려 달라고. 짧은 생애를 살아오는 동안 그랬던 것처럼 해안가에서 통통배까지가 춘상에게 한 생애처럼 여겨졌다. 파도는 거셌고 세상은 가파른 산이 되어 불쑥 나타났다. 춘상의 생애를 송두리째 앗아갈 것처럼 사납게 으르렁대다가 숨을 고르듯 고요해지고 다시 요동을 쳤다.

이 십여 분 남짓, 사투를 할수록 저항하듯 파도는 춘상을 위협했다. 세상을 살아오면서 어찌 궂은 날이 없었으랴. 조수의 흐름이 바뀌는 음력 보름과 그믐, 오늘이 가만 그믐인가 아님? 생각할 겨를도 없이 춘상의 키를 넘는 파도가 덮친다. 짠물을 잔뜩 마시고 더부룩한 배가 파도보다 더 요동을 쳤다. 춘상이 어깨에 엇메어 건사했던 유리관이 마치 죽은 문둥이들의 영혼이듯 춘상의 몸에서 빠져나간다. 아아, 이 일을 어쩌나, 급한 마음에 손을 뻗어 보지만 마음 뿐이다. 이미 춘상의 팔은 달아나고 없다.

"어르신, 저기~"

젊은 독립군 사내가 시커먼 물체를 파도 틈에서 발견하고 반갑게 소리쳤다.

"오, 하느님~"

심산 김창숙의 입에서도 본능적인 탄식이 단말마처럼 빠져나왔다.

"플래시 하나를 더 밝히시오, 동지."

"예, 어르신."

통통배는 소록도를 향해 출렁이고 있었다. 멀리 등대의 불빛과 사각을 이루면서 적당한 거리를 가늠하며 불을 밝힌 채로 춘상을 기다리고 있었다. 심산 김창숙은 젊은 사내들에 의지한 채로 소록도 방향으로 시선을 보내고 있었다.

"춘상 동지, 어서 오시게."

"심산 어르신. 여기, 여기~"

춘상의 목소리가 흐렸다. 기운을 잃어 겨우 말은 뱉었지만 들리지 않았다.

"박 동지, 배를 저쪽으로 모시오."

"예, 어른신."

춘상을 향해 통통배가 파도를 뒤로 밀어냈다. 춘상은 뗏목에서 기운이 빠져 정신을 잃기 직전에 마중 나온 동지들과 만났다. 동지들이 춘상의 몸을 푹신한 이불로 감쌌다. 춘상은 눈을 감은 채로 하느님께 감사를 올렸다. 춘상은 속에서 뿜어져 올라오는 울음을 삼켰다.

"이춘상 동지, 한데 어찌 팔뚝 하나가~"

"예, 어르신. 상처가 깊어 절단했습니다."

"저런~ 춘상 동지, 실컷 울어도 된다."

하고 심산 김창숙이 여전히 울먹이며 말했다. 심산은 깊은 한숨을 내쉬면서 뭉턱 잘려나간 춘상의 팔뚝을 붙든 채로 한참동안 말없이 울먹이고 있었다.

"동지들, 나 좀 일으켜 주십시오."

바닷물에 절여진 춘상의 몸을 동지들이 일으켜 세웠다. 춘상은 지금 이 순간이 말 할 수 없이 대견하고 자랑스러웠다. 마음속으로 아버지, 어머니를 부르며 비록 초라한 몰골이지만 자랑스럽지 않느냐고 되 뇌이고 있었다.

"심산 어르신, 춘상 동지 우선 옷부터 갈아 입혀야 하지 않겠습니까?"

"그래, 어서 준비한 옷을 입히시게."

춘상은 동지들에 의해 옷이 벗겨졌고 품속에 둘, 둘 말은 사진기를 꺼내 심산 김창숙에게 건넸다.

"어르신, 여기 소록도의 만행이 낱낱이 담겨 있습니다."

"춘상 동지, 정말 큰 일 했네. 큰 일 했어. 일제의 만행이 세계만방에 드러나면 조선의 독립이 한결 쉬울 걸세."

심산 김창숙의 말을 들으니 춘상은 마치 꿈을 꾸고 있다는 생각이 들었다. 심산 선생의 목소리마저 마치 꿈결이듯 환상적으로 가슴을 울렸다. 이러는 중에도 동지들은 춘상의 몸에 준비한 옷을 입히느라 여념이 없었다. 이런 몸뚱이조차 소중히 여기는 동지들이 함께 있

다는 것이 믿어지지 않았다. 춘상은 생애 처음 향교를
향해 외출을 할 때 들었던 아버지의 말씀이 아련히 떠
올랐다. 총에 맞아 죽어도 포수의 손에 자기 몸을 내주
지 않겠다는 종달새의 깊은 뜻, 춘상은 마치 자신의 모
습이 보리밭을 떠나 강의 수면 위에서 최후의 날개 짓
을 하던 종달새의 처절한 몸부림처럼 여겨졌다.

"어르신, 저 칠흑 같은 바다에 그만 유리관을 잃어
버렸습니다. 하늘이 여기까진 도와주지 않은 모양입니
다."

"아니 춘상 동지, 이 것으로 충분하네. 극비보관실에
유폐된 우리 조선인의 영혼들이 모두 바다 밑에 수장된
다 해서 일제의 만행이 사라진 것은 아니잖는가? 이렇
게 저 놈들의 만행이 사진기 속에 찰칵찰칵 박혀 있는
데 더 뭐가 필요하겠는가. 너무 가슴 아파하지 말게."

춘상의 가장 아픈 마음을 심산 김창숙은 진심으로 어
루만져 주었다. 그러면서 소록도에 유폐되어 있는 모든
조선 나환자들의 영혼까지 위로해주고 있었다. 젊은 독
립군 사내가 다급한 소리로 말했다.

"심산 어르신, 빨리 녹동으로 돌아가야 합니다. 춘상

동지를 맞이할 동지들이 짚차를 준비하고 기다리고 있을 겁니다.”

“내 정신 보게. 내 우리 생각만 했구먼, 저 사람들도 춘상 동지를 손꼽아 기다리고 있을 터인데 말일세. 어서 춘상 동지를 녹동항으로 모시게.”

춘상을 태운 통통배가 녹동항을 향해 달릴 준비를 했다. 하지만 춘상은 뱃머리가 녹동항을 바라보기 전에 제지시켰다.

“심산 어르신, 아닙니다. 저는 뭍으로 돌아가지 않겠습니다.”

“아니, 이춘상 동지, 무슨 말인가? 동지가 편히 쉬면서 치료도 받을 수 있는 데를 우리가 다 마련해 두었는데~”

“아, 아닙니다. 어르신, 저는 다시 소록도로 돌아가야 합니다.”

“아니 갑자기 어째 마음이 변한 건지~”

“어르신, 제가 사라지면 당장 우리 동생리 부락 동료들이 임금도 깎이고 고초를 겪습니다. 그러니 제가 다시 돌아갈 수 있도록 허락해 주십시오.”

"아니, 이런 몸으로 어찌 거친 파도를 다시 거슬러 가겠다는 겐가?"

"저 구북리 뒤쪽 바닷가로 데려다 주시면 좋겠습니다. 그쪽은 감시도 소홀하고 물길이 소록도를 향하고 있어서 수월합니다."

춘상의 간절한 제의에 심산 김창숙 일행은 더는 뭍으로 나가자고 권유하지 않았다. 심산 김창숙은 춘상과 이렇게 헤어지는 것이 가슴 아프고 무슨 운명이듯 여겨졌던 모양으로 춘상의 모습을 사진기에 박았다. 비록 팔이 하나 달아나긴 했지만 의젓한 독립군 복장을 하고 늠름하게 앞을 응시하는 춘상의 모습이었다.

"수호 마사스에 원장이 악랄하다 들었네. 듣자니 소록도를 세계 제일 가는 낙원동산으로 만들겠다며 조선 나환자들을 노예처럼 부려 먹는다지~"

구북리 뒤쪽 바다로 뱃머리를 돌리면서 심산 김창숙이 말했다.

"예, 어르신. 이를 말씀입니까? 생체실험에, 단종, 감금, 폭행에다 시체해부를 하고 종내는 바다에 영혼마저 수장시켜 버리지요."

춘상이 심산 김창숙과 애기를 할 수 있는 마지막 기회라는 것을 둘은 알고 있었다. 춘상은 이제 살아서 더는 뭍으로 가지 못한다는 것을 알았고, 심산 역시 춘상이 소록도에서 최후를 맞이할 것이라는 것을 알았다.

"쳐 죽일 놈들. 내에 춘상 동지한텐 미안하네만 내가 나병에 걸려 소록도에 잡혀 갔다면 제일 먼저 수호 그놈을 처단했을 걸세."

춘상은 심산 김창숙의 말을 듣는 순간 눈앞이 번쩍하고 밝아졌다. 어쩌면 하늘의 계시인줄도 모른다는 생각이 들었다. 춘상이 저도 모르게 심산 김창숙을 향해 말했다.

"어르신, 내 비록 몸은 망가졌지만 꼭 어르신 소원 이루어드리겠습니다."

"아니, 이춘상 동지. 으흠, 자네 아버지가 하늘에서 기뻐하실 걸세. 춘상 동지는 아버지 원망일랑 하지 말게. 나라 빼앗긴 조선의 아비들이 무슨 염치로 살아갈 수 있겠는가~"

심산 김창숙의 가녀린 손이 춘상의 손을 꽈악 잡았다. 아쉬움과 어떤 남다른 각오가 느껴지는 심산의 숨결을 춘상은 느끼고 있었다.

통통배가 구북리 뒤쪽 바다에 도착했고 춘상은 다시 옷을 갈아입고 뗏목 위에 몸을 실었다. 소록도 구북리 뒷산 쪽으로 떠내려가는 뗏목을 하염없이 바라보는 심산 김창숙의 눈에서 뜨거운 눈물이 흘러내렸다.

"이춘상 동지, 동지는 조선의 장한 독립군일세. 조선의 장한 독립군이야."

심산 김창숙의 마지막 고함 소리를 춘상은 듣지 못했다. 하지만 마음속에는 깜깜한 하늘에 박힌 별들처럼 자랑스럽게 독립군 복장을 하고 찍던 순간들이 반짝반짝 눈을 뜨고 있었다. 춘상이 의지한 뗏목은 새벽 동이 틀 무렵 구북리 북쪽 해안에 닿았다. 춘상의 몸은 녹초가 되었지만 마음은 날아갈 듯이 가벼웠다. 의젓한 독립군이 되어 조선의 역사에 남을 자신의 모습을 생각하니 문둥이가 되어 몸이 짓물러 모두 달아난다 해도 두려울 것이 없다는 생각이 들었다.

춘상이 뭍으로 돌아가지 않고 다시 소록도에 돌아오자 동료들이 모두 좋아했다. 순임을 마음속에 품고 있던 최일봉 마저 춘상의 복귀에 들떠 있었다. 함께 모일 시간이 되면 은밀히 숲속에서 춘상을 중심으로 이야기꽃이 피었다. 춘상은 그를 따르는 동료들에게 독립군과의 접촉을 무용담처럼 들려주었다.

"성님, 나도 독립군이 되겠어라우."

"너는 저리 빠지랑께. 성님, 나부터 독립군에 넣어 주쇼잉."

틈만 나면 춘상에게 또덕과 방개는 독립군이 되겠다고 앞을 다투었다. 또덕은 방개한테 기세가 죽지 않으려고 바지를 홀떡 벗어 내리면서 말했다.

"성님, 여 보시요잉."

"오메 잡놈, 언능 옷 입어 언능."

방개의 사타구니는 진물이 흘러 악취가 났다. 새카맣게 썩어가는 사타구니를 어루만지며 방개가 말했다.

"성님, 보셨지라잉. 나도 조선을 위해서 이 한 목숨 바치겠단 말인디~"

"시꺼, 새키들아. 독립군이 머 누구 이름이여. 너들 같이 조심성 없는 놈들은 독립군 근처에도 못 가."

"창옥이 껴들지 말어. 우리 성님 진지한 말씀 있다는

디, 언능 들어보고 작업 나가야제. 성님, 아까 말한 것이 뭔 말이다요? 뭐, 수호 원장 동상제막식이 어쩐다고요?"

최일봉이 김창옥의 말을 무찌르며 재촉하듯 말을 했다. 수호 원장을 기리는 동상이 소록도 운동장에 세워질 것이라고 했는데 사실인 모양이었다. 일본 본토에서 수호 원장의 동상을 만들어 조만간 소록도에 반입한다는 소문도 돌았다.

"그래, 방개하고 또덕이는 그냥 내가 독립군 시켜줄게. 네들은 이미 독립군이다. 네들은 독립군 못지않게 조선을 귀히 여기고 조선을 사랑하고~"

"히히, 나 독립군이다, 방개야~"

"히히, 댓방, 나도 독립군이다. 댓방, 나 도리우찌 모자 하나 구해줘라잉."

"음마, 요것들이 겉멋만 들어가꼬. 새키들아, 독립군이 무슨 도리우찌를 쓰냐, 밀정 같은 놈들이 도리우찌를 쓰지, 일봉이 성님 빼고 말여~"

"아따 창옥이 자넨 어째 날 갖고 물고 넘어져. 내가 무슨 밀정이라고, 나 돈도 이제 필요 없어. 아 생각혀

봐, 나라도 없는 문둥이 주제에 돈 있으면 뭣에 쓰것
어. 언능, 춘상이 성님, 말 무찔러서 미안한디 야그 계
속 하시오잉."

"그러니까 수호 원장 놈이 동상을 세우고 매달 날을
잡아 우리더러 동상 앞에서 참배를 하라고 한다는 거
야."

"오살할 놈, 우리가 매번 끌려 나가 신사참밸 하는
것도 원통해서 죽겠는디 제깟 놈이 뭐라고 동상을 보고
참배를 혀."

"어이 창옥이, 거 성님 말씀 끊지 말라니까 그러네잉.
성님 어서 계속 허쇼잉."

"그래서 내 말인즉슨 내가 수호 원장 그놈의 목을 따
버리겠다 이 말이다."

춘상의 말에 일행의 입들이 놀라 다물어지지 않았지
만 전혀 예상하지 못한 것은 아니었다. 일행들 누구나
춘상이 처럼 한 목숨 조선을 위해 바치리라는 각오는
이미 되어 있기 때문이었다.

"그라면 성님, 우리가 어떻게 성님을 도와야 쓸게라
우?"

"일봉 형님은 사또 이놈 이용해서 수호 원장 동선을 파악해 주셔야 합니다. 동상 제막식 때는 바깥에서 이름깨나 있는 인사들이 많이 참석하니까 거사를 하기에는 어려울 것이고……또덕이 하고 방개 너희들은 내가 팔이 하나 밖에 없으니까 내가 준비한 부엌칼이 날이 파랗게 서도록 갈아 주거라."

"야 성님, 칼 가는 것은 일도 아니지라. 칼만 주시오. 그냥 싯돌에다 저 바닷물보다 파랗게 날을 세워서 드릴 텐께잉~"

또덕이를 앞질러 방개가 먼저 말자루를 열었다. 방개를 귀엽게 째려보는 또덕의 얼굴에는 사뭇 긴장감마저 감돌고 있었다.

"권가 하고 김가는 내가 통기를 하면 날쌔게 튀어 와야 한다. 내 달아난 팔뚝에 부엌칼을 은밀히 부착해야 하니까 네들 도움이 절대적으로 필요할 테고, 거사를 성공하느냐 실패하느냐는 네들이 제대로 팔뚝에 칼을 부착했느냐 안했느냐에 달려 있는 것이다."

"예, 성님. 죽어도 팔뚝에서 달아나지 않도록 쎄게 동여매 주겠소."

“그럼, 어서 각자 일들 보고 거사 날짜 잡히기 전에 입들 조심해라. 절대 일본 놈들한테 반항하지 말고 기다려야 한다.”

춘상 일행은 각자 이제 생애의 마지막에 닿아 있다는 것을 알았다. 그러나 어느 하나 춘상의 의견에 반대하지 않았고 춘상의 뜻을 가로막지 않았다. 최일봉은 사또를 구워삶아 수호 원장의 일정과 동선을 파악하느라 여념이 없었고, 방개와 또덕은 틈만 나면 동생리 10호 변소에서 파랗게 날을 세우기 시작했다.

이윽고 거사 날이 정해졌다. 최는 뜻밖에 빨리 수호 원장의 소록도 일정과 동선을 사또 간호 주임을 통해 알아냈다. 동상제막식이 무사히 지나가고 일본에서 제작한 수호 원장의 동상이 마치 위대한 영웅처럼 소록도 운동장에 자리 잡고 있었다. 매달 20일을 보은감사일로 지정해서 수호 원장의 동상 앞에 모든 환자들이 참배하게 한다는 정보까지 입수했다. 실제 동상 제막 이후 20일이 되자 수호 원장은 보은감사일로 지정하고 모든 환자들을 강제적으로 동상 앞에 참배하도록 했다. 춘상은 동상 앞에서 이루어지는 보은감사일 행사를 눈여겨보았

다. 수호 원장이 참석하지 않은 날이 많았지만 춘상은
수호 원장의 동선을 가늠하면서 파랗게 날을 세우고 있
었다.

마침내 수호 원장이 참석하는 보은감사일을 최일봉으
로부터 알아냈다. 6월 20일, 모든 환자들이 참석한 가
운데 수호 원장이 자신의 동상 앞에서 참배를 한다는
정보를 입수했다. 춘상은 지금까지 준비한 것들을 침착
하게 수행해 나갔다. 동생리 10호 변소에 숨겨둔 칼의
날을 수없이 확인하고, 마음의 준비를 다졌다. 이제야말
로 한 많은 생애를 찬란하게 마무리 지을 최후의 순간
이 왔다고 생각했다. 그래도 사람인지라 속으로는 긴장
되고 떨리기도 했지만 이런 두려움 보다 설렘이 더욱
컸다.

춘상은 밤에 최일봉을 불러 순임을 당부했다.
"일봉 형님, 순임 씨 잘 부탁합니다. 순임 씨 불쌍한
여자예요. 형님이 잘 보살펴 주셔야 합니다."
"알았소 성님. 그나저나 이대로 끝낼 수는 없지라이.

언능 구북리 우물터에 다녀 오쇼잉. 낼 새벽부터 단단히
준비해사 쓸것인디 순임 씨하고 작별은 해야 겠지라잉."

"마지막 남은 하루인데 순임 씨 맘은 좀 달래줘야 하
겠지~"

춘상은 걸음을 빨리 해서 구북리 우물터로 향했다.
저녁이 저물고 우물가에는 늦은 저녁을 준비하는 환자
들로 분주했다. 순임은 물지게를 짊어지고 와서 한쪽에
물지게를 버려둔 채로 춘상과 나란히 바닷가를 향해 걸
었다. 이날따라 날이 저물었는데도 갈매기들이 슬피 울
고 있었다. 이제 순임 씨의 고운 얼굴도 마지막이 되겠
구나. 춘상은 생각하며 솟구쳐 나오려는 울음의 덩어리
를 억눌렀다.

"춘상 씨, 꼭 이 길을 택해야 하는 까닭이 뭔가요?"

"순임 씨, 미안합니다. 내 심산 김창숙 선생과도 약속
을 했지만 사람답게 살아달라는 아버지와의 약속을 지
키고 싶었습니다."

"나하고 여기에서 이렇게 간혹 만나면서 살면 안 되
는 것인가요? 춘상 씬, 여자 마음을 어찌 그리 몰라준
단 말예요?"

순임이 허리를 꺾고 흐느끼기 시작했다. 춘상은 바람에 나풀거리는 팔소매를 한쪽 손으로 갈무리 하며 순임의 어깨를 짚었다.

"나도 춘상 씨 따라 갈랍니다. 수호 원장이 나더러 뭐라 그러는 줄 아세요? 감히 일본의 핏줄을 넘본 화냥년이라 합니다. 수호 원장이 날 만날 때마다 얼마나 젖가슴을 주물럭거리는지 이렇게 살고 싶지 않단 말예요."

"순임 씨~"

순임의 울음과 춘상의 울음이 한꺼번에 섞여 바람에 날려갔다. 소금기에 절은 남쪽의 바람이 더디게 불어간다. 아아, 저기 반짝이는 등대불만도 못한 신세. 춘상은 순임의 말에 어금니를 깨어 물었다.

"순임 씨, 이제 하루만 기다리십시오. 순임 씨, 아니 우리 조선의 일만 이천 여 나환자들 원한을 내일 갚아 드리겠습니다."

춘상은 속으로 깊이깊이 다짐을 했다.

순임의 몸에서 여자 냄새가 났다. 당장 내일이면 순임과는 영원히 작별할 것이다. 춘상은 순임의 목덜미에 자신의 입술을 가져다 댔다. 순임이 춘상의 입술을 뜨

겹게 받아들였다. 순임의 손이 춘상의 옷을 벗기기 시
작했고 둘은 잠시 후 하나가 되었다. 춘상이 살아서 경
험한 가장 화려하고 짜릿한 순간이었다.

춘상은 돌아와 목욕재계를 하고 고향 쪽을 향해 절을
올렸다. 이제 조금만 기다려주십시오. 곧 아버지를 따라
가겠습니다. 또덕과 방개가 시퍼렇게 날을 세운 칼을
권과 김이 꼼꼼하게 춘상의 달아난 팔뚝에 고정했다.
팔소매를 끌어내려 교묘히 위장을 하고 날이 밝기를 기
다렸다.

춘상은 아침 일곱 시 삼십 분에 호사에서 나왔다. 예
정된 대로 6월 20일 아침, 보은감사일에 수호 원장이
참석한다는 예상을 하고 8시 경에 3천여 명의 나환자들
이 동상 앞에 모여 있었다. 춘상은 수호 원장이 훈시를
하게 될 동상 부근에서 가까운 세 번째 대열에 가슴을
죽이며 심호흡을 하고 있었다.

8시 5분경에 수호 원장이 약속처럼 보도과장, 의무과
장, 서무과장 등을 대동하고 동상 앞의 광장에 도착했
다. 차에서 내려 동상 앞으로 올라가는 중에 춘상은 마
음을 굳히고 대열에서 가만히 이탈하여 손쓸 틈도 없이

수호 원장을 막아섰다.

"너는 소록도 6천 나환자들에게 너무 가혹한 죄를 지었다. 에이 이 칼을 받아라!"

하며 수호 원장의 우측 가슴을 한 차례 세게 찔렀다. 피가 수호의 가슴에서 빨갛게 솟구쳐 올랐다. 춘상을 포획하려는 순시들을 피해 춘상이 소리쳤다.

"만세, 만세, 만세~"

삼천 여명의 나환자들이 일제히 만세를 외쳤다. 춘상은 더는 피하지 않고 순순히 포승줄을 받았다. 이게 자신의 운명이요 자기가 짊어질 짐이라고 생각했기 때문이다. 춘상은 일제의 순시들에 의해 포승줄에 묶여 감금실로 끌려갔다. 춘상이 끌려가는데 또덕이와 방개가 따라오며 눈물을 흘리면서 함께 만세, 만세, 만세를 외쳤다. 수호 원장은 춘상의 식칼에 찔린 지 1시간 20여 분 만인 9시 30분에 자신의 관사에서 사망했다. 1942년 6월 20일 대한민국 전라남도 고흥군 소재의 작은 섬 소록도에서 일어난 일이었다.

마치면서,

〈이춘상〉은 이후 재판에서 사형을 선고 받았다. 항소하는 과정에서 소록도의 만행을 알리다 1943년 2월 19일, 사형집행을 당했다. 〈이춘상〉이 죽인 〈수호 마사스에〉 원장은 조선 땅에서 조선인의 손에 죽은 일제의 관리 중에 가장 직급이 높은 사람으로, 당시 일본에서는 〈이춘상〉을 〈안중근〉과 비교하며 〈이토 히로부미〉와 〈수호 마사스에〉의 죽음을 애석해 했을 정도로 큰 사건이었다. 그럼에도 이춘상의 이런 업적은 죽은 지 80여 년이 되어 가지만 나환자라는 편견에 묻혀 세상 밖으로 나오지 못하고 있다.

〈끝〉

문호준 장편소설

군도의 아침

2017년 5월 15일 1판 1쇄 인쇄
2017년 5월 20일 1판 1쇄 발행

저   자 문 호 준
발 행 인 김 용 성
발 행 처 **지우출판 / 법률출판사**
서울시 동대문구 휘경동 187-20 오스카빌딩 4층
전화 02)962-9154 팩스 02)962-9156
등록번호 제1-1982호
E-mail : lawnbook@hanmail.net
ISBN 978-89-91622-61-6   03810

정가 13,500원
본서의 무단전재·복제를 금합니다.